세계지리를 보다

세계지리를 보다 2

1판 1쇄 발행 2012년 7월 30일
1판 12쇄 발행 2022년 3월 16일

지은이 박찬영, 엄정훈 **펴낸이** 박찬영 **편집** 안주영, 황민지, 박일귀, 임채혁
그림 문수민, 김우리 **마케팅** 조병훈, 박민규, 최진주 **디자인** 이재호, 이은정
발행처 (주)리베르스쿨 **주소** 서울특별시 성동구 왕십리로 58 서울숲포휴 11층
등록번호 제2013-16호 **전화** 02-790-0587, 0588 **팩스** 02-790-0589 **홈페이지** www.liber.site
커뮤니티 blog.naver.com/liber_book(블로그), www.facebook.com/liberschool(페이스북)
e-mail skyblue7410@hanmail.net **ISBN** 978-89-6582-042-0(세트), 978-89-6582-044-4(14980)
ⓒpcy, 2012

리베르(Liber 전원의 신)는 자유와 지성을 상징합니다.

세계지리를 보다

2

유럽
서남아시아

㈜리베르스쿨

머리말

『세계지리를 보다』는 여행자의 눈으로 바라본 세계 지리 책입니다. 세계의 다양한 자연환경과 그 속에서 살아가는 사람들의 모습이 이 책 속에 파노라마처럼 펼쳐져 있습니다. 이는 지도와 사진 속으로 빠져들게 해 마치 직접 체험한 듯한 느낌이 들게 합니다.

어렸을 때는 세계 지리를 세계의 기후와 지형, 농업, 공업, 지하자원 등과 관련된 지명 및 통계 자료, 그래프 등을 분석하고 암기하는 과목이라고 생각했습니다. 시험을 위해서 특정 도시와 국가의 지형, 기온과 강수량, 원자력과 석유 소비 비중 등을 파악해야 했습니다. 그게 세계 지리의 전부라고 생각했습니다.

하지만 그게 전부가 아니었습니다. 특정 지역의 지형과 기후는 그 지역에서 살아가는 사람들의 생활 양식에 영향을 크게 미친다는 점과 더불어 해당 지역의 산업 활동과도 연관성이 깊다는 점을 놓치고 있었던 것입니다. 맥락을 이해하고 나니 "아, 그래서 이런 거구나!"라는 말이 저절로 나왔습니다. 그 지역에 대해 더 알아보고 싶은 흥미 또한 저절로 일어났습니다.

세계 지리는, 세계를 상대로 꿈을 펼치고자 하는 사람은 물론 지구촌 일원으로 살아가는 우리 모두에게 반드시 필요한 과목입니다. 오히려 세계 지리는 세상을 살아가는 데 필요한 상식에 가깝습니다. 지리는 우리 주변이나 우리가 부딪혀야 할 곳에 관한 이야기이자 그곳에 사는 사람들을 잘 이해할 수 있게 도와주는 이야기이기 때문입니다. 『세계지리를 보다』는 이

런 생각에서 출발했습니다. 단순 암기가 아닌 세계에 대한 이해와 존중을 바탕으로 우리가 더불어 살아야 하는 지구촌을 보여 주고 싶었습니다. 우리가 밟고 있는 아름다운 땅 지구와 그 위에서 사는 사람들에 대해 생생하게 이야기하고 싶었습니다.

오랫동안 세계 여러 나라에 직접 가 보았습니다. 여행하면서 아름답고 재미있는 것과 우리가 살아가는 데 필요한 것 등을 유심히 살펴보았습니다. 이 과정에서 지구촌처럼 흥미진진한 것이 없다는 사실을 깨달았습니다. 이 깨달음을 혼자 간직하고 있기에는 너무 아까워 지구촌 이야기를 담은 책을 만들어 보겠다고 생각했고, 여러 차례의 세계 답사 여행에서 경험한 세계 지리의 현장을 이 책 속에 담게 된 것입니다.

『세계지리를 보다』는 세계 곳곳의 현장에서 직접 보고, 듣고, 만지고 있는 듯한 느낌이 들 수 있도록 생생한 이야기와 사진, 지도와 그림으로 구성되어 있습니다. 이 책을 읽고 나면, 세상을 다 돌아보고도 열쇠고리 외에는 남는 게 아무것도 없는 여행자와는 달리 세계 여러 지역을 속속들이 이해하는 것은 물론이고 세계를 꿰뚫어 볼 수 있는 안목까지 기를 수 있을 것입니다.

지은이 씀

차례

5장 메소포타미아 문명의 땅, 서남아시아

'세계지리를 보다' 전 3권

〈1권〉 1장 세계의 자연환경과 인문 환경 | 2장 우리나라의 주변 국가들 | 3장 개발에 활기를 띠는 동남 및 남부 아시아

〈2권〉 4장 유럽 연합으로 우뚝 선 유럽 | 5장 메소포타미아 문명의 땅, 서남아시아

〈3권〉 6장 영토의 확장으로 이루어진 미국과 캐나다 | 7장 보존과 개발의 딜레마, 라틴 아메리카 | 8장 끊임없는 갈등의 현장, 아프리카 | 9장 자연이 살아 숨 쉬는 곳, 오세아니아

4 유럽 연합으로 우뚝 선 유럽

　이순신 장군과 신사임당이 우리나라 화폐의 모델인 것처럼 생텍쥐페리와 퀴리 부인은 프랑스 화폐의 모델이었습니다. 하지만 이제 프랑스 화폐 프랑은 역사 속으로 사라졌어요. 독일의 마르크, 이탈리아의 리라 등 다른 나라 화폐도 마찬가지지요. 이들 나라에서는 유로화를 사용하기 때문이에요. 유로화는 유럽 국가가 통합되어 만들어진 유럽 연합(EU)의 상징입니다. 그렇다면 유럽 연합은 왜 유로화를 공통으로 사용하게 된 것일까요? 역사와 문화, 정치, 경제가 서로 다른 국가들이 같은 화폐를 사용하면 불편하지 않을까요?

　유럽은 16세기부터 20세기 중반까지 세계를 지배했어요. 하지만 유럽은 두 차례의 세계 대전을 겪으면서 큰 피해를 보았습니다. 그러자 유럽 전체를 통합하려는 노력이 시작되었어요. 힘을 하나로 모으면 전쟁이 다시 일어나는 것을 막고 경제적 이익도 커질 것이라고 생각했던 것이지요. 이러한 노력 덕분에 1993년 유럽 연합이 탄생했어요. 이제 유럽은 갈등과 전쟁의 장이 아닌 평화와 협력의 장으로 바뀌고 있답니다.

아이슬란드
핀란드
노르웨이
스웨덴
에스토니아
러시아
발트해
라트비아
북해
덴마크
리투아니아
아일랜드
벨라루스
영국
네덜란드
독일
폴란드
대서양
벨기에
우크라이나
룩셈부르크
체코
슬로바키아
몰도바
프랑스
오스트리아
헝가리
스위스
루마니아
슬로베니아
크로아티아
흑해
모나코
세르비아
보스니아
헤르체고비나
불가리아
몬테네그로
이탈리아
포르투갈
스페인
그리스
터키
지브롤터
지중해
키프로스
몰타

1 일찍 산업화하다 | 유럽 국가들

'풀 먹는 말'이 '석탄 먹는 말'로 바뀌면서 세상이 바뀌었다는 말이 있어요. 여기서 석탄 먹는 말이란 증기 기관을 가리킵니다. 18세기 중반 영국의 제임스 와트가 만든 증기 기관은 산업 혁명의 꽃이었어요. 증기 기관의 발달로 대량 생산이 가능해지고 공업이 급속히 발전했기 때문이지요. 영국에서 시작된 산업 혁명은 전 세계로 확산했어요. 먼저 가까운 유럽의 여러 나라부터 아메리카와 아시아까지 영향을 끼쳤지요. 산업 혁명을 계기로 유럽과 세계는 농업 중심의 사회에서 공업 중심의 사회로 바뀌었어요.

- 유럽 연합은 전쟁 재발 방지와 유럽 통합이라는 목적으로 유럽의 27개국이 모여 결성한 정치 · 경제 공동체다.

- 영국은 풍부한 지하자원과 노동력, 방적기와 증기 기관의 발명 등을 통해 산업 발달의 기반을 마련하면서 18세기 후반 산업 혁명을 일으켰다.

- 서부 유럽에서는 곡물 경작과 가축 사육이 결합된 농업 형태인 혼합 농업이 발달했다.

- 유럽은 기후와 지형, 역사 등을 반영해 매년 지역 축제를 개최하는데, 세계 10대 축제 중 다섯 개가 유럽에서 열린다.

하나의 유럽, 하나의 시장, 하나의 통화

세계 지도를 보면 유럽에는 많은 나라가 작은 땅덩이에 서로 오밀조밀 붙어 있습니다. 유럽은 이렇게 서로 바짝 붙어 있으면서도 언어와 문화, 화폐 등이 각각 다르다 보니 서로 무역을 하는 일조차도 쉽지 않았어요. 또 유럽은 두 번의 세계 대전을 겪으면서 큰 피해를 보았습니다. 그래서 전쟁이 다시 일어나는 것을 막기 위해 유럽을 하나로 통합하려고 했어요. 유럽을 통합하면 시장이 확대되고 경제가 활성화되는 등 경제적으로도 이익이 클 것이라고 생각했기 때문이지요.

이렇게 해서 탄생한 것이 바로 유럽 연합(EU)입니다. 유럽 연합은 1958년 프랑스, 독일, 이탈리아, 베네룩스 3국 등 여섯 개 나라가 만든 유럽 경제 공동체(EEC)에서 시작되었어요. 1967년에는 서부 유럽 전체를 통합하는 유럽 공동체(EC)가 결성되었고, 1993년 마침내 유럽 연합이 탄생하게 됩니다. 유럽 연합에는 얼마나 많은 나라가

유럽 연합의 해외 원조
유럽 연합은 세계에서 가장 큰 해외 원조 단체다. 전쟁 재발 방지와 유럽 통합이라는 목적으로 결성되었고, 현재 27개국이 회원으로 가입되어 있다.

가입되어 있을까요? 현재 유럽 연합에는 27개의 나라가 가입되어 있어요.

유럽의 통합으로 많은 변화가 나타났어요. 우선 유럽 내에서는 사람과 상품의 자유로운 이동과 기업의 설립이 가능해졌습니다. 또한 유로화의 사용으로 유럽 사람들은 환전하지 않고도 자유롭게 여행할 수 있게 되었지요. 기업의 활동도 더욱 활발해졌어요. 환전하는 데 드는 수수료를 절약할 수 있는 데다 시장이 확대되었기 때문이지요.

유럽 연합은 연합기(旗)와 연합가(歌)도 만들었습니다. 유럽 연합기는 파란 바탕에 12개의 노란 별이 둥글게 원을 그린 모양이에요. 그런데 왜 회원국 수는 27개인데, 12개의 별이 그려져 있는 것일까요? 여기서 별의 수는 회원국 수를 나타내는 게 아니에요. 숫자 12는 12개월, 낮과 밤 12시간, 헤라클레스의 12가지 과업과 같이 완전과 완벽을 상징합니다. 원 모양은 통합을 뜻하고요. 따라서 회원국 수가 늘더라도 별의 수는 같을 거예요.

유럽 연합가는 베토벤 교향곡 9번 합창에 나오는 '환희의 송가'입니다. 회원국 간의 자유와 단결, 평화를 표현하고 있지요.

유럽 연합기
파란 바탕에 둥글게 원을 그리고 있는 12개의 별은 완전과 완벽을 상징한다.

영국에서 산업 혁명의 꽃이 피다

산업 혁명이 영국에서 가장 먼저 일어난 배경은 무엇일까요? 아마도 양이 없었다면 영국의 산업 혁명이 그처럼 빨리 일어나지는 않았을 거예요. 토머스 모어의 유명한 소설 『유토피아』에는 "양이 사람을 잡아먹는 사회다."라는 구절이 있습니다. 이것은 바로 인클로저 운동을 빗댄 표현이에요.

영국에는 석탄과 철이 풍부했고 농업의 발전으로 점차 식량 생산량도 증가했습니다. 식량이 많아지자 모직 공업으로 눈을 돌리게 되었고, 목장을 확보하기 위해 농지에 울타리를 치는 인클로저 운동이 널리 퍼지게 되었어요. 이 때문에 토지를 상실한 가난한 농부들이 도시로 이주해 도시 노동력이 풍부해졌답니다.

정부는 자유방임 정책을 앞세워 기업을 키웠어요. 이와 함께 실을 만드는 방적기, 증기 기관 등의 발명과 도로 · 운하의 건설로 산업 발달의 기반이 마련되었습니다. 당시 영국은 많은 식민지를 갖고 있었기 때문에 생산물의 원료나 판매 시장의 확보에도 유리했어요. 산

스티븐슨의 증기 기관차
영국의 발명가 조지 스티븐슨이 1825년에 만든 증기 기관차 '로커모션 호'는 그해 개통한 세계 최초의 철도 스톡턴–달링턴 철도에서 운행되었다.

방직 공장의 어린이 근로자
산업 혁명은 공장제 시스템에 따른 열악한 노동 조건과 생활환경이 문제가 되었다. 특히 미성년 아동은 하루에 19시간 동안 노동에 시달렸다.

업 혁명은 먼저 가까운 유럽의 여러 나라부터 아메리카와 아시아까지 확산했지요.

풍부한 지하자원, 넘쳐나는 노동력, 기술의 발달, 이렇게 3박자가 맞아떨어지면서 영국의 산업이 급속도로 발전한 거예요.

농업 중심의 사회에서 공업 중심의 사회로

유럽은 산업 혁명을 계기로 농업 중심의 사회에서 공업 중심의 사회로 바뀌었습니다. 산업 혁명은 석탄의 분포에 큰 영향을 받았어요. 석탄이 풍부했던 독일과 폴란드는 산업 혁명이 빨리 일어났지만 스페인과 포르투갈은 그보다 늦었지요. 풍부한 노동력과 철도 등도 산업 혁명이 일어나는 데 중요한 역할을 했답니다.

산업 혁명으로 부가 축적되면서 인구의 부양력도 향상했어요. 또

한, 공업이 발달한 지역에 사람들이 모여들면서 도시가 성장했어요. 대량 생산이 이루어져 상품을 값싸게 공급할 수 있게 되면서 생활 수준도 향상되었지요. 그리고 면직 공업의 원료인 목화가 여러 나라에서 생산되거나 수출되면서 시장의 범위도 넓어졌어요.

공장은 탄광 지대처럼 석탄과 철광석 등 원료가 풍부한 지역에 세워졌습니다. 주요 공업 지역은 독일의 루르 지방, 프랑스와 독일의 로렌 · 자르 지방, 영국의 랭커셔와 요크셔 지방 등이에요.

근래에는 원료와 제품을 쉽게 수송할 수 있는 바다와 하천 교통이 발달한 지역이 새로운 공업 지대로 등장했습니다. 라인 강 하구에 있는 네덜란드의 로테르담 지역이 대표적이지요.

왜 서부 유럽에서 혼합 농업이 발달했을까?

서부 유럽에서는 중세 시대부터 삼포식 농업이 널리 보급되었어요. 삼포식 농업이란 땅을 3등분한 다음, 두 곳에는 농작물을 심고 한 곳의 땅은 쉬게 하는 방식입니다. 이후 두 해 동안 보리, 콩, 조 등을 교대로 재배하는 '돌려짓기'가 발달했어요. 유럽의 기본적인 농업 방식인 혼합 농업은 돌려짓기에서 발전했답니다.

혼합 농업은 경지 일부에 밀과 보리 등 식량 작물을 재배하고, 나머지 땅에서 사료 작물을 길러 소, 돼지 등 가축을 기르는 방식인데, 주로 서안 해양성 기후 지역에서 행해집니다. 이곳은 과거에 빙하에 덮여 있던 지역이라 토양이 척박해 계속 농사를 짓지 못하고 땅을 쉬게 해야 돼요. 쉬는 땅에서 소, 돼지 등 가축을 기르는 것이지요.

19세기 후반, 유럽 농업에 큰 변화가 나타났습니다. 산업 혁명이 진전되고 도시 인구가 빠르게 증가하면서 곡물의 수요도 증가했어요. 이 때문에 아메리카 대륙과 오스트레일리아 대륙으로부터 값싼 곡물이 들어왔고, 가격 경쟁력에서 밀려 더는 밀을 재배하지 못하게 되었지요. 하지만 밀 농사를 포기하는 대신 목초나 사료 작물을 재배해 가축 사육에만 집중하는 상업적 혼합 농업이 발달하게 되었어요. 또한, 지역마다 다른 농업이 발달하게 되었습니다. 덴마크와 네덜란드 등 기후가 서늘하고 토양이 척박한 곳에서는 젖소를 기르는 낙농업이 발달했어요. 영국, 프랑스, 독일의 대도시들이 집중해 있는 북해 연안 지역에도 원예 농업과 낙농업이 발달했지요. 그 밖의 지역에서는 상업적 혼합 농업이 광범위하게 이루어졌어요.

유럽의 농업 지역

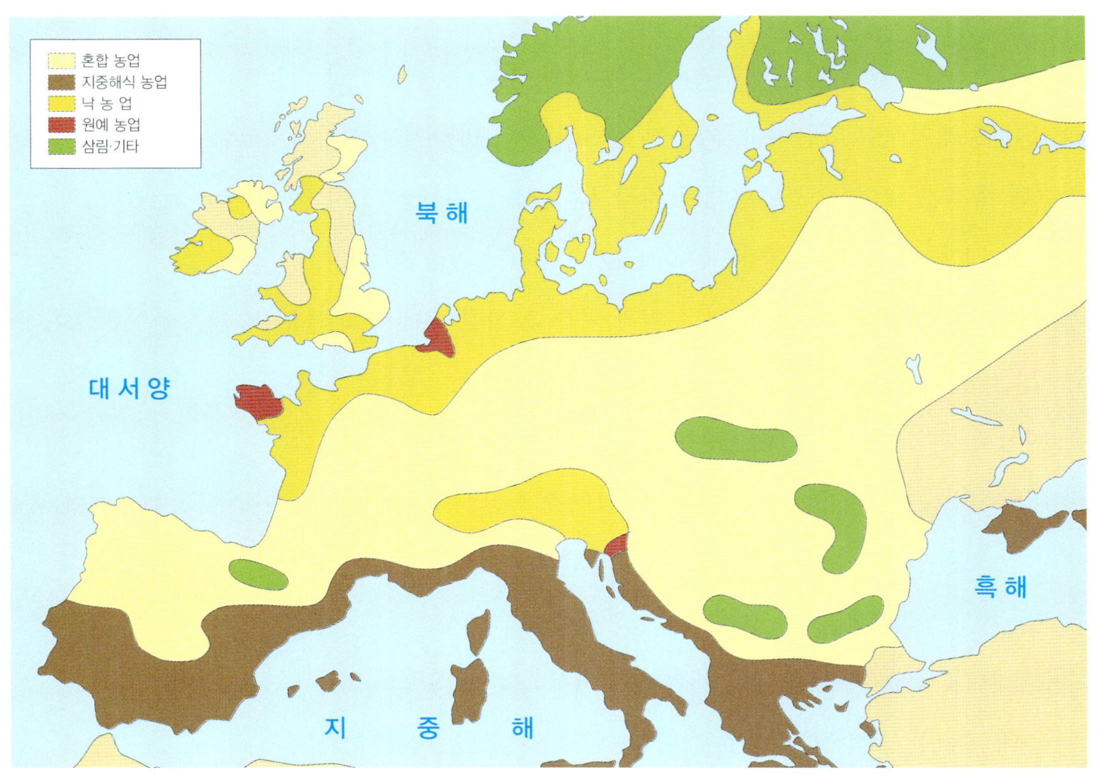

'자유의 신'을 위한 유럽의 축제 문화

축제는 유럽의 공통점과 차이점을 잘 보여 줍니다. 유럽 축제 문화는 카니발에서 유래했어요. 유럽은 기독교라는 종교적 공통성을 지니고 있기 때문에 유럽 대부분 국가에서 카니발이 개최된답니다.

매년 2월 하순경에 열리는 카니발은, 예수의 고난과 죽음을 기리기 위해 금욕과 절제의 생활을 하는 사순절에 앞서 열리기 때문에 유희와 일탈이 허용되는 시기라고 할 수 있어요.

유럽은 왕과 영주, 교회가 권력을 지니고 있었기 때문에 평소에 일반 민중은 감정을 자유롭게 표출할 수 없었습니다. 하지만 카니발을 비롯한 축제 기간에는 교회와 왕을 풍자하는 것이 허용되었지요. 이렇듯 축제의 본질은 일탈과 자유라고 할 수 있어요.

유럽 국가들은 기후와 지형뿐 아니라 역사와 경제 등을 반영한 지역 축제를 개최하고 있습니다. 겨울이 긴 고위도 지방에서는 백야와 관련된 축제가 열려요. 스웨덴에서 가장 큰 축제 중 하나인 하지 축제는 일 년 중 해가 가장 길어지는 6월 20일 전후에 열리는데, 이 시기에는 오전 2시에 날이 밝아 낮 길이가 무려 20시간이나 지속됩니다. 노르웨이의 바이킹 축제, 그리스의 헬레니즘 예술 축제는 민족의 역사적 배경을 소재로 한 축제이고, 독일의 맥주 축제와 프랑스의 와인 축제는 지역 산업이 축제로 발전한 예지요. 세계 3대 영화제인 칸 영화제, 베니스 영화제, 베를린 영화제는 영화 산업을 축제로 발전시킨 거예요.

세계 10대 축제 가운데 다섯 개가 유럽에서 열리고 있습니다. 세계 10대 축제는 브라질의 리우 카니발, 이탈리아의 베네치아 카니

발, 독일의 옥토버 페스트, 타이의 송크란 축제, 일본의 삿포로 눈
축제, 멕시코의 세르반티노 축제, 영국의 노팅힐 축제와 에든버러
축제, 몽골의 나담 축제, 스페인의 부뇰 토마토 축제예요.

유럽 축제 정신은 로마인의 축제에서 그 기원을 찾을 수 있어
요. 고대 달력에 따르면 첫 번째 전통적인 축제는 3월 17일의
리베랄리아(Liberalia) 축제입니다. 오늘날의 달력으로는 3월
15일에 해당하지요. 이 축제는 다산과 성장을
주관하는 포도원의 신인 리베르(Liber)를 예배
하기 위해 열린 의식이었어요.

로마 사람들은 숲, 나무, 바위와 같은 자연물
에도 정령이 깃들어 있다고 믿었기 때문에 그
들에게 신의 보호를 받지 않는 것은 하나도 없었
어요. '자유의 신(the free Father)'으로 불린 리베르
(Liber, liberty의 어원)는 그리스 신화에 나오는 술의 신
디오니소스(로마 신화의 바쿠스)와 동일시되고, 리베르
의 여성 신인 리베라는 대지의 여신인 데메테르 또는 데
메테르의 딸 페르세포네와 동일시됩니다. 바쿠스를 찬양
하는 축제인 바카날레가 광란 때문에 법으로 금지되었지만,
그 전통은 리베랄리아로 이어졌어요. 리베랄리아는 일종의
성인식 성격도 지녀서 성년이 된 소년들이 처음으로 어른 옷
을 입는 날이기도 했지요. 이러한 로마의 관습은 "아버지가 정
한 때까지 후견인과 청지기 아래에 있나니."라는 사도 바울의 말
에서도 엿볼 수 있어요.

세계 10대 축제

세계 10대 축제는 브라질의 리우 카니발, 이탈리아의 베네치아 카니발, 독일의 옥토버 페스트, 타이의 송크란 축제, 일본의 삿포로 눈 축제, 멕시코의 세르반티노 축제, 영국의 노팅힐 축제와 에든버러 축제, 몽골의 나담 축제, 스페인의 부뇰 토마토 축제를 말한다.

베네치아 카니발
이탈리아 최대의 축제이자 세계적으로도 유명한 축제다. 산마르코 광장에서 펼쳐지는 가면과 의상 대회 등 다양한 문화 행사가 열린다.

노팅힐 축제 영국에서 열리는 유럽 최대의 거리 축제다. 1965년 카리브 해 출신 흑인 이주자들이 전통 복장을 하고 거리를 행진한 것에서 시작되었다.

토마토 축제 1944년 토마토 값 폭락에 화가 난 스페인 농민들이 시 의원들에게 토마토를 던진 것이 지금의 토마토 축제로 발전했다.

하지 축제 스웨덴에서 매년 하지에 가까운 토요일에 열리는 축제다. 크리스마스와 함께 스웨덴의 2대 명절에 속한다.

옥토버 페스트의 대형 맥주 텐트 옥토버 페스트는 독일 뮌헨에서 매년 9월 말에서 10월 초까지 열리는 맥주 축제다. 1883년 뮌헨의 6대 맥주 회사들이 축제를 후원하면서 독일의 대표 축제로 거듭났다. 행사장에는 3,000명이 들어가 한꺼번에 맥주를 마실 수 있는 초대형 텐트 14개가 있다.

리우 카니발

매년 2월 말에서 3월 초까지 열린다. 매년 전 세계에서 약 6만 명의 관광객이 찾아오고, 브라질 국내 관광객도 25만여 명에 이른다. 브라질을 찾는 전체 관광객의 1/3이 리우 카니발이 열리는 시기에 맞춰서 온다고 한다.

송크란 축제

타이력(曆)의 정월 초하루인 송크란(4월 13일)을 기념하는 축제다. 축복을 기원하는 의미로 서로에게 물을 뿌리는 놀이가 유명해 '물의 축제'라고도 한다. 타이의 주요 도시에서 열리는데, '치앙마이 축제'가 특히 유명하다.

세르반티노 축제 공연 멕시코의 세르반티노 축제는 중남미에서 가장 유명한 예술 축제다. 『돈키호테』의 작가 세르반테스를 기리기 위해 시작했다.

나담 축제 몽골의 수도 울란바토르에서 매년 7월에 열리는 축제다. 말타기, 활쏘기, 씨름의 3종 경기를 치르는데, 도시와 마을 전역에서 자체 대회를 연다

에든버러 축제 매년 8월 중순부터 3주 동안 스코틀랜드의 에든버러에서 열리는 세계 최대의 공연 축제다. 제2차 세계 대전으로 상처받은 사람들의 정신을 치유하려는 목적으로 시작되었다.

삿포로 축제 매년 2월 초에 열리는 일본 최대 축제다. 제2차 세계 대전에서 패한 아픔을 극복한 삿포로 시민을 위로하고, 춥고 긴 겨울을 즐겁게 보내자는 목적으로 시작되었다.

옥토버 페스트 출구
옥토버 페스트는 매년 전 세계에서 수백만 명의 관광객이 찾는 세계적인 축제다. 출구에 독일어로 "안녕히 가세요."라고 적혀 있다.

리베르는 로마 제국에서 명주(名酒)로 이름났던 팔레르노 포도주에 얽힌 신화와 관련이 있습니다. 리베르는 인간의 모습을 하고 이탈리아 남부의 캄파니아 지방을 지나가다가 팔레르누스라는 늙은 농부의 집에 들르게 되었어요. 팔레르누스는 남루한 차림의 리베르를 따뜻하게 맞이했으나, 몹시 가난해 대접할 것은 별로 없었지요. 리베르는 우유를 포도주로 바꾸었고, 이 포도주를 마신 팔레르누스는 잠이 들었어요. 예수가 잔칫집 항아리의 물을 포도주로 바꾼 기적이 떠오르지 않나요? 팔레르누스가 깨어나 보니 산기슭이 온통 포도나무로 뒤덮여 있었는데, 여기서 팔레르노 포도주가 유래되었지요.

연극은 술의 신에 대한 의식(儀式)이 그리스에 전해져서 발생했다고 합니다. 신화에서도 알 수 있듯이 일탈, 전원, 자유, 술, 성인식, 성장 등은 축제의 본질이에요. 결국, 축제는 이성과는 반대되는 감성을 표현하는 의식입니다. 예술의 경지도 규격에서 벗어난 일탈, 더 나아가 입신(入神)의 상태를 거쳐서 나타나는 경우가 많지 않나요?

증기 기관을 '산업 혁명의 꽃'이라고 부르는 이유는 무엇일까요?

물을 끓이면 증기가 생기고 증기는 주전자 뚜껑을 들썩이게 할 정도로 힘을 가지고 있어요. 이 힘을 기계 장치에 연결할 수 있게 한 것이 바로 증기 기관입니다. 증기 기관이 발명된 후부터는 무거운 것을 들어 올리거나 끌고 가야 할 때 사람이나 가축의 힘을 빌리지 않아도 되었어요. 증기 기관을 응용해 방적기, 방직기와 같은 기계는 물론 증기선, 증기 기관차, 증기 자동차 등이 연이어 발명되었습니다. 증기 기관의 발명과 발달은 집에서 사람의 손으로 물건을 만들던 가내 수공업에서, 증기 기관을 이용해 거대한 기계를 움직여 물건을 만드는 공장제 기계 공업으로 공업의 역사를 바꾸어 놓았어요. 또 증기 기관을 이용한 수송 기관의 발달은 공장에서 필요로 하는 원료를 원활하게 공급할 수 있게 하고, 생산된 물건을 쉽고 빠르게 운반할 수 있게 해 주었지요. 이로써 산업과 문화에 커다란 변화가 나타났는데, 이를 '산업 혁명'이라고 합니다. 증기 기관이 산업 혁명을 꽃피게 했기 때문에 '산업 혁명의 꽃'이라고 불리게 되었지요.

와트의 증기 기관

2 천사들의 땅 | 영국

섬 나라인 영국에는 예전에 천사들(Angels)이 살았어요. 진짜 천사가 아니라 앵글 족(Angles)이 살았다는 뜻입니다. 그래서 이 섬을 앵글 족의 땅(Angleland)이라고 불렀어요. 지금은 엥글랜드(England)라고 쓰고 '잉글랜드'라고 읽지요. 하지만 이 섬에는 잉글랜드 말고도 웨일스와 스코틀랜드가 있어요. 그래서 섬 전체를 일컬어 '대브리튼 섬(Great Britain)'이라고 합니다. 대브리튼 섬 옆에는 섬이 하나 더 있는데, 이 섬의 이름은 아일랜드예요.

- 영국은 대브리튼 섬(잉글랜드, 스코틀랜드, 웨일스)과 아일랜드 섬 북쪽의 북아일랜드로 이루어진 나라다.

- 영국 연방은 영국 본국과 대영 제국의 식민지였던 나라들이 정치와 경제 교류를 목적으로 조직한 연합체다.

- 런던은 영국의 수도이자 영국 연방 54개국의 구심점 역할을 하는 도시다.

- 영국은 멕시코 만류 때문에 날씨가 온난한 편이지만, 흐린 날이 많고 안개가 자주 낀다.

- 미국에서 영국 쪽으로 흐르는 멕시코 만류는 남쪽으로 내려오는 래브라도 해류를 만나 북서 대서양 어장을 이룬다.

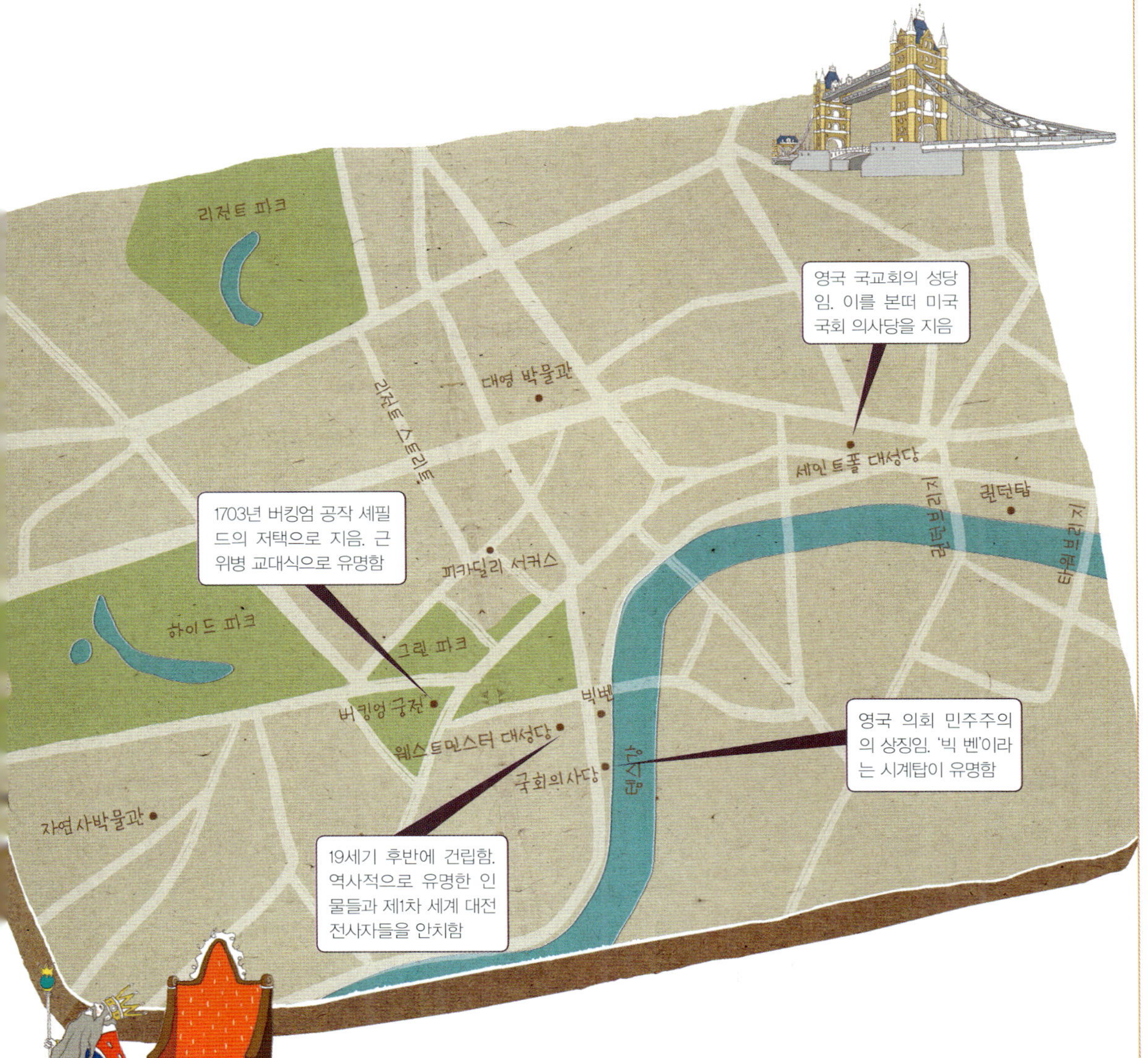

해가 지지 않는 나라

영국이 소유했던 모든 나라를 합쳐 대영 제국이라고 합니다. 영국을 '해가 지지 않는 나라'라고 하는 것도 해가 언제나 대영 제국의 어딘가를 비추기 때문에 생긴 말이에요. 이 명칭은 15세기 유럽 사람들이 해양을 통해 유럽 밖으로 진출한 대항해 시대 이후부터 영국의 상징적인 종주권만 인정하는 영국 연방이라는 개념이 법률로 구체화된 1931년까지 사용되었습니다. 영국이 차지했던 수많은 나라는 세계 각지에 흩어져 있어요. 그중에는 작은 나라도 있고 큰 나라도 있고 영국보다 훨씬 큰 나라도 있었습니다. 캐나다도 영국에 속한 나라 중 하나였지요. 영국 본토와 영국의 식민지였다가 독립한

버킹엄 궁전의 근위병 교대식
세계에서 가장 규모가 크고 웅장한 근위병 교대식이다. 5월에서 7월까지는 매일 진행하고, 8월에는 이틀에 한 번씩 진행한다.

나라들로 구성된 연방체를 영국 연방이라고 합니다. 영국 연방의 구성국들은 영국 본국과 대등한 지위에 있는 주권 국가예요. 오스트레일리아, 뉴질랜드, 캐나다, 말레이시아, 싱가포르, 방글라데시, 인도, 스리랑카, 나이지리아, 케냐, 가나, 우간다, 탄자니아, 바하마, 자메이카, 도미니카, 사모아, 피지, 파푸아 뉴기니 등 54개국이 영국 연방에 속하지요.

이 구성국 중에는 오스트레일리아, 뉴질랜드, 캐나다와 같이 영국 본국의 여왕을 국왕으로 모시는 군주제 국가도 있고, 인도나 가나와 같은 공화제 국가도 있어 연방이라는 표현이 정확하다고는 할 수 없어요.

버킹엄 궁전
영국 런던 웨스트민스터에 있는 국왕의 궁전이다. 1703년 버킹엄 공작이 지은 버킹엄 하우스를 1762년 조지 3세가
매수했다. 이후 조지 4세가 건축가 존 나슈를 기용해 개축했는데, 그때부터 버킹엄 궁전으로 불린다. 현재 왕정의
사무실과 주거지로 쓰이고 있다.

런던의 오래된 거리를 누비다

영국의 수도는 런던이에요. 런던은 대영 제국 시절 영국이 식민지로 정복한 모든 나라의 수도였고, 지금도 영국 연방 54개 국가의 구심 역할을 하는 도시입니다. 뉴욕은 높지만 런던은 넓어요. 뉴욕에는 30층, 40층, 50층 높이의 마천루가 하늘을 찌를 듯 서 있지만 런던에는 고층 건물이 거의 없습니다. 대신 도시가 사방으로 몇 킬로미터씩 넓게 퍼져 나가지요.

런던 시내를 가로지르는 템스 강에 있는 다리 중 가장 아름다운 다리는 무엇일까요? 바로 타워 브리지입니다.

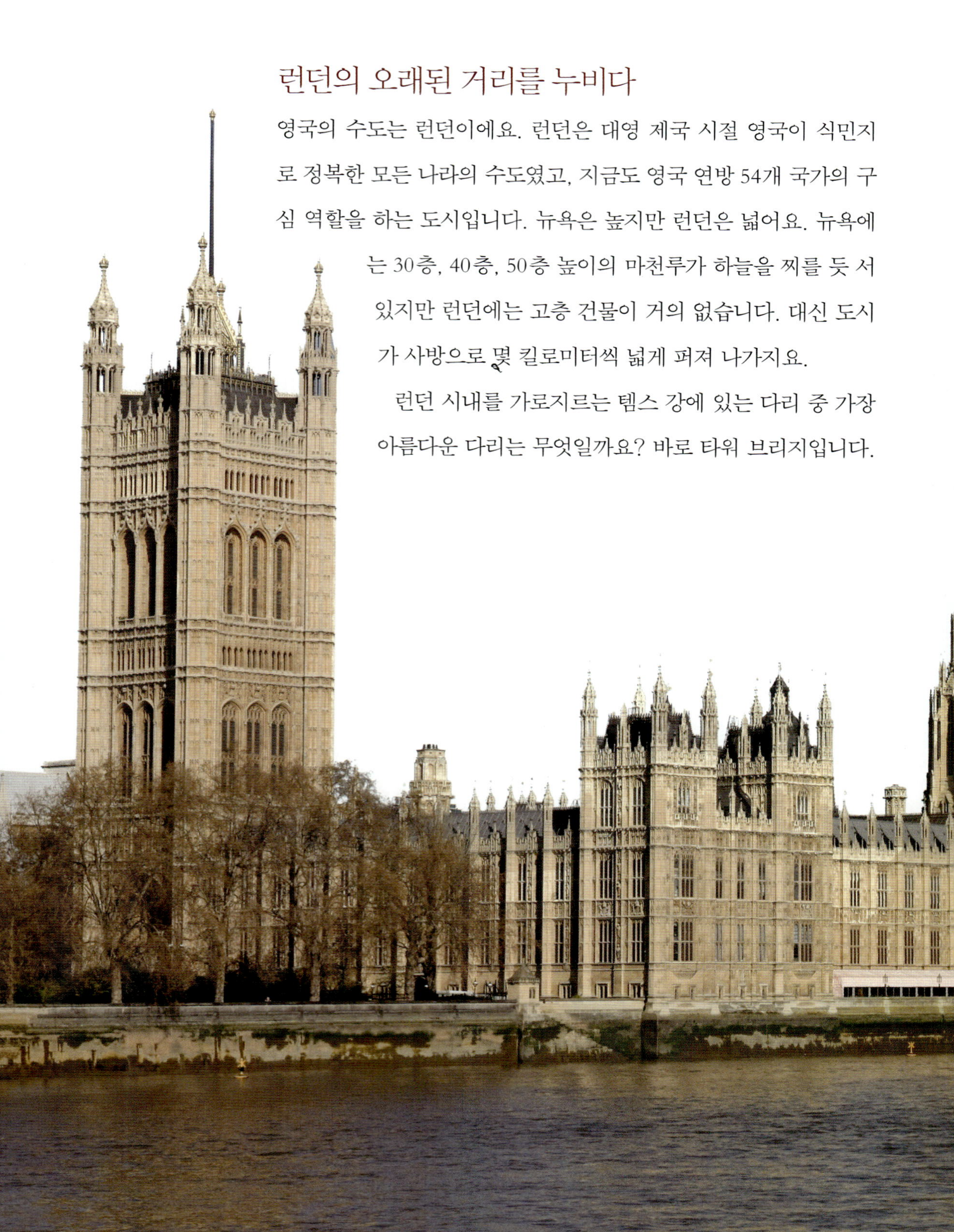

조명을 받으면 하얗게 빛나는 야경이 장관을 이루지요. 타워 브리지는 큰 배가 지나가면 다리를 열 수 있는 신기한 구조로 되어 있답니다.

　영국의 국회 의사당은 런던의 템스 강가에 있어요. 이곳에서는 영국 법률을 제정합니다. 영국은 왕이 통치하는 나라지만 영국 국민이 선출한 대표가 국회에 모여 법률을 제정하지요. 영국 국회 의사당에는 둥근 지붕 대신 네모난 탑들이 있는데, '빅 벤'이라는 큰 종이 달린 시계탑이 시간을 알려 준답니다.

　하지만 런던에도 미국 국회 의사당처럼 둥근 지붕을 얹은 큰 건물

타워 브리지(Tower Bridge)
영국 런던 시내를 흐르는 템스 강 위에 도개교와 현수교를 결합한 구조로 지은 다리다.
런던탑(Tower of London) 근처에 있기 때문에 타워 브리지라는 이름이 붙었다.

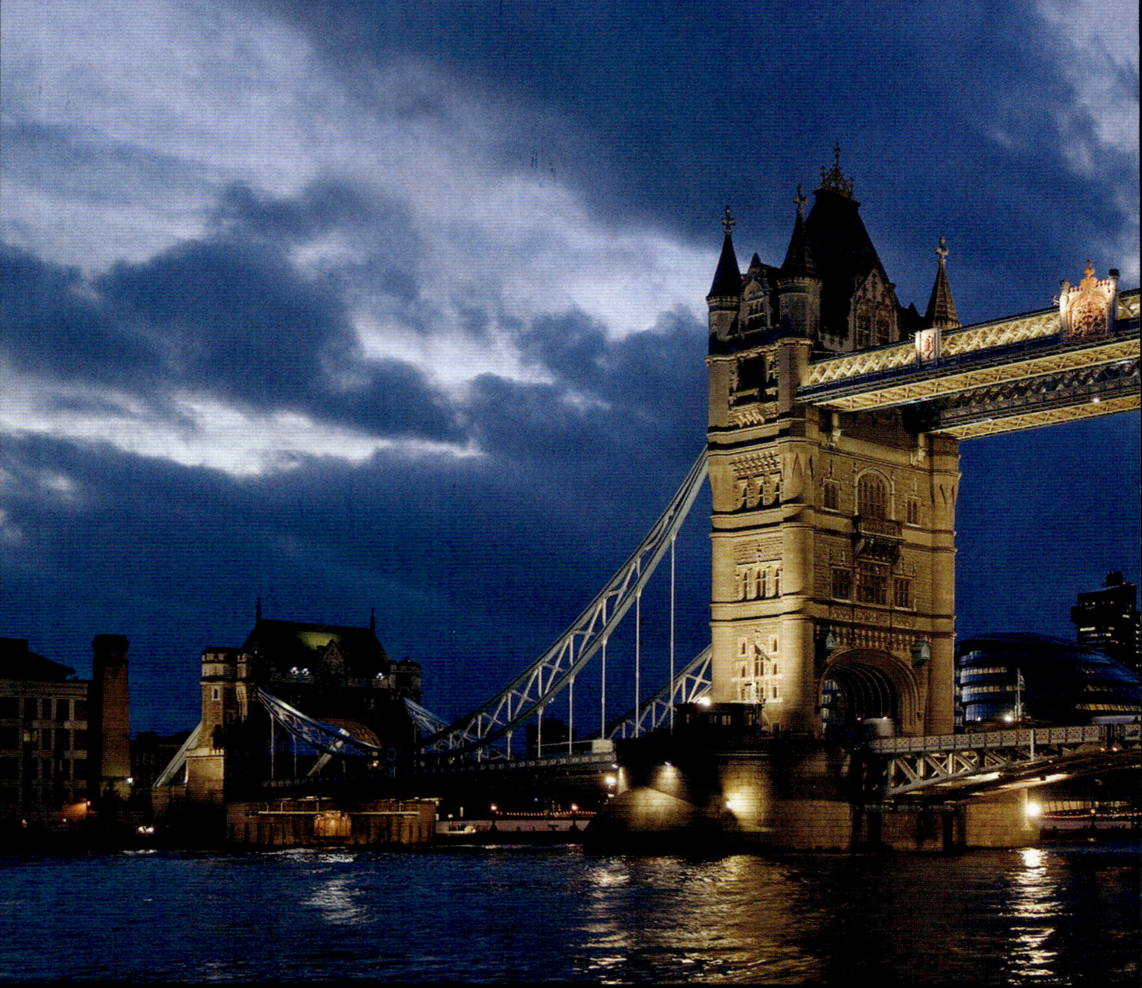

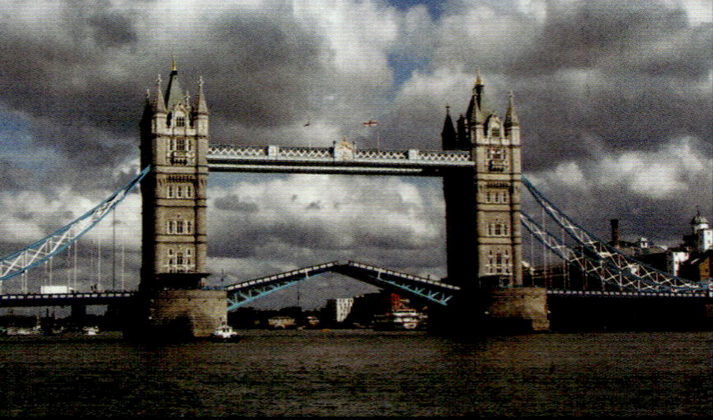

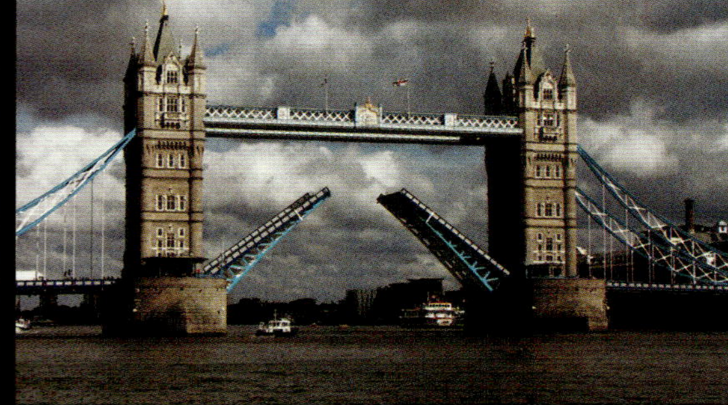

타워 브리지의 가운데 다리가 열리는 과정

도개교가 완전히 열려 차량이 통제되고 있는 장면

이 있어요. 바로 세인트 폴 대성당이지요. 워싱턴 국회 의사당의 둥근 지붕은 원래 이 성당을 본떠 만든 것이라고 합니다. 세인트 폴 대성당은 워싱턴 국회 의사당이 세워지기 오래전에, 미국이 건국된 때보다도 앞선 1710년에 세워진 건물이에요.

약 300년 전, 런던에 대규모 화재가 일어난 적이 있습니다. 도시 대부분을 태워 버려 지금도 런던 대화재라 부르지요. 그때 '굴뚝새'라는 뜻의 이름을 가진 크리스토퍼 렌이라는 사람이 잿더미로 변한 도시를 재건하기 시작했어요. 그는 아름다운 성당을 비롯해 다양한 건축물을 지었습니다. 세인트 폴 대성당 역시 렌이 지은 건축물이에요.

렌은 웨스트민스터 대성당이라는 아주 오래된 성당에 탑을 세웠습니다. 웨스트민스터 대성당은 성당일 뿐 아니라 역사적으로 유명한 인물의 묘지이기도 해요. 이곳에는 영국에서 가장 유명한 왕과 왕비나 위대한 작가, 시인, 음악가, 군인들이 잠들어 있답니다.

제1차 세계 대전이 끝난 후에는 프랑스의 전쟁터에서 목숨을 잃은 이름 모를 군인들을 웨스트민스터 대성당에 안치했어요. 대의명분을 위해 싸우다가 죽어 간 이들을 기린 곳을 무명용사의 묘라고 합니다.

웨스트민스터 대성당에는 영국 왕이 즉위할 때 앉는 대관식 의자가 있어요. 한때 이 대관식 의자 밑에는 '스콘의 돌'이라고 불리는 커다란 돌이 있었습니다. 왜 의자 밑에 돌이 있었냐고요? 영국

웨스트민스터 대성당
정식 명칭은 성 베드로 대성당이다. 역대 영국 국왕의 대관식을 행하는 장소로 사용하다가 지금은 절반은 국가의 교회로, 나머지 절반은 박물관으로 사용한다.

북부에 있는 스코틀랜드는 수백 년 전에는 잉글랜드와 다른 독립국이었어요. 스코틀랜드 왕은 왕위에 오를 때 의자가 아니라 큰 돌 위에 앉았지요. 그런데 1296년 잉글랜드 왕 에드워드 1세가 스코틀랜드를 침략해 돌을 런던으로 가져가 대관식 의자 밑에 넣어 둔 거예요. 역대 잉글랜드 왕은 이 의자에 앉아 대관식을 했는데, 두 나라의 왕좌에 앉아 두 나라의 왕으로 즉위하는 셈이었지요. 하지만 이 돌은 1996년 스코틀랜드에 반환되어 현재 에든버러 성에 보관되어 있어요.

렌은 런던에 성당을 여러 개 지었는데, 대부분 성당에 특정한 모양의 첨탑을 세웠습니다. 지금도 건축가들이 이런 첨탑을 본떠서 성당을 짓고 있어요. 이런 모양의 첨탑을 '렌의 첨탑'이라고 합니다. 여러분이 사는 도시에도 렌의 첨탑이 세워진 성당이 있을 거예요.

런던탑
탑이라기보다는 거대한 성에 가깝다. 한때는 감옥으로, 한때는 행정 기관과 왕립 보물 창고로 사용되었다. 지금은 관광 명소가 되어 큰 인기를 누리고 있다.

런던에는 런던 대화재가 일어나기 훨씬 오래전에 세워졌고, 런던에서 가장 오래된 건물인 '런던탑'이 있어요. 오랜 옛날에 런던탑은 유명한 인물들을 가두는 감옥이었습니다. 왕자와 왕비도 이곳에 갇혔고, 심지어 여기서 죽음을 맞이한

런던탑과 타워 브리지

사람도 있었어요. 하지만 지금은 오랜 옛날의 진기한 물건을 전시하는 박물관으로 바뀌었지요. 군인과 말과 심지어 개가 입는 철갑옷, 죄수의 머리를 자르는 단두대, 왕관을 장식하는 호두만 한 크기의 다이아몬드와 루비 등의 아름다운 보석이 이 박물관에 전시되어 있어요.

그리고 하얀 공단 쿠션에 놓인 왕비의 왕관에는 '빛의 산'이라는 뜻의 '코이누르'라는 큼직한 다이아몬드와 보석이 박혀 있어요. 이 보석은 남자가 소유하면 불운이 찾아온다는 말이 있어서 여자인 왕비가 가졌지요. 런던탑은 영국 왕의 호위병이 지킵니다.

여러분은 돌, 우표, 나비, 동전 따위를 모아 본 적이 있나요? 이처럼 영국은 세계 각지의 진귀한 물건을 모아 세계에서 가장 크고 아름다운 박물관에 전시해 두었어요. 이곳이 바로 대영 박물관이랍니다.

런던 시내에 난 모든 길을 한 줄로 세우면 지구 한 바퀴를 돌 수

런던탑 호위병
런던탑 안의 주얼리 하우스를 호위하는 병사의 모습이다.

런던탑

수 세기 동안 영국 왕실의 철벽 요새를 자랑했던 런던탑은 영국 역사의 다양한 모습을 그대로 간직하고 있다. 현재는 영국 역사의 깊이와 세월이 숨 쉬고 있는 박물관으로 탈바꿈했다.

빅토리아 여왕 왕관
'코이누르'라는 큼직한 다이아몬드와 보석이 박혀 있다. 코이누르는 남자가 소유하면 불운이 찾아온다는 설이 있어 여자인 왕비가 가졌다.

화이트 타워
런던탑에서 가장 오래된 곳이다. 중세 때 사용했던 전투용 갑옷이나 무기 등이 전시되어 있다.

단두대
목을 자르는 사형 기구다. 사진 속 단두대는
런던탑이 감옥으로 사용되었을 때 쓰였던
것이다.

철갑옷
무게만 해도 최소 40kg, 최대 80kg까지 육박한다.

피카딜리 서커스 분수
피카딜리 서커스는 런던에 있는 원형 광장이다. 분수대 위에 있는 큐피드 상은 박애주의자로 유명한 섀프츠베리 백작을 기념하기 위해 세웠다고 한다.

있다고 합니다. 런던의 길 이름을 모두 외우는 사람은 아무도 없어요. 런던에 관한 모든 것을 알아야 하는 '보비'라는 애칭의 런던 경찰관도 런던의 길 이름을 전부 알 수는 없습니다. 국왕의 궁전인 버킹엄 궁전의 근위병 교대식에는 수많은 관광객이 모여들기 때문에 보비들이 통제하지요.

런던의 수많은 길 중 리전트 스트리트와 본드 스트리트는 쇼핑의 거리로 유명해요. 또 옥스퍼드 서커스와 피카딜리 서커스라는 곳이 있는데, 여기서 '서커스'가 열리는 것은 아닙니다. 서커스란 길이 교차하는 큰 광장을 의미하지요.

영국에서는 운전석이 오른쪽에 있는 이유

영국은 땅덩어리가 비교적 작고 빠른 속도로 달리는 기차가 있어서 어디에서나 하루 만에 런던에 갈 수 있어요. 철도는 영국에서 발명되었는데 세계에서 가장 빠른 기차 중 하나인 유로스타도 영국에 있답니다.

영국 사람들은 좌측통행을 해요. 영국에서는 차를 오른쪽으로 몰면 경찰에 붙잡히지요.

영국이나 타이 같은 입헌 군주제 국가 중에는 차를 왼쪽으로 모는 나라가 많습니다. 국왕이나 귀족을 태운 마차의 마부가 말에게 채찍질하려면 오른쪽에 앉아야 했어요. 이 습관이 그대로 남아 자동차 운전석도 오른쪽에 있게 되었지요. 그런데 우측통행을 하면 말에게 채찍질하다가 행인을 치는 경우가 생겨서 차를 왼쪽으로 몰았다고 해요.

런던에서 이동할 때는 내부뿐 아니라 지붕에도 좌석이 있는 2층

영국의 지하철 튜브

영국의 지하철은 '튜브'라고 불리는데, 둥그런 터널 모양에서 유래한 것이다. 1863년에 처음으로 운행되어 150여 년의 역사를 자랑한다. 오래된 지하철은 바닥이 나무로 되어 있는 경우도 있다.

런던의 교통

영국은 면적이 비교적 좁은 나라다. 빠른 속도로 달리는 기차를 타면 영국 어디에서나 하루 만에 런던에 갈 수 있다. 사람들은 좌측통행을 하고 운전석은 오른쪽에 있어 길을 건널 때 조심해야 한다.

런던의 운전기사 런던의 버스나 자동차의 운전석은 오른쪽에 있다.

영국의 횡단보도에 적힌 경고 문구
영국에서 자동차는 좌측으로 운행하므로 횡단보도
의 바닥에는 'Look Right', 'Look Left'라는 주의 문구
가 적혀 있다.

도로를 건너는 행인(아래) 사진의 행인은 도로의
좌측으로 운행하고 있는 오른쪽의 차를 조심해야 하
고(Look Right), 중앙선을 지났을 때는 역시 좌측으로
운행하고 있는 왼쪽의 차를 조심해야 한다(Look Left).

케임브리지 대학교 옥스퍼드 대학교와 함께 영국에서 가장 오랜 전통을 자랑한다. 캠 강 옆의 다리를 건너는 곳에 있어 케임브리지로 불렸다

옥스퍼드 대학교 12세기에 헨리 2세가 옥스퍼드에 흩어져 있던 학교들을 통합해 세운 연구 고립 종합 대학교다

버스가 주로 이용됩니다. 또 '튜브'라고 불리는 지하철을 타기도 하지요.

영국에서 가장 유명한 관광 명소는 교회와 성당입니다. 미국에서는 100년이 넘은 교회를 찾아보기가 힘들어요. 하지만 영국에는 100년이 넘지 않은 교회가 거의 없고, 간혹 1,000년이 넘은 성당도 있답니다. 영국 사람의 절반가량이 영국 성공회 신도라서 영국 교회를 성공회라고 해요.

영국에는 세계적인 대학이 두 곳 있습니다. 한 곳은 템스 강 언저리에 있는데, 황소(ox)가 자주 강을 건너는(ford) 곳이라고 해 옥스퍼드(Oxford)라는 이름이 붙었어요. 다른 한 대학은 캠 강(River Cam)에 놓인 다리(bridge)를 건너는 곳에 있었다고 해서 케임브리지(Cambridge)라는 이름이 붙었지요. 영국 대학생들은 축구나 크리켓이라는 경기를 주로 하고, 노 젓기 대회를 열기도 한답니다.

런던은 안개에 젖어

'굿 모닝(Good Morning)'이라는 인사말은 어디에서 왔을까요? 영국 날씨는 무척 변덕스러워요. 화창하게 햇볕이 드는가 하면 갑자기 비가 내리거나 짙은 안개가 깔리기도 하지요. 화창한 날씨의 아침이면 사람들은 기쁜 마음에 "굿 모닝."이라고 말했다고 합니다. 여기서 '굿 모닝'이 아침 인사말이 된 거예요.

파리가 패션의 도시라면 런던은 안개의 도시입니다. 그런데 런던의 안개가 항상 낭만적인 것만은 아니에요. 1952년 겨울의 어느 날, 런던의 기온이 급격히 떨어졌습니다. 하늘은 구름으로 가려져 있었고, 안개는 대지를 자욱하게 뒤덮고 있었어요. 구름과 안개 때문에 햇빛이 차단되어 낮에도 앞을 분간할 수 없을 정도로 어두웠지요. 게다가 습도가 80%를 넘을 정도로 매우 습했답니다.

당시 영국은 석탄을 연료로 사용했습니다. 석탄을 태우면서 배출된 연기가 대기 중으로 확산되지 못하고 안개와 함께 지면에 머물게 되었던 거예요. 연기와 짙은 안개가 합쳐져 스모그를 형성했고, 호흡 장애와 질식 등으로 1만 2,000여 명의 런던 시민이 목숨을 잃었지요.

그렇다면 런던에는 왜 안개가 자주 끼는 것일까요? 바로 영국의 먼바다를 흐르는 해류 때문이에요. 난류인 멕시코 만류와 한류인 북극 해류는 영국과 프랑스 사이에 있는 도버 해협에서 정면으로 마주칩니다. 그러면 멕시코 만류로 만들어진 따뜻하고 습한 공기가 북극 해류에 의해 차가워지면서 많은 안개를 발생시켜요. 이 안개가 갈 곳을 잃고 결국에는 런던 하늘을 뒤덮고 마는 것이지요.

런던의 안개가 아무리 명물이라고 해도 사태가 이 정도에 이르면 당연히 관광객들은 도망쳐 버릴 거예요. 1956년 영국은 대기 오염 청정법을 통과시켜 대기 상태를 개선하기 위해 꾸준히 노력했고, 그 결과 안개 속의 오염 물질이 조금씩 사라지기 시작했습니다. 혹시 안개가 사라지면서 런던 골목의 '우윳빛 안개' 속을 거닐던 명탐정 셜록 홈스도 안개처럼 사라진 것은 아닐까요?

멕시코 만류의 비밀

미국의 정치가이자 과학자인 벤저민 프랭클린은 런던을 방문했을 때, '왜 영국에서 미국으로 우편을 보내는 시간이 고래잡이배가 미국에서 영국으로 가는 시간보다 2주나 더 걸릴까?'라는 의문을 품었어요. 프랭클린은 미국 선박들의 항해 일지를 조사했습니다. 그 결과 미국에서 영국 쪽으로 북대서양을 횡단하며 흐르는 멕시코 만류 때문이라는 사실을 알게 되었어요.

카리브 해의 더운물은 북쪽으로 올라가 플로리다 해협을 빠져나온 후 다시 북쪽으로 흐릅니다. 이때 흘러가는 바닷물의 양은 전 세계 강물 양의 25배나 된다고 해요. 이 멕시코 만류는 남쪽으로 내려오는 래브라도 해류와 만나 북서 대서양 어장을 이루지요.

대구와 청어가 많이 잡히는

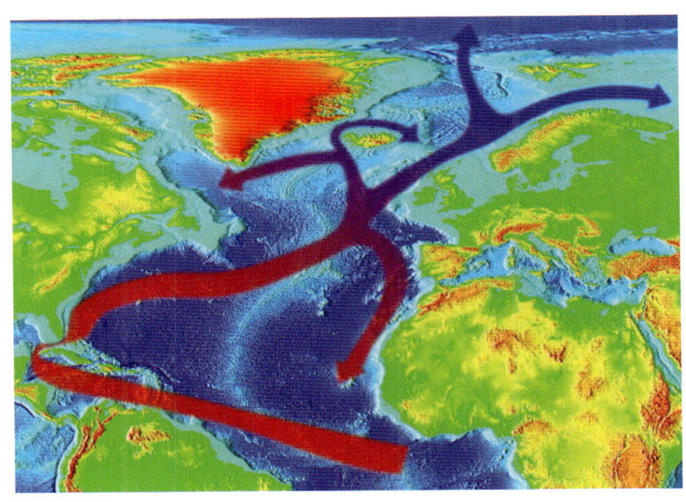

멕시코 만류

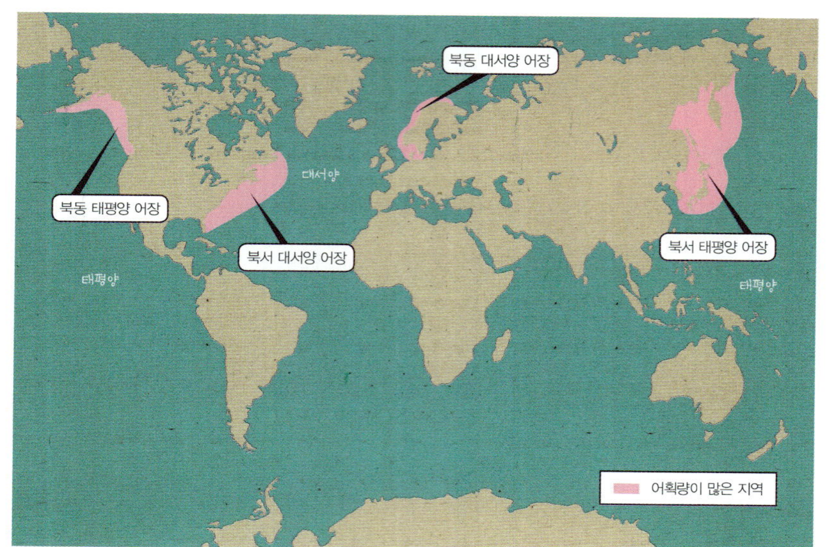

세계 4대 어장

북동 태평양 어장, 북동 대서양 어장, 북서 태평양 어장, 북서 대서양 어장을 세계 4대 어장으로 꼽는다. 북대서양과 북태평양의 50~60° 위도 대에는 세계적 어장이 형성되어 있다. 저위도에서 올라온 난류와 북극해에서 내려온 한류가 만나 조경 수역을 이루기 때문이다.

북서 대서양 어장(뉴펀들랜드 주변 해역)은 세계 4대 어장에 속합니다. 나머지는 쿠릴 한류와 쿠로시오 난류가 만나는 북서 태평양 어장, 멕시코 만류인 북대서양 난류와 그린란드 한류가 만나는 북동 대서양 어장(북해 수역), 캘리포니아 한류가 흐르는 북동 태평양 어장(알래스카)이에요. 특히 일본과 우리나라가 속해 있는 북서 태평양 어장은 세계 최대의 어획량을 자랑한답니다.

세계의 시간이 시작되는 곳, 그리니치 천문대

뉴욕에서 대서양 건너 런던까지는 약 5,000km 거리예요. 콜럼버스가 유럽에서 아메리카까지 오는 데는 한 달이 넘게 걸렸지만, 지금 우리는 비행기를 타고 불과 몇 시간 만에 뉴욕에서 런던까지 갈 수 있지요.

하지만 이보다 더 빠르게 대서양을 건너고 매일 같은 시간에 도착하는 것이 있습니다. 바로 태양이에요. 태양은 런던에서 뉴욕까지 5시간 만에 이동합니다. 물론 실제로 태양이 움직이는 것은 아니에요. 지구가 자전하기 때문에 마치 태양이 움직이는 것처럼 보이는 것이지요.

런던 사람들은 태양이 머리 위를 지나갈 때 시계를 12시에 맞춥니다. 태양이 대서양을 지나는 동안 런던의 모든 시계들이 째깍대다가 뉴욕 시간이 12시가 되면 런던은 5시가 되지요. 런던 시간이 뉴욕보다 5시간 빠른 거예요.

비행기를 타고 태평양 상공을 날아가다 보면 기내 방송에서 "지금 날짜 변경선을 지나고 있습니다."라고 알려 주기도 합니다. 그렇다

그리니치 천문대
천문 항해술 연구를 목적으로 1675년 런던 그리니치에 설립된 천문대다. 스모그와 먼지, 공해 등의 도시 오염을 피해 1945년 그리니치 남쪽 허스트몬슈로 이전했다. 본부는 케임브리지에 있지만 명칭은 그대로 사용 중이다.

날짜 변경선

면 태평양 위에 선이 그어져 있다는 말일까요? 당연히 아닙니다.

북극과 남극을 잇는 지구의 세로선, 즉 경도는 영국 런던의 그리니치 천문대를 기준으로 정해집니다. 그 기준선을 0°로 하고 서쪽과 동쪽으로 각각 180°로 정해 놓았기 때문에 지구 반대편에서는 24시간의 절반인 12시간의 시차가 생겨요. 이 선을 하루의 끝으로 정해서 날짜 변경선이 지도 위에 그어진 것입니다. 다행히도 날짜 변경선은 태평양 한가운데에 있어서 날짜가 바뀌어도 불편을 겪는 사람은 별로 없지요.

그런데 지도에 그려진 날짜 변경선을 보면 직선이 아니라 군데군데 휘어져 있는 것을 알 수 있어요. 같은 나라 안에서 날짜가 달라지는 것을 피하려고 일부러 날짜 변경선을 꺾어 놓은 것이랍니다.

?

왜 그리니치 천문대가 경도의
기준이 되었을까요?

1675년 영국 왕 찰스 2세는 천문 항해술을 연구하기 위해 런던의 교외인 그리니치에 천문대를 건립했습니다. 그러나 그리니치 천문대를 지나는 경도를 경도의 원점으로 정한 것은 1884년 미국 워싱턴에서 25개국의 대표가 모인 '만국 지도 회의'에서였어요. 신대륙 탐험이 활발히 진행되기 시작한 16세기 후반 유럽에서는 항해용 지도가 많이 제작되었습니다. 하지만 각자 자기 나라를 경도 기준으로 지도를 제작해서 지구상의 같은 지점이라 해도 나라별로 경위도가 달라지는 문제점이 있었지요. 이를 해결하기 위해 열린 회의가 '만국 지도 회의'였습니다. 이 회의에 참가한 25개국은 그리니치 천문대가 일찍부터 경위도에 대해 연구해 온 성과를 인정했어요. 그래서 그리니치 천문대를 지나는 경선을 경도 0°로 삼고, 각 나라는 경도 15°마다 1시간의 시차를 두고 시간대를 정해 현재까지 사용하고 있지요.

그리니치 천문대 바닥에 그어져 있는 경도 0°선

3 유니언 잭 아래 모이다 | 웨일스, 스코틀랜드, 아일랜드

월드컵 축구 예선을 보면 영국이라는 이름 대신 잉글랜드, 웨일스, 스코틀랜드, 북아일랜드라는 이름을 발견할 수 있어요. 축구 스타 데이비드 베컴과 라이언 긱스는 각각 잉글랜드와 웨일스의 국가 대표로 활약했지요. 두 선수는 영국이라는 같은 나라에 살면서도 다른 팀으로 출전한 거예요. 영국의 공식 명칭은 브리튼 왕국 연합과 북아일랜드(The United Kingdom of Great Britain and Northern Ireland)입니다. 잉글랜드, 스코틀랜드, 웨일스, 북아일랜드는 자기만의 국기를 가지고 있고, 고유한 국민성과 전통을 지니고 있지요.

- 골프는 14세기경 네덜란드의 하키 비슷한 놀이가 전해져 변화된 것이다.
- 영국 남서부에 있는 웨일스는 대브리튼 섬에서 스코틀랜드와 잉글랜드를 제외한 지역을 말한다.
- 아일랜드의 남쪽 지역은 독립 후 아일랜드 공화국이 되었지만, 현재 영국 영토인 북아일랜드는 독립을 주장하고 있다.
- 잉글랜드는 웨일스와 스코틀랜드, 아일랜드를 통합하면서 현재의 영국 국기인 '유니언 잭'을 만들었다.

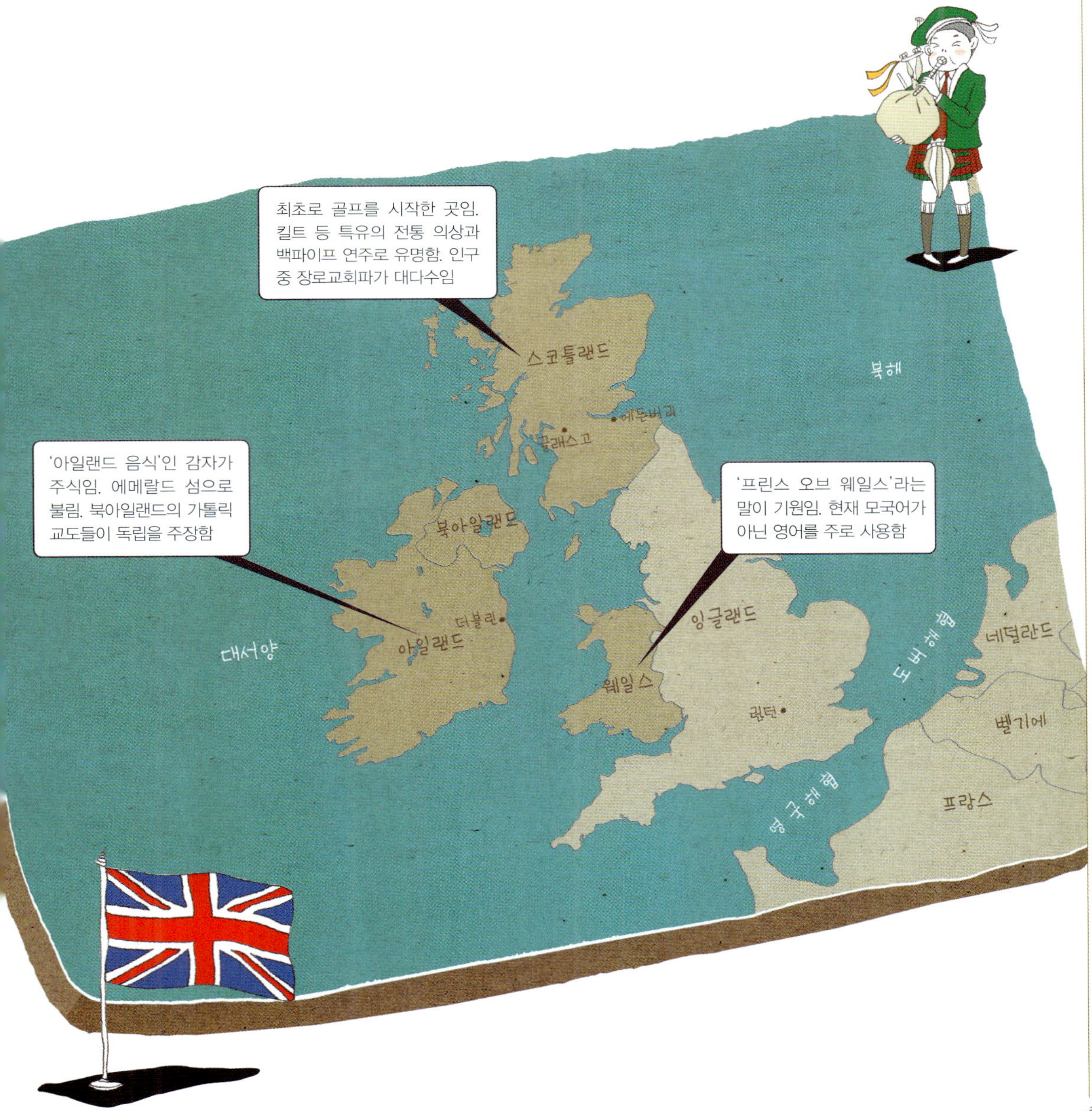

골프가 처음 시작된 곳, 스코틀랜드

골프가 처음 시작된 곳은 잉글랜드 북쪽에 있는 스코틀랜드예요. 이 곳에는 세계에서 가장 오래된 골프 코스가 있지요. 골프는 14세기 경 네덜란드의 헤드 콜벤이라는 하키 비슷한 놀이가 스코틀랜드로 건너가서 변화된 것이라고 합니다. 당시 스코틀랜드는 모래 언덕 등 골프장을 만드는 데 필요한 자연조건을 갖추고 있었고, 골프채의 원 재료가 되는 나무도 풍부했어요. 이런 이유로 골프가 스코틀랜드에

칼튼 힐
높이는 약 110m로 낮은 편이지만, 정상에 올라서면 에든버러 시내가 한눈에 들어온다.

서 크게 발전할 수 있었지요.

스코틀랜드는 예전에는 자국의 왕이 통치했습니다. 스코틀랜드
남자는 밝은색의 정사각형 숄을 걸치고 반바지 대신 무릎까지 내려
오는 킬트라는 치마를 입었어요.

스코틀랜드에는 백파이프라는 특이한 악기가 있어
요. 돼지가죽으로 만든 주머니에 풍선처럼 바람을
불어넣는 파이프가 달려 있고, 뿔 몇 개를 붙여서

만든 악기지요. 연주자는 팔 밑에 주머니를 끼우고 바람을 불어넣는 동시에 팔로 눌러 바람을 빼내면서 뿔에서 소리가 나오게 한답니다.

대양을 항해하는 큰 배 중에 제일 큰 배 몇 개가 글래스고에서 만들어졌어요. 이곳은 스코틀랜드 서쪽 클라이드 강 유역에 있지요. 글래스고는 대브리튼 섬에서 두 번째로 큰 도시지만, 스코틀랜드의 수도는 동쪽 해안에 있는 에든버러예요. 영국에는 성공회 신도가 많지만 장로교회는 스코틀랜드에서 탄생했으므로 스코틀랜드에는 장로교가 많다고 할 수 있지요.

프린스 오브 웨일스

웨일스는 현재 영국에 속하지만, 예전에는 독립된 나라였어요. 잉글랜드 왕은 웨일스를 정복한 후 원주민을 달래기 위해 웨일스에서 태어나고 영어를 한마디도 못하는 사람을 통치자로 보내 주기로 약속했습니다. 웨일스 사람들은 이 말에 기뻐했어요.

왕에게는 웨일스에서 태어났지만, 아직 아기라서 영어나 다른 나라 말을 한마디도 못하는 아들이 있었습니다. 그래서 왕은 이 아기를 웨일스의 통치자로 정하고 ‘프린스 오브 웨일스(Prince of Wales)’라고 불렀어요. 그 후 장차 대를 이을 영국 왕의 장남을 프린스 오브 웨일스라고 부르기 시작했지요.

지금 웨일스에는 모국어를 구사하는 사람이 거의 없어요. 학교에서 영어로 수업하기 때문이지요. 다른 나라를 여행할 때 그 나라 말을 배우기도 하지만 웨일스를 여행하려고 웨일스 말을 배울 필요는 없습니다. 웨일스에서는 누구나 영어를 할 줄 아니까요.

에메랄드 섬, 아일랜드

흔히 감자를 ‘아일랜드 음식’이라고 합니다. 영국 서쪽에 있는 아일랜드 섬에서 감자를 많이 생산하고 주식으로 먹기 때문이에요. 하지만 원래부터 아일랜드에서 감자가 난 것은 아니었습니다. 콜럼버스가 아메리카를 발견하기 전에는 유럽의 어떤 사람도 감자를 보거나 감자에 관해 들어 본 적이 없었지요. 원래는 남아메리카에서 자라던 감자를 아일랜드로 들여와서 재배하기 시작한 거예요.

아일랜드는 수도인 더블린을 조금만 벗어나도 넓은 목초지가 펼쳐집니다. 그리고 비가 많이 내리기 때문에 늘 선명한 푸른빛을 띠지요. 그래서 에메랄드의 섬이라고도 부른답니다.

아일랜드 남부 지역은 독립 후 나라 이름을 아일랜드 공화국이라고 정했어요. 아일랜드 섬의 북동부에 있는 북아일랜드는 현재 영국의 영토지만, 북아일랜드의 가톨릭교도가 독립을 주장해 분쟁이 계속되고 있습니다. 신교 국가인 잉글랜드는 12세기부터 부분적으로 아일랜드를 식민지로 삼았고, 17세기부터는 전 국토를 식민지로 통치하기에 이르렀어요. 이때 잉글랜드는 가톨릭 국가인 아일랜드에 신교도를 이주시켰는데, 이때부터 종교 갈등과 민족 대립이 시작되었지요.

더블린에서 남서쪽으로 내려가다 보면 킬케니라는 도시가 나오고, 조금 더 내려가면 코크가 있어요. 킬케니는 중세의 유명한 건축물이 아름다운 자연환경과 조화를 이루고 있지요. 특히 12세기 노르만 족이 침략해 건설한 것으로 전해지는 킬케니 성이 유명해요.

코크 근처에는 블라니라는 폐허만 남은 오래된 성이 있습니다. 이 성의 성벽에는 특별한 돌이 있어요. 전설에 의하면 이 돌에 입을 맞춘 사람은 남에게 기분 좋고 듣기 좋은 말을 할 수 있다고 전해지지요.

더블린 성

1921년 아일랜드가 잉글랜드로부터 독립하기 전까지, 아일랜드 내 잉글랜드 세력의 중심지 역할을 해 왔다. 한때 잉글랜드 총독의 관저이자 아일랜드의 성직자들을 가두는 장소로 사용되기도 했다.

킬케니 성 중세 도시의 상징으로 알려진 성이다. 12세기 노르만 족이 침략해 건설한 것으로 전해진다.

킬케니 성의 분수대 킬케니 성 앞의 분수대에 앉아 있는 엄마와 아이의 모습에서 여유가 느껴진다.

먼 길을 찾아온 사람이 많지만 블라니 돌에 입을 맞추려면 등을 대고 누워서 몸을 거꾸로 세우는 어려운 자세를 취해야 해요. 그래서 기분 좋은 말을 들으면 "오호, 블라니 돌에 입을 맞췄구나."라고 대꾸해 준답니다.

아일랜드에는 북쪽에 사는 거인이 스코틀랜드 여인과 사랑에 빠져 그 여인을 아일랜드로 데려오기 위해 마법의 다리를 놓았다는 전설이 있어요. 아일랜드 북쪽 해안에는 바다로 뻗어 나가는 듯한 돌기둥 수만 개가 있답니다. 아일랜드 사람들은 이곳을 가리키며 전설이 사실이라고 주장하지요. 이렇게 바다로 뻗은 돌기둥을 거인의 다리라는 뜻의 '거인의 둑길(Giant's Causeway)'이라고 불러요.

거인의 둑길
아일랜드 북쪽 해안에는 바다로 뻗어 나가는 듯한 돌기둥이 수만 개 있다. 이런 돌기둥을 거인의 다리라는 의미로 '거인의 둑길'이라고 부른다.

이 마법의 다리는 수천만 년 전에 화산이 폭발하면서 분출된 용암이 차가운 바다와 만나 식으면서 만들어진 지형이에요. 이를 주상 절리라고 하는데, 제주도 남부 해변에서도 볼 수 있지요.

블라니 돌
블라니 성의 성벽에는 블라니 돌이 있다. 전설에 따르면 블라니 돌에 입 맞춘 사람은 남에게 기분 좋고 듣기 좋은 말을 할 수 있다고 한다.

영국 국기는 왜 '유니언 잭'으로 불릴까

미국 국기에는 별(Star)과 희고 빨간 줄(Stripe)이 들어가 있어 성조기(Stars and Stripes)라고 합니다. 태양이 그려져 있는 일본 국기는 일장기라고 하지요. 또 프랑스 국기에는 자유, 평등, 박애를 의미하는 파란색, 하얀색, 붉은색이 들어 있어 삼색기라고 합니다. 우리나라 국기에는 태극 문양이 있어 태극기라고 하지요. 그렇다면 영국 국기인 유니언 잭은 어떤 모양을 하고 있을까요?

영국 국기는 결합 문자처럼 십자가 세 개가 한데 어우러진 문양이에요. 그중 하나는 잉글랜드의 국기인 성 조지의 십자가이고, 다른 하나는 스코틀랜드의 성 앤드류의 십자가이고, 나머지 하나는 아일랜드의 성 패트릭의 십자가지요.

1603년 잉글랜드는 스코틀랜드를 통합하면서 두 나라의 국기를 합쳐 최초의 유니언 잭을 만들었어요. 당시 잉글랜드는 이미 웨일스를 통합하고 있었던 상황이었지요. 1801년에는 아일랜드를 통합하면서 아일랜드의 국기를 합쳤어요. 이것이 바로 현재의 영국 국기인 유니언 잭이랍니다.

잉글랜드 국기

스코틀랜드 국기

유니언 잭

유니언에는 '연합, 통합'이라는 의미가 있는데, 잭에는 어떤 의미가 담겨 있을까요? 혹시 사람 이름이 아닐까요? 잭은 사람 이름이 아니라 뱃머리에 세우는 '국적을 나타내는 깃발'을 의미합니다. 따라서 유니언 잭은 '통합된 나라'라는 의미를 담고 있어요. 영국은 잉글랜드, 스코틀랜드, 웨일스, 북아일랜드를 통합해서 만든 나라니까요.

월드컵 대회에서 우리나라의 붉은 악마는 태극기를, 미국인은 성조기를, 일본인은 일장기를 흔들었습니다. 하지만 유니언 잭은 아무리 눈을 크게 떠도 보이지 않았어요. 베컴 같은 선수들은 영국 대표가 아닌 잉글랜드 대표였기 때문이지요.

감자가 아일랜드를 상징하는 음식이 된 이유는 무엇일까요?

감자는 지금의 페루 남부에서 약 7,000~1만 년 전부터 재배되기 시작했다고 전해져요. 전 세계적인 작물로 퍼지게 된 것은 스페인이 남아메리카를 점령한 16세기 이후입니다. 하지만 그 후로도 약 150년 동안 사람들은 감자를 돼지 먹이로 사용하거나 '악마의 식물'이라고 부르며 감자를 먹는 것을 죄악으로 인식하기도 했어요. 그러나 아일랜드는 비교적 일찍부터 감자 농업이 광범위하게 시행된 나라입니다. 그 이유는 종교와 관련이 있어요. 영국은 가톨릭교도가 다수인 아일랜드에 성공회를 전파하기 위해 무자비하게 탄압했습니다. 이 과정에서 아일랜드 사람 대부분이 영국 사람들에게 땅을 빼앗기고 남의 땅을 빌려 농사를 짓는 신세가 되었지요. 생산물 대부분은 땅 주인이 있는 영국으로 빠져나갔어요. 그래서 배고픔에 지친 아일랜드 농부들은 유럽 대부분 지역에서 먹기를 꺼리던 감자를 재배했지요. 당시에 감자는 저렴할 뿐만 아니라 생산성도 높고 포만감을 주었기 때문에 구황 작물(먹을 양식이 없어 굶주릴 때 재배하기 적당한 작물)로 제격이었어요. 그러나 감자를 주식으로 하던 아일랜드에 1845년 무렵 감자 역병이 돌기 시작했습니다. 1850년까지 굶어 죽은 사람과, 굶어 죽지 않기 위해 신대륙으로 이민을 떠난 사람을 합하면 전체 인구의 2/3 가까이 된다고 해요. 감자를 둘러싼 이 사건을 '아일랜드 대기근'이라고 하고, 감자는 아일랜드를 상징하는 작물이 되었답니다.

감자를 곁들인 아일랜드식 스튜

4 아름다움에 목마른 땅 | 프랑스

세계에서 가장 많은 관광객이 찾는 나라는 바로 프랑스예요. 매년 수천만 명의 관광객이 프랑스를 방문한다고 합니다. 세계적인 독일 작가인 괴테는 파리를 "거리의 모퉁이 하나를 돌고 다리 하나를 건널 때마다 바로 그곳에 역사가 전개되는 곳이다."라고 말했어요. 파리는 거리 곳곳이 역사의 현장이자 박물관이라고 할 수 있지요. 에펠 탑, 몽마르트르 언덕, 노트르담 대성당, 베르사유 궁전 등이 파리의 대표적인 관광 명소랍니다.

- 영국 해협은 프랑스와 영국 사이에 가로놓인 바다를 말한다.
- 프랑스 센 강에 자리 잡고 있는 파리는 프랑스의 정치·경제·문화의 중심지이자 세계 문화의 중심지다.
- '천국의 뜰'이라는 뜻의 샹젤리제 거리는 콩코르드 광장에서 북서쪽을 향해 뻗어 있는 파리의 중심가다.
- 프랑스는 대부분 온대성 기후지만, 남부 지방은 지중해성 기후를 보인다.

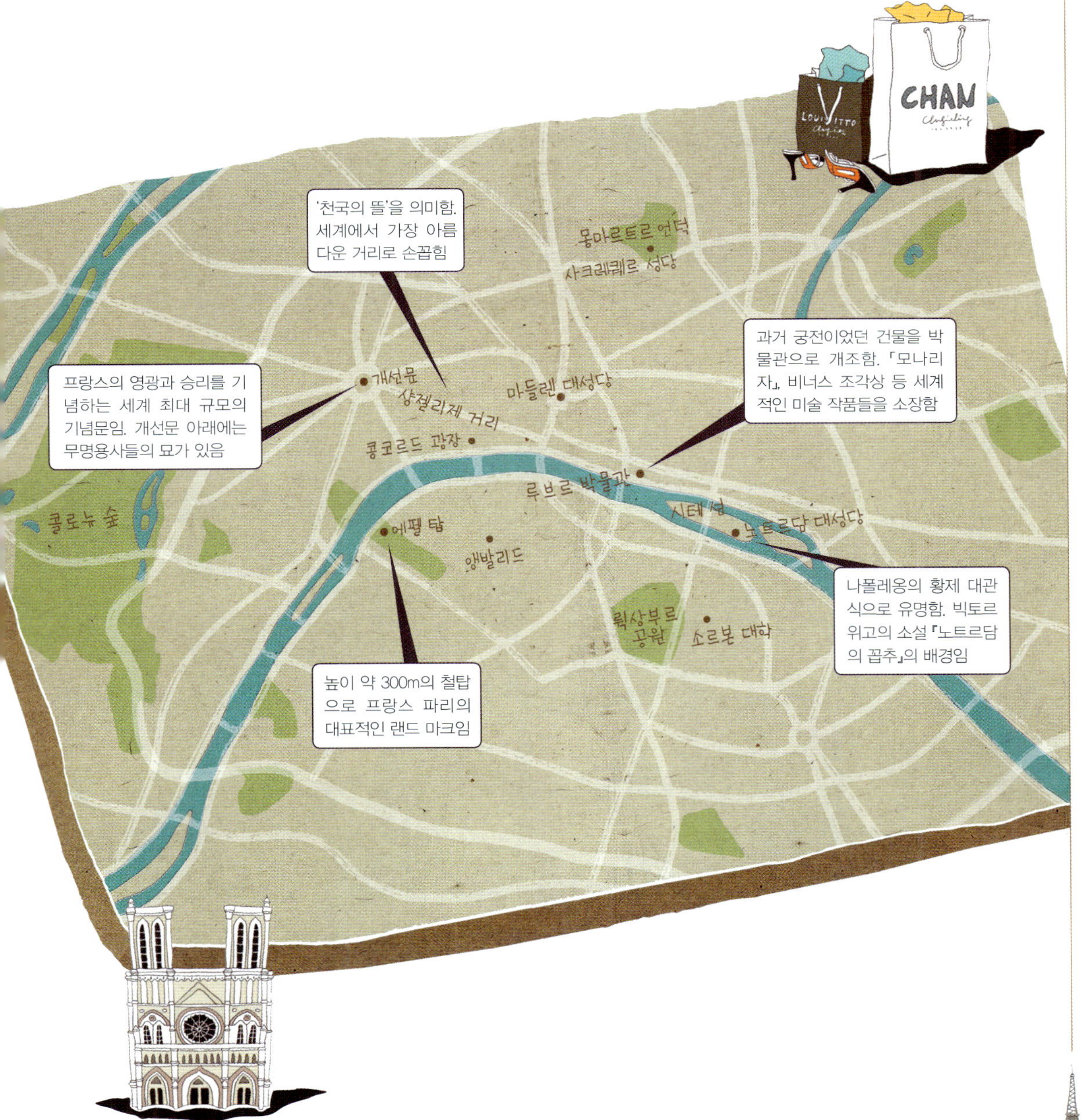

영국과 프랑스를 잇는 길

유럽의 어느 나라에서 태어나도 교육받은 사람이라면 누구나 프랑스 어를 말할 줄 알던 시절이 있었어요. 당시 영어는 외국어를 전혀 모르는 하인들한테만 쓰는 말이었지요.

프랑스는 영국에서 약 40km 정도밖에 떨어져 있지 않아요. 두 나라 사이에는 바다가 가로놓여 있습니다. 이 바다를 영국에서는 영국 해협이라고 하고, 프랑스에서는 라망슈라고 하지요.

세계에서 가장 뛰어난 수영 선수들이 영국 해협을 건너려고 시도했지만 성공한 사람은 많지 않아요. 이 해협을 배로 건너려면 약 2시간 정도 걸린답니다.

영국 해협을 건널 때는 주로 영국의 도버에서 출발해 프랑스의 칼레로 들어가요. 그래서 영국은 이 좁은 해협을 '도버 해협'이라 하고, 프랑스는 '칼레 해협'이라 합니다.

도버와 칼레 사이는 영국과 유럽 대륙을 연결하는 가장 짧은 뱃길

유로스타
영국과 프랑스, 벨기에가 공동으로 운영하는 고속 열차다. 런던과 파리 또는 런던과 브뤼셀 구간을 시속 300km로 운행한다.

이에요. 길은 멀지 않지만 파도가 몹시 거센 편이라 꽤 긴 여정처럼 느껴진다고 합니다. 그래서 1994년 도버 해협을 육로로 연결하기 위해 영국의 포크스턴과 프랑스의 칼레 구간에 해저 터널인 유로 터널이 건설되었어요. 이 터널을 통해 '유로스타'라는 국제 특급 열차인 테제베가 런던, 파리, 브뤼셀을 연결하고 있지요.

세계에서 가장 아름다운 도시, 파리

런던은 강 상류에 세워진 도시지만 템스 강의 연중 유량이 일정해 꽤 큼직한 배도 런던까지 올라갈 수 있어요. 파리도 센 강 상류에 자리 잡고 있지만, 강이 얕고 좁아서 큰 배는 파리까지 올라가지 못하고 작은 배만 지나다닐 수 있다고 합니다. 센 강은 파리를 가로질러 흘러요. 더 정확히 말하면 파리를 지나다가 중간에 꺾이기 때문에 파리를 굽어서 흐른다고 할 수 있지요.

센 강 안의 작은 섬 시테에는 대성당이 있습니다. 프랑스 어로 '성모 마리아'라는 뜻의 노트르담 대성당은 동정녀 마리아에게 바치는 성당이에요. 스테인드글라스로 유명한 노트르담 대성당은 수백년 전에 돌로 지은 건물입니다. 전면에는 탑 두 개가 서 있고, 가운데에는 손가락으로 하늘을 가리키는 듯한 모양의 첨탑이 있어요. 노트르담 대성당은 나폴레옹이 황제의 관을 쓴 곳으로 유명하고, 빅토르 위고의 소설 『노트르담의 꼽추』의 배경이 된 곳이기도 하지요.

스테인드글라스
'그림 유리'라고도 하는 스테인드글라스로 장식한 노트르담 대성당의 내부 모습이다.

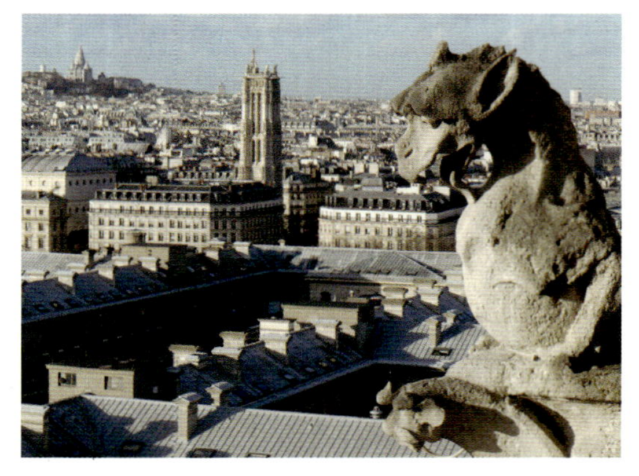

이곳은 돌로 만든 높은 기둥이 지붕을 떠받치고 있어요. 이런 벽을 공중 부벽이라 하는데, 기둥을 떼어 내면 지붕이 무너져 버리는 구조랍니다.

노트르담 지붕 끝에는 돌로 만든 이상한 동물이 빙 둘러서 앉아 있어요. 새이기도 하고 네발짐승이기도 하고 악마이기도 한 이 기괴한 동물을 '가고일'이라고 합니다. 가고일을 최대한 흉측하게 만들어서 지붕 끝에 올려놓으면 성당에서 악귀를 몰아낼 수 있다고 믿었지요.

가고일

교회 서쪽 전면에 늘어서 있는 51개의 가고일은 지붕 처마에 고인 물을 내보내는 빗물 배수구다. 가고일은 각각 다른 모습을 하고 있다.

파리에는 성경에 나오는 또 한 사람의 마리아인 막달라 마리아에게 바치는

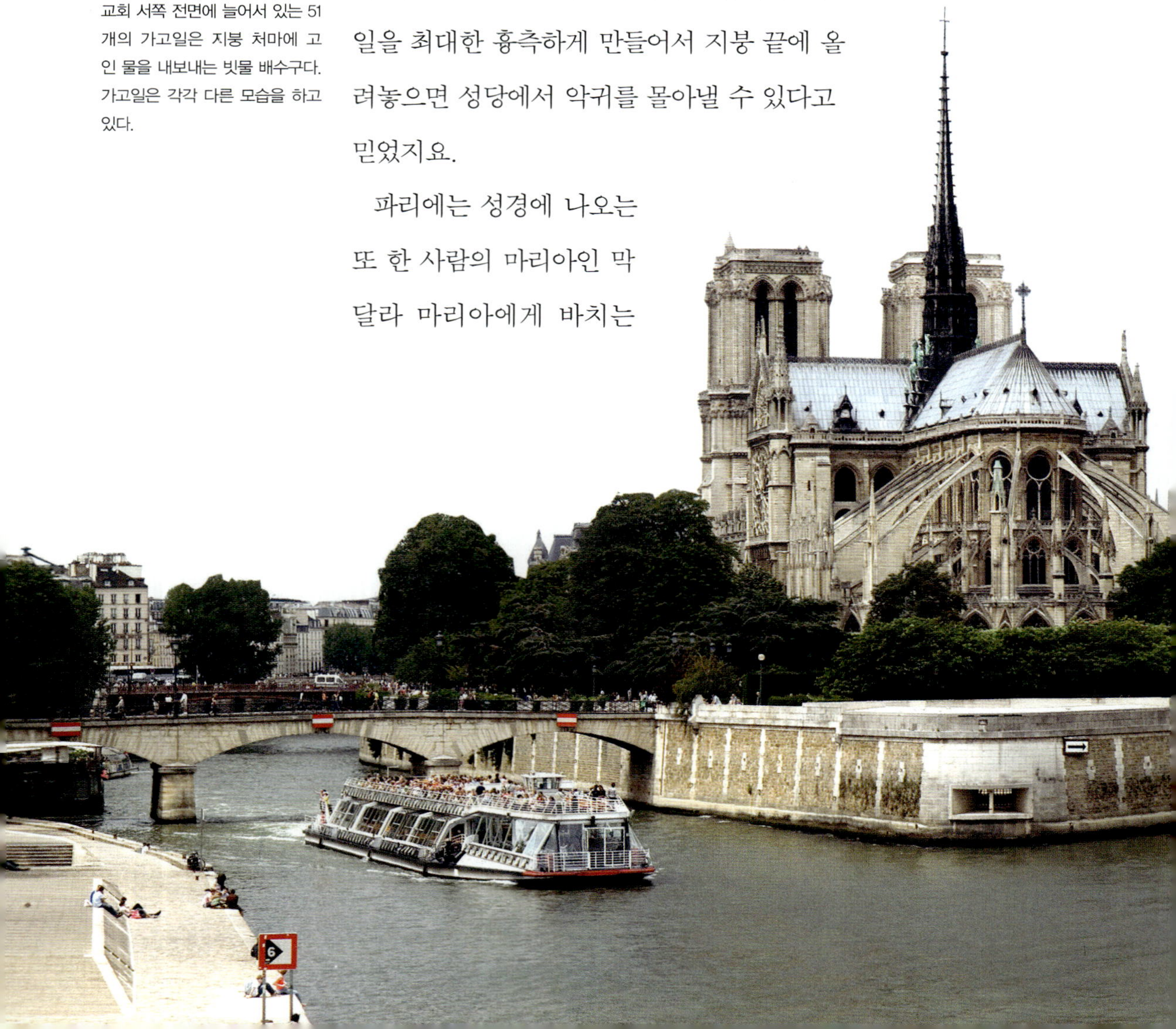

유명한 성당이 있어요. 프랑스에서는 이 성당을 막달라의 프랑스 어인 '마들렌'이라고 줄여서 부르지요. 마들렌 성당은 노트르담 성당보다 훨씬 뒤에 지었는데도 훨씬 오래된 건물처럼 보여요. 교회가생기기 전에 고대 사원을 짓던 건축 양식으로 지었기 때문이지요.

마들렌 성당 외벽에는 돌기둥이 둘러서 있어요. 성당 건물에는 창문도 없고 탑도 없고 공중 부벽도 없고 첨탑도 없고 둥근 지붕도 없습니다. 건물의 한쪽 구석에는 머리가 없는 성 누가 동상이 서 있어요. 동상의 머리가 왜 없냐고요? 동상의 머리는 전쟁 중에 독일군이쏜 총에 맞아 날아가 버렸답니다.

파리에서는 옛 궁전을 박물관이나 미술관, 도서관 등으로 고쳐서쓰고 있어요. 루브르 박물관도 가장 아름다운 궁전 중 하나였습니다. 루브르 박물관에는 세계적으로 유명한 작품인 「모나리자」가 전시되어 있어요. 세계에서 가장 값진 그림 중 하나인 이 작품을 언젠가 도난당한 적이 있습니다. 어디에서도 팔거나 전시할 수 없는 그

림을 훔쳐 갔으니 참으로 어리석은 짓이었지요. 잃어버린 「모나리자」는 오랜 시간이 흐른 뒤에야 다른 나라에서 발견되어 원래 있던 루브르 박물관으로 돌아왔답니다.

그리스도가 태어나기 이전에는 여러 신이 있다고 믿었기 때문에 신의 모습을 담은 조각상을 만들었어요. 그중에서 가장 훌륭한 조각상 두 점이 루브르 박물관에 있습니다. 하나는 대리석을 깎아서 만든 비너스 여신의 조각상이에요. 사랑의 여신 비너스의 조각상은 2,000년 전에 만들었지만 밀로 섬에 오랫동안 버려져 있었기 때문에 '밀로의 비너스'라는 이름이 붙었지요.

다른 하나는 날개를 한껏 펼친 천사처럼 생긴 '니케'라는 조각상이에요. 니케는 승리의 여신이랍니다. 비너스 조각상은 양

팔을 잃고 니케 조각상은 머리를 잃었
지만 두 조각상 모두 진짜 사람보다
더 아름다워요.

앞에서 밝혔듯이 성모 마리아에게
바쳐진 성당은 노트르담 성당이고, 막
달라 마리아에게 바쳐진 성당은 마들
렌 성당입니다. 파리에는 성스러운 마

루브르 박물관
영국의 대영 박물관, 러시아의 에
르미타슈 미술관과 함께 세계 3대
박물관으로 꼽힌다. 세계 최대 규
모의 미술품을 소장하고 있다.

음, 즉 성심에 바쳐진 성당도 있어요. 바로 몽마르트르 언덕에 있는
사크레쾨르 성당입니다. 이 성당은 프랑스-프로이센 전쟁 때 프랑
스의 승리를 기원하는 신자들의 기부금으로 지어졌어요. 특이한 점
은 이 성당에 비잔틴 양식과 로마네스크 양식이 모두 어우러져 있다
는 것이지요. 성당 아래로는 화려한 파리 시내 모습이 한눈에 들어

몽마르트르 언덕 화가들의 골목

사크레쾨르 성당 왼쪽 길로 접어들면 화가들의 골목인 테르트르 광장이 나온다. 광장에는 관광객을 상대로 초상화를 그리는 화가들이 모여 있다. 피카소, 마티스 등 유명 화가들이 즐겨 찾던 장소였던 이곳은 몽마르트르를 대표하는 장소 중 하나다.

프랑스의 승리를 기원한 사크레쾨르 성당

1870년부터 1871년까지 프랑스 · 프로이센의 전쟁이 있었다. 당시 가톨릭교도들이 프랑스의 승리를 기원하며 낸 기부금으로 사크레쾨르 성당이 건축되었다.

성 루이와 잔 다르크의 기마상
몽마르트르 언덕 위에 있어 성당 돔 내에서는 파리의 전망을 볼 수 있다. 성당 앞 양
쪽에는 성 루이와 잔 다르크의 기마상이 있다. 사진은 성 루이의 기마상이다.

센 강을 가로지르는
아름다운 다리들

센 강에서 가장 아름다운 알렉산드르 3세 다리

예술가들이 자주 찾는 퐁데자르

노트르담 대성당을 끼고 있는 프티퐁

루브르 박물관을 끼고 있는 퐁루아얄
영화로 유명해진 퐁뇌프
에펠 탑 야경
에펠 탑으로 연결되는 퐁예나

에펠 탑

1889년 프랑스 혁명 100주년을 기념해 개최된 파리 만국 박람회 때 귀스타브 에펠의 설계로 세운 탑이다. 300m에 이르는 높이로 당시 큰 화제를 낳았다. 하지만 우아한 파리의 모습과 어울리지 않는 '철골 덩어리'라고 비난하는 사람들도 많았다.

옵니다. 성당의 왼쪽 길로 접어들면 화가들의 골목이 나타나요. 이곳에서는 관광객들의 모습을 그리는 무명 화가들을 볼 수 있답니다.

프랑스 국회 의사당 건물에는 미국처럼 둥근 지붕이 있는 것도 아니고 영국처럼 탑이 있지도 않아요. 하지만 파리에는 미국의 국회 의사당과 런던의 세인트 폴 성당처럼 둥근 지붕을 얹은 앵발리드 군사 박물관이 있습니다. 이곳에는 프랑스의 위대한 군인 두 사람이 묻혀 있어요. 한 사람은 조지 워싱턴과 같은 시대 사람인 나폴레옹입니다. 그는 프랑스에서 대통령을 추대하기 전에 황제를 지냈지요. 나폴레옹의 유해는 둥근 지붕 아래 놓인 커다란 대리석 상자에 들어 있어요. 다른 한 사람은 제1차 세계 대전에서 프랑스군을 이끌었던 포슈 장군입니다.

파리의 센 강 유역에는 에펠 탑이 있어요. 에펠 탑의 높이는 약 300m랍니다. 탑 전체를 철로 만들었고, 네 개의 높은 철제 다리가 탑을 받치고 있어요. 에펠 탑 다리 사이로 바라보면 마치 거인이 도시 위에 다리를 벌리고 선 것처럼 다리 사이로 도시의 건물이 모두 보이지요.

천국의 뜰, 샹젤리제 거리

'불바르(Boulevard)'는 프랑스 어로 넓은 가로수 길을 뜻하고, '애비뉴(Avenue)'는 큰길을 뜻합니다. 파리에는 수많은 가로수 길이 있는데, 그중 세계에서 가장 아름다운 거리로 꼽히는 샹젤리제가 있어요. 샹젤리제는 '천국의 뜰'이라는 뜻입니다. 해가 지는 곳을 향해 뻗어 있는 가로수 길의 모습이 마치 천국의 길처럼 아름다워서 붙은

개선문
에펠 탑과 더불어 파리를 상징하
는 대표적 명소다. 나폴레옹이 전
쟁에서 승리한 것을 기념하기 위
해 만든 것으로, 로마 티투스 황
제의 개선문을 그대로 본떠 설계
했다.

이름이지요.

샹젤리제 거리의 한쪽 끝에는 콩코르드 광장이 있습니다. 콩코르드 광장은 파리에서 가장 아름다운 광장이에요. 콩코르드 광장 한가운데에는 끝이 뾰족하고 높은 돌기둥으로 된 기념탑이 있습니다. 이 탑을 '클레오파트라의 바늘'이라고 하지요.

샹젤리제 거리의 다른 쪽 끝에는 거대한 문처럼 생긴 아름다운 아치가 있습니다. '개선문'이라는 이름에서 승리를 기념하는 문이라는 것을 쉽게 추측할 수 있어요. 개선문 아래로는 자동차든 뭐든 지나다닐 수 없습니다. 개선문 아래 포장도로 밑에는 프랑스의 무명용사가 잠들어 있기 때문이에요. 묘지에는 밤낮을 가리지 않고 불꽃이

타오르며 제1차 세계 대전에서 목숨을 잃은 프랑스 장병의 넋을 기리고 있지요.

1998년 프랑스에서 개최된 월드컵에서 주최국인 프랑스가 우승하자, 개선문 부근의 샹젤리제에 100만 명이 넘는 인파가 몰려들었다고 해요. 이처럼 프랑스가 100만 명이나 수용할 수 있을 정도로 넓은 거리를 만든 이유는 무엇일까요? 1789년 프랑스 혁명 이후 파리에서는 폭동이 자주 일어났습니다. 폭동을 일으킨 시민들은 바리케이드를 친 채 저항했어요. 나폴레옹 3세는 이러한 저항을 막기 위해 넓은 도로를 만들었지요. 도로를 넓게 확장하면 시민들이 바리케이드를 치거나 몸을 숨길 수 없을 거라고 생각한 거예요. 어쨌든 처음 도로를 확장한 의도와는 상관없이 이후 샹젤리제 거리는 세계 곳곳의 도시 계획에 큰 영향을 미쳤답니다.

샹젤리제의 레스토랑 프랑스 사람들은 노천카페나 레스토랑에 앉아 거리의 풍경을 즐긴다.

샹젤리제 거리 개선문을 중심으로 사방으로 뻗어 있는 도로 12개 중 콩코르드 광장까지 이어진 길을 말한다. 17세기 초 마리 드 메디시스 왕비가

아름답게 만드는 법을 아는 사람들

프랑스 사람들은 아름다운 것을 사랑합니다. 아름다운 그림과 아름다운 조각상과 아름다운 건축물을 사랑하지요. 파리에는 에펠 탑과 몽파르나스 타워를 제외하고는 초고층 건물이 거의 없어요. 파리에 대한 자긍심이 강한 시민들이 초고층 건물이 들어서는 것을 원하지 않는 데다 법으로도 정해져 있기 때문이지요. 파리의 토양은 석회암으로 되어 있어요. 기반암 상태에서 석회암은 부서지기 쉬워서 고층 건물뿐만 아니라 댐을 세우기도 어렵답니다.

프랑스 사람들은 모자와 옷, 요리와 예절 같은 일상에서도 아름다움을 추구해요. 그래서 프랑스제 모자와 프랑스제 옷, 프랑스 요리, 프랑스식 예절은 유명하지요. 파리에 가서 의류 디자인을 공부하거나 고급 호텔이나 음식점에서는 프랑스 요리사를 불러들이기도 해요.

프랑스 사람들은 밖에서 식사하는 것을 즐깁니다. 지나가는 사람들이 훤히 다 보이는 곳에서 말이지요. 유명하다는 음식점도 대부분 길가에 테이블을 내놓는답니다. 미국 사람들이 식사 중에 우유나 커피 등을 자주 마시듯이 프랑스 사람들도 식사 중에 와인을 많이 마셔요. 프랑스 전역의 수많은 포도 농장에서 포도를 재배하며 와인을 만들지요. 이런 농장을 포도원이라는 뜻의 '빈야드'라고 합니다.

눈부신 지중해의 도시들

론 강 유역에는 비단을 만드는 것으로 유명한 리옹이라는 고장이 있어요. 론 강은 남쪽으로 흘러서 지중해의 리옹 만으로 흘러 들어가지요. 리옹 만에 있는 마르세유는 지금은 파리에 밀려나 프랑스에

지중해

지중해 연안에서는 겨울에는 편서풍의 영향으로 다소 따뜻한 우기가 지속되고, 여름에는 아열대 고압대의 영향으로 건조한 날씨가 지속된다. 지중해성 기후 지역에서는 작고 단단한 잎을 가진 키 작은 경엽수가 많이 보이는데, 이런 경엽수는 수분을 잘 잃지 않기 때문에 지중해성 기후의 여름철처럼 건조한 날씨에도 잘 자란다.

모나코 대공궁에서 내려다본 항구

니스 해변
코트 다쥐르(마르세유에서 이탈리아에 이르는 해안)의 꽃이라 불릴 만큼 아름답기로 유명하다. 산책하거나 일광욕 · 해수욕을 즐기는 사람들로 늘 북적인다.

모나코의 폰트빌레(아래)
모나코는 모나코 대공궁이 있는 모나코빌, 항구 지역인 라콘다민, 거주 지역인 몬테카를로, 바다를 매립한 폰트빌레의 4개 지역으로 나뉜다. 모나코는 아름다운 자연 경관과 따뜻한 지중해성 기후로 유명하다.

모나코 대공궁
모나코는 지중해 남부의 작은 공국이다. 공국(公國)은 군주의 작위가 공작인 나라를 말한다. 세계의 주권국들 가운데 두 번째로 영토가 작다. 바티칸 시국이 국제 연합에 가맹하지 않았으므로 국제 연합에 가맹한 나라들 가운데 국토 면적이 가장 작다.

서 두 번째로 큰 도시가 되었지만, 파리가 생기기 전에는 프랑스 최대의 도시였어요. 아주 먼 옛날부터 배들이 드나드는 거대한 항구 중 한 곳이었지요. 마르세유는 론 강 하구에 자리 잡고 있지만 바로 접해 있지는 않아요.

프랑스 사람들은 꽃과 향기로운 풀, 심지어는 잡초에서도 향기를 뽑아내는 것으로 유명합니다. 칸 북서쪽으로 약 10km 떨어진 그라스 시는 휴양지이자 프랑스 향수 제조의 중심지예요. 프랑스 향수는 몇 병을 만드는 데 넓은 꽃밭 전체가 다 들어갈 때도 있답니다.

여름이 되면 유럽 사람들 대부분이 지중해 바닷가로 여행을 떠나는 바람에 도시가 텅 빌 정도입니다. 프랑스가 법적으로 휴가를 한 달로 정한 것은 국민 복지를 위한 배려와 함께 자연의 혜택을 마음껏 즐기기 위한 목적도 있을 거예요. 프랑스는 휴가가 유난히 길어서 휴가철에 주인 없는 파리의 개들이 굶어 죽는 경우도 많다고 합니다.

프랑스의 남동쪽 끝 부분에 있는 모나코는 바티칸 시국에 이어 세계에서 두 번째로 면적이 작은 나라예요. 모나코는 겨울에도 따뜻해 휴양지로 주목을 받고 있지요. 모나코 북부에 있는 몬테카를로를 중심으로 국영 카지노와 자동차 경주가 유명해요.

같은 위도의 남프랑스는 따뜻하고
평안북도는 추운 이유가 무엇일까요?

남프랑스는 햇살이 눈에 부신 온화한 지역이라는 이미지를 지니고 있어요. 그런데 위도를 그어 보면 한반도에서 가장 추운 곳인 평안북도 중강진과 거의 동일 선상에 있지요. 왜 같은 위도의 남프랑스는 따뜻하고 평안북도는 추운 것일까요? 위도로 볼 때 훨씬 더 높은 지역에 있는 파리도 평균 기온이 영하로 내려가는 일은 별로 없답니다. 남프랑스의 축복받은 기후는 지중해성 기후의 영향 때문이에요. 지중해성 기후는 여름에는 중위도 고압대의 영향을 받아 기온이 높고 건조한 날씨가 나타나고, 겨울에는 고위도 저압대의 영향을 받아 온화하면서도 비가 내리는 날씨가 나타납니다. 그렇다면 파리와 같은 유럽 내륙 지방의 기후는 어떻게 설명할 수 있을까요? 유럽이 내륙까지 따뜻한 이유는 중위도 고압대에서 고위도 저압대로 부는 편서풍 때문이에요. 유럽에 도달하는 편서풍은 대서양에서 불어옵니다. 겨울에 바다는 육지보다 서서히 식기 때문에 따뜻해요. 유럽은 대체로 평탄한 지형이어서 편서풍이 내륙에까지 따뜻한 공기를 실어다 주지요. 유럽과는 반대로 대륙의 동쪽 끝에 있는 한반도의 경우, 여름에는 남동 계절풍이 남동쪽에서 습하고 따뜻한 공기를 몰아오고, 겨울에는 북서 계절풍이 북서쪽에서 건조하고 차가운 공기를 몰아옵니다. 이 때문에 여름에는 덥고 습한 날씨가 이어지고, 겨울에는 춥고 건조한 날씨가 지속되는 거예요.

5 작지만 강한 나라 | 베네룩스 3국

프랑스 북쪽에는 '전쟁터의 나라'가 있어요. 유럽의 다른 나라들이 일으킨 전쟁이 벨기에에서 벌어졌습니다. 벨기에의 워털루에서 프로이센군이 나폴레옹 군대를 크게 무찔렀고, 제1차 세계 대전 때는 프랑스군과 독일군이 벨기에에서 맞붙었지요. 해수면보다 지대가 낮은 곳이 많은 네덜란드는 바닷물을 막기 위해 제방을 쌓았고, 물을 퍼내기 위해 풍차를 세웠어요. 룩셈부르크는 오랜 세월 동안 수십 차례의 침략을 받았지만 끝까지 독립을 지켰습니다. 그래서 현재는 국민 소득 1위인 경제 대국이 되었지요. 이들 세 나라는 프랑스, 독일, 오스트리아 등 강대국에 둘러싸여 있었고, 군사적·경제적 자립이 어렵다는 비슷한 처지에 놓여 있었어요. 이를 해결하기 위해 베네룩스 3국은 1948년 1월 1일부터 관세 동맹을 시행했지요.

- 벨기에, 네덜란드, 룩셈부르크는 1948년 1월 1일부터 관세 동맹을 시행해 경제·군사적 위기를 해결하고자 했다.
- 유럽 중심부에 있는 벨기에는 유럽의 전쟁터이자 북해와 지중해를 잇는 교통의 요지였다.
- 룩셈부르크는 국제 금융 시장의 중심지이자 연간 국민 소득이 가장 높은 나라다.
- 네덜란드는 국토의 약 40% 이상이 '폴더'라는 해안 간척지로 이루어져 있다.

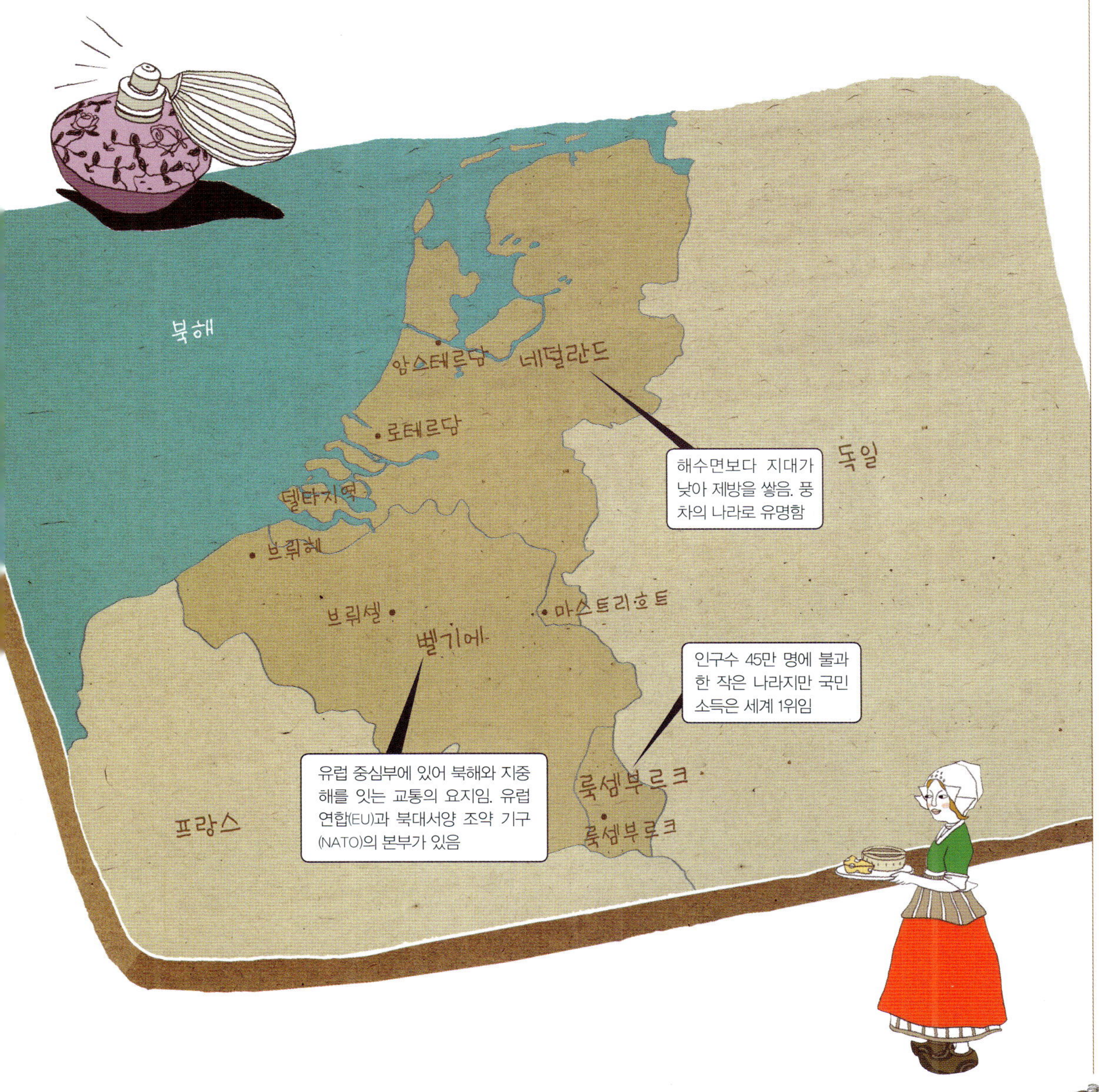

유럽의 묘지, 벨기에

벨기에는 유럽의 전쟁터였어요. 벨기에가 아니라 유럽의 다른 나라가 일으킨 전쟁이 벨기에에서 벌어진 경우가 많았지요. 유럽 중심부에 있는 벨기에는 북해와 지중해를 잇는 교통의 요지였습니다. 그래서 고대부터 벨기에를 차지하기 위해 여러 세력이 충돌했던 거예요. 1, 2차 세계 대전 동안에는 벨기에에서 많은 병사가 죽어 '유럽의 묘지'라는 별명이 붙기도 했습니다. 특히 제1차 세계 대전 때 벨기에는 프랑스군과 독일군이 맞붙은 주요 격전지였기 때문에 수많은 건물이 파괴되는 등 어마어마한 피해를 보았어요. 200여 년 전에 프랑스 장군 나폴레옹은 벨기에의 워털루에서 역사상 가장 큰 전투를 벌였지만 패하고 말았지요.

이렇듯 벨기에는 유럽의 중심부에 있어 유럽의 전쟁터가 되기도 했지만, 지금은 유럽 연합(EU)과 북대서양 조약 기구(NATO)의 본부가 있는 평화의 나라가 되었습니다.

수도인 브뤼셀 도심에 있는 그랑플라스는 소설가 빅토르 위고가 '세계에서 가장 아름다운 광장'이라고 극찬했던 관광 명소예요. 이 광장은 96m의 첨탑이 있는 시청사와 길드 하우스, 왕의 집 등으로 둘러싸여 있지요. 길드 하우스는 17세기에 제빵, 목공, 염색, 양조업자들이 지은 조합

그랑플라스의 브뤼셀 시청사
화려한 스타일의 팔각형 탑 꼭대기에 5m 높이의 성 미카엘 조각상이 있다.

벨기에의 명물

유럽의 전쟁터였던 벨기에는 오줌싸개 동상, 초콜릿, 그랑플라스로 유명하다.

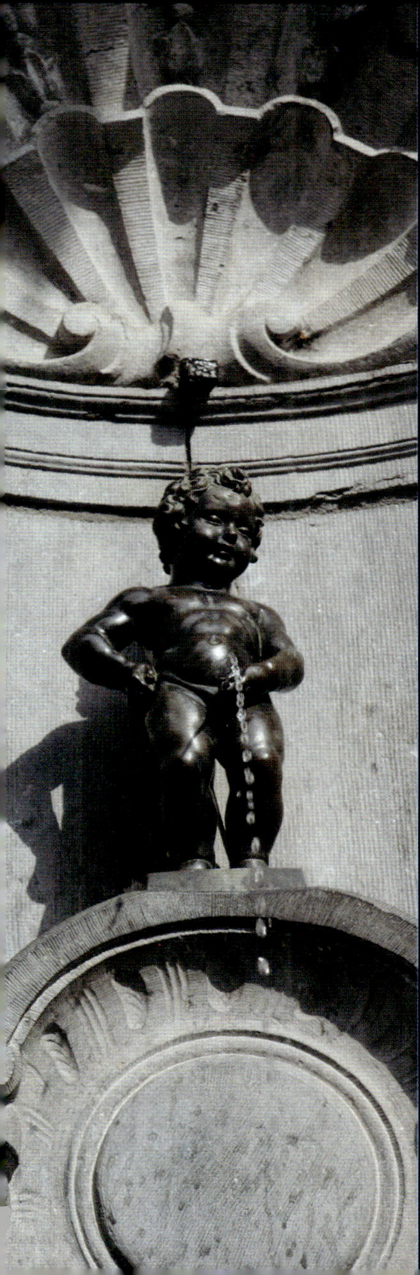

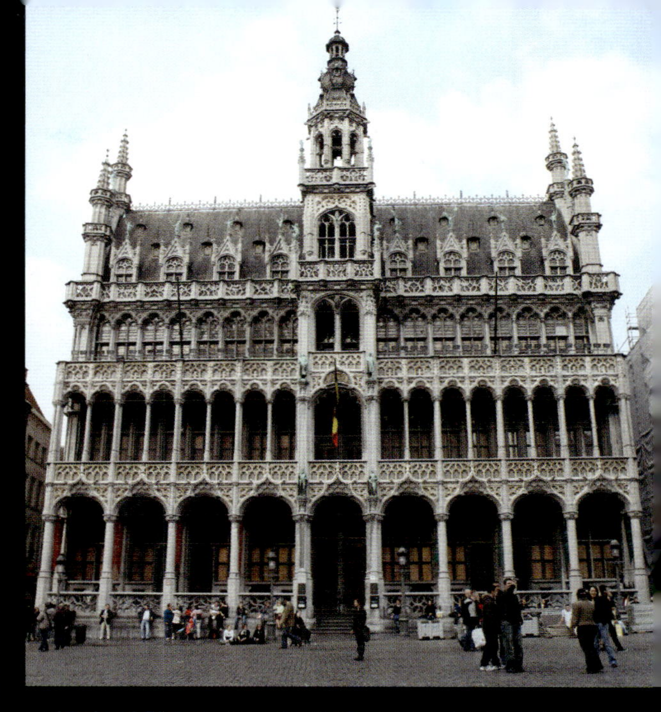

그랑플라스의 왕의 집 16세기 초에 건축된 고딕 양식의 건물로 카를 5세 통치 기간에 건립되어 정부 청사로 사용되었으나 현재 시립 박물관으로 이용되고 있다. '왕의 집'이라는 이름과는 달리 이곳에 왕이 살았던 적은 없다. 3층에는 전 세계 각국에서 보내온 오줌싸개 동상의 옷 750벌을 전시하고 있다.

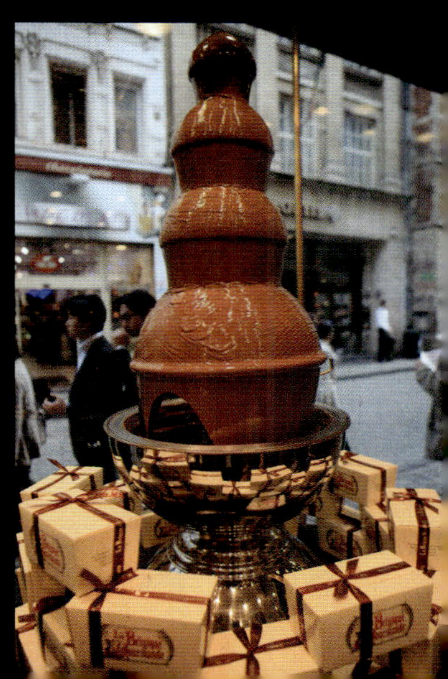

오줌싸개 소년 동상 '꼬마 줄리앙'이라 불리는 이 동상은 14세기에 프라방드 제후의 왕자가 소변을 보면서 적군을 모욕했다는 데에서 유래한다.

초콜릿(오른쪽) 값이 싸면서도 맛 좋은 초콜릿은 벨기에를 찾은 관광객의 눈과 입을 즐겁게 한다.

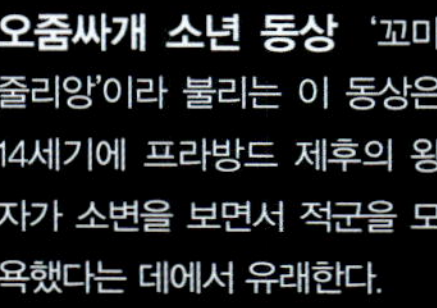

그랑플라스 벨기에 브뤼셀에 있는 광장이다. 시청사(왼쪽), 길드 하우스(중앙), 왕의 집(오른쪽)으로 둘러싸여 있다. 소설가 빅토르 위고가 '세계에서 가장 아름다운 광장'으로 극찬한 곳이다. 1998년 유네스코 세계 문화유산으로 지정되었다.

건물이었는데, 현재는 레스토랑이나 카페 등으로 쓰입니다.

벨기에에는 세계에서 가장 큰 건물 중 하나가 있어요. 바로 '정의의 전당'이라는 이름의 법원이랍니다. 이 건물의 둥근 지붕은 몇 킬로미터 떨어진 먼 곳에서도 보일 정도예요.

세계에서 국민 소득이 가장 높은 룩셈부르크

벨기에 아래쪽에는 룩셈부르크라는 작은 나라가 있어요. 국토 면적은 경기도의 1/4 정도이고 인구수는 45만 명에 불과하지만, 세계에서 가장 잘사는 나라에 속합니다. 룩셈부르크는 남서쪽으로는 프랑스, 동쪽으로는 독일, 북서쪽으로는 벨기에와 국경을 접하고 있어 서유럽의 중심에 자리 잡고 있어요. 그래서인지 오랫동안 수십 차례

침략을 받았지만 끝까지 독립을 지켰지요.

룩셈부르크는 세계에서 금융업이 가장 발달한 나라 중 하나입니다. 룩셈부르크가 국제 금융 시장의 중심지로 발돋움할 수 있었던 이유는 정치적·사회적 환경이 안정되어 있고, 프랑스 어와 독일어 등 다국어를 구사할 수 있는 노동력이 풍부하기 때문이에요. 외국인 기업 투자 유치 정책 등이 든든한 밑받침이 된 것도 그 이유지요. 현재 룩셈부르크에는 전 세계 160여 개의 은행이 있고, 금융업에는 2만 3,000여 명이 고용되어 있다고 합니다.

룩셈부르크는 '작은 성'을 의미해요. 실제로 계곡의 절벽 위를 성벽이 둘러싸고 있답니다. 유럽 최강의 요새로 알려진 룩셈부르크는 로마 시대부터 천연의 요새지로 인정받아 성채 도시로 발전했어요.

룩셈부르크는 깊은 계곡을 사이에 두고 신시가지와 구시가지로 나뉩니다. 이 둘을 잇는 아돌프 다리의 주변 풍경은 눈길을 떼지 못할 정도로 눈부시게 아름다워요.

아돌프 다리
건설 당시 세계에서 가장 큰 아치교로 세상의 이목을 끌었다. 룩셈부르크에서는 '뉴 브리지'라고도 한다.

낮은 땅, 네덜란드

벨기에서 프랑스와 가까운 쪽에는 언덕이 많지만 반대편은 지대가 낮아요. 벨기에의 저지대는 홀란트라고도 하는 네덜란드와 연결되어 있습니다. 홀란트(Holland)란 '움푹 팬 땅(hollow land)'이라는 뜻으로 해수면보다 지대가 낮아서 붙여진 이름이에요. 네덜란드에서는 바닷물이 들어오는 것을 막기 위해 흔히 제방이라고 하는 둑이나 벽을 쌓고, 바닷물을 제방 밖으로 퍼내기 위해 큰 날개를 단 풍차를 세웠지요.

네덜란드의 간척 사업은 환경을 보전하고 토지를 효율적으로 활용한 모범적인 사례예요. 네덜란드 국토의 약 40%가 '폴더'라는 해안 간척지로 이루어져 있다고 합니다. 네덜란드 사람들은 수백 년에 걸쳐 제방을 쌓고 풍차와 펌프로 물을 빼내 그러한 간척지를 확보할 수 있었어요. 지금으로부터 700여 년 전, 거센 폭풍우가 일어서 네덜란드에 북해의 바닷물이 밀려 들어와 수많은 집과 마을이 물속에 가라앉은 일이 있었어요. 이때 내륙에 들어와 있던 바다를 '남쪽 바다'라고 합니다. 네덜란드는 제방을 쌓고 북해의 바닷물을 퍼내 땅을 만들었어요. 그 결과 물고기가 헤엄치고 배가 드나들던 곳에는 지금처럼 집과 농장이 들어서게 되었지요.

네덜란드의 면적은 우리나라의 절반에도 못 미치지만, 인구 1인당 사용할 수 있는 토지 면적은 우리나라의 세 배가 넘습니다. 평지가 98%에 이르기 때문이지요. 하지만 국토의 1/4이 해수면보다 낮아서 그들에게 간척 사업은 운명을 건 대규모 공사예요.

네덜란드에는 말이 많지 않아서 사람들은 개와 자전거를 이용해

짐을 날랐습니다. 개는 말보다 적게 먹고 따로 우리를 마련할 필요가 없었어요. 개를 말처럼 잘 훈련하면 덩치는 작지만 우유 통을 운반하는 수레 정도는 끌 수 있었다고 합니다.

네덜란드에는 '홀스타인'이라는 유명한 얼룩소가 있어요. 홀스타인은 다른 소보다 우유를 많이 생산한답니다. 이 우유로 만든 네덜란드 치즈는 세계적으로 유명하지요. 치즈만 파는 치즈 시장이 있을 정도예요. 치즈는 큰 덩어리로 만들어 오래 보관하기 위해 겉에 칠을 합니다.

네덜란드는 기후가 습해서 진창길이 많아요. 그래서 네덜란드 사람들은 주로 나막신을 신지요. 네덜란드의 전통 의상을 보면, 남자는 통이 넓은 바지를 입고 여자는 아주 넓은 치마를 입는데, 경우에 따라서는 모자의 한 종류인 보닛을 쓰기도 해요. 볼렌담에서는 전통 의상을 입고 생활하는 주민을 쉽게 볼 수 있지요.

댐은 제방을 뜻하는 말이에요. 네덜란드에는 제방이 많아서 마을

네덜란드의 명물

네덜란드 하면 치즈와 자전거, 나막신을 빼놓을 수 없다. 네덜란드 치즈는 부드러운 맛과 향으로 유명하다. 자전거는 짐 운반을 할 때, 나막신은 질펀한 농지에서 일할 때 주로 사용한다.

자전거를 타는 여성

네덜란드 치즈

나막신을 만들고 있는 작업공

나막신 한 켤레

나막신 모형

튤립과 풍차의 나라, 네덜란드
네덜란드는 약 400년 전부터 튤립을 재배해 왔다. 네덜란드 튤립은 세계 튤립 생산량의 약 80%에 달한다. 또
한, 네덜란드에는 예로부터 바닷물을 제방 밖으로 퍼내는 풍차가 많았다. 하지만 지금은 컴퓨터를 이용한 엔진
펌프로 물을 관리해 풍차는 네덜란드를 상징하는 명물로 남았다.

이나 도시 이름이 '댐'으로 끝나는 경우가 많습니다. 네덜란드의 수도인 암스테르담도 '암스텔(Amstel)' 강과 '댐(dam)'을 합쳐 만든 합성어예요. 로테르담 역시 로테르 강 하구에 긴 댐을 쌓아 세운 도시라서 이런 이름이 붙었지요.

네덜란드의 수도 암스테르담을 가리켜 '세계에서 가장 낮은 곳에 있는 수도'라고 부릅니다. 네덜란드에서 가장 높은 산은 322m 정도로 우리나라의 남산 높이에 불과해요. 심지어 태풍이 불면 해수면이 땅보다 3.5m나 높아진답니다.

네덜란드에서 유명한 것으로 튤립을 빼놓을 수 없어요. 네덜란드에서는 약 400년 전부터 튤립을 재배해 왔고, 현재는 매년 90억 송이의 튤립이 생산되고 있습니다. 전 세계 인구 한 명당 한 송이씩 돌아가고도 남지요.

네덜란드가 튤립으로 유명한 이유는 무엇일까요?

'네덜란드' 하면 튤립이 떠오를 정도로 네덜란드는 튤립으로 유명합니다. 그래서 튤립은 네덜란드의 국화가 되었어요. 튤립을 국화로 하는 나라는 네덜란드 말고도 중앙아시아의 키르기스스탄과 터키도 있답니다. 튤립은 원래 중앙아시아에서 야생 상태로 자라던 꽃이었는데, 오스만 제국 당시 파견 나와 있던 오스트리아 대사가 유럽에 소개하면서 네덜란드에서 기르게 되었어요. 튤립이라는 이름의 어원도 중앙아시아 사람들이 머리에 두르던 터번을 뜻하는 터키 어에서 유래했지요. 유럽 중에서도 네덜란드에서 튤립 재배가 성행한 것은 17세기 무역의 중심지로 떠오른 네덜란드에서 튤립 재배가 부의 상징으로 통했기 때문입니다. 당시 무역을 통해 많은 돈을 벌어들인 부유한 상인들이 너도나도 튤립 재배를 하는 바람에 뿌리 하나 가격이 수억 원대로 뛰어오른 적이 있었어요. 하지만 곧 거품이 꺼지고 튤립 가격이 폭락해서 많은 사람이 파산하게 되었지요. 이 때문에 네덜란드 경제는 혼란 상태에 빠져 산업이 침체하는 경제 공황을 겪기도 했어요. 일부 경제학자들은 이 현상을 세계 최초의 거품 경제로 언급하기도 한답니다.

네덜란드 튤립

6 하늘의 땅 | 스위스, 오스트리아

유럽에서 지대가 가장 낮은 나라는 네덜란드예요. 운동장처럼 평편한 나라인 네덜란드에서는 언덕을 찾아보기 어렵지요. 반대로 유럽에서 지대가 가장 높은 나라는 스위스입니다. 그런데 스위스에서도 언덕을 찾아보기 어려워요. 스위스는 국토의 절반 이상이 언덕이 아닌 산으로 이루어져 있기 때문이지요. 서유럽에서 가장 높은 산들이 모여 있어서 산꼭대기에는 일 년 내내 눈이 덮여 있어요. 이곳을 알프스 산맥이라고 합니다. '알프스의 나라' 하면 보통 스위스를 떠올리지만 오스트리아도 있어요. 오스트리아는 국토의 2/3가 알프스 산지로 이루어져 있지요. 그림처럼 아름다운 풍경을 자랑하는 오스트리아에는 3,000m에 달하는 봉우리와 아름다운 호수가 1,000여 개나 있답니다. 또한, 오스트리아는 모차르트, 슈베르트 등 천재적인 음악가들이 태어난 나라로도 유명하지요.

- 스위스는 국토의 절반 이상이 눈 덮인 높은 산들로 이루어진 알프스 지대.
- 오스트리아 합스부르크 왕가의 식민지였던 스위스는 독립 이후 스위스 연방이 되었다.
- 스위스와 오스트리아는 전쟁에 참여하지 않으면서 타국으로부터 영토 보전과 정치적 독립에 대한 보장을 받는 영세 중립국이다.
- 오스트리아의 국토의 2/3가 알프스 산지로 이루어져 있고, 천재 음악가들이 태어난 음악의 나라로 유명하다.

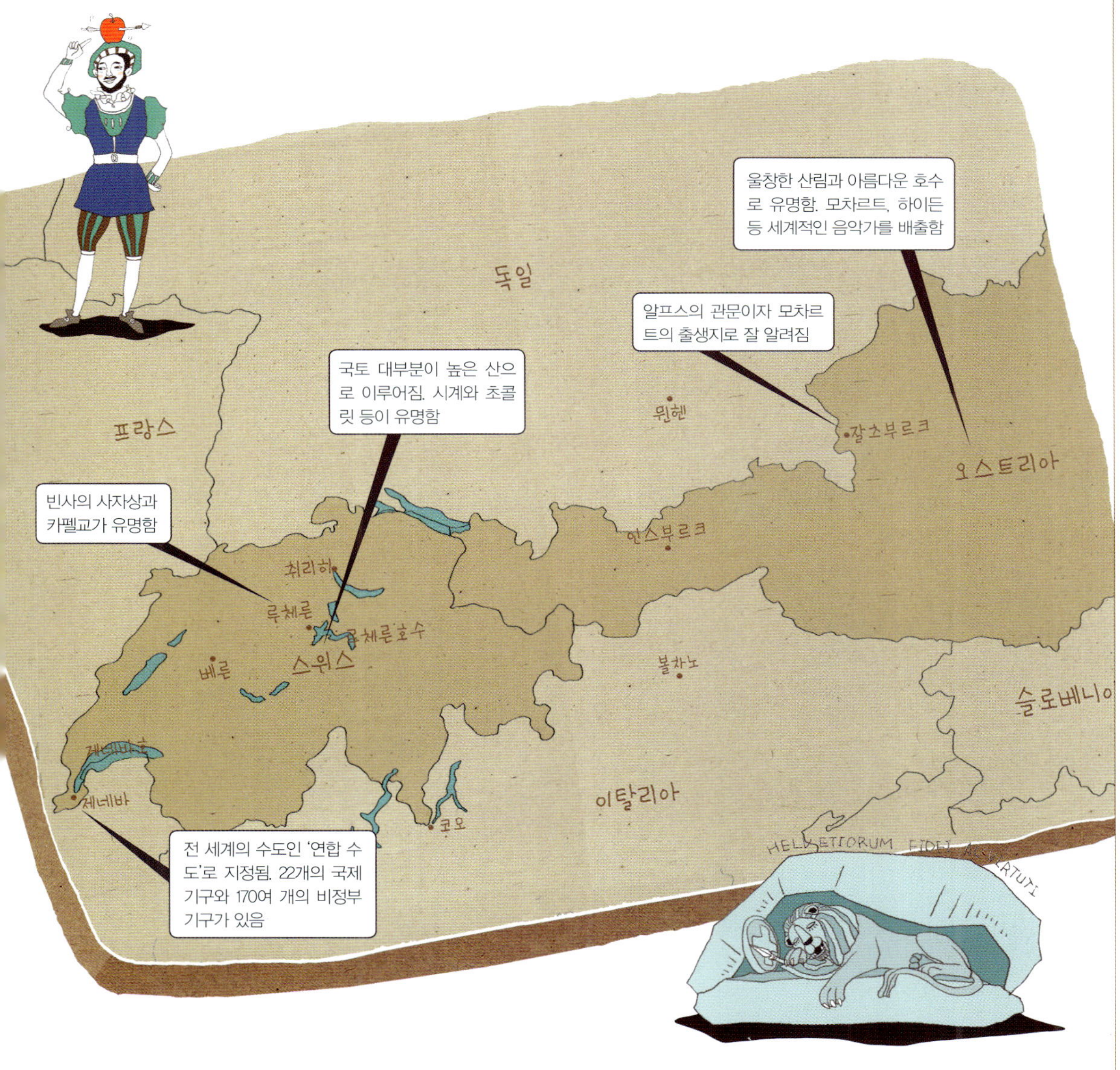

알프스의 나라

스위스의 산꼭대기는 흰 눈으로 덮여 있지만 들판에서는 소들이 딸랑딸랑 종소리를 울리며 풀을 뜯어요. 산꼭대기의 눈 녹은 물이 아름다운 폭포를 이루고 계곡을 따라 시냇물이 졸졸 흐르지요.

여러분은 지붕에 쌓인 눈이 녹아 갑자기 땅바닥에 떨어지는 걸 본 적이 있나요? 지붕이 아니라 2km나 되는 긴 산비탈이라고 상상해 보세요. 그리고 산비탈을 덮은 눈이 갑자기 계곡 밑으로 떨어진다고 생각해 보세요. 스위스에서는 이런 눈사태 때문에 집과 마을 전체가 눈 속에 파묻히기도 한답니다.

눈이 얼어서 길고 넓은 계곡을 채우는 일도 있어요. 바닥까지 완전히 얼어붙은 강처럼 이렇게 긴 계곡을 가득 메운 얼음을 빙하라고 합니다. 강마다 이름이 있듯이 큰 빙하에도 이름이 있지요.

보통 강은 샘에서 시작하지만, 스위스에서는 빙하가 밑에서부터 녹아서 강이 시작됩니다. 스위스의 큰 빙하 중 하나가 론 빙하예요. 얼음 동굴에서 차가운 물이 나오듯이 론 빙하 끝에서 얼음이 녹아

론 빙하

왼쪽은 2005년의 론 빙하이고, 오른쪽은 1900년의 론 빙하다. 론 강의 발원지인 론 빙하는 19세기 이래로 변화를 관찰해 볼 수 있는데, 지난 120년간 1,300여m의 빙하가 유실되어 거의 암석만 남아 있다.

차가운 계곡물이 흘러나오지요.

계곡물은 아래로 흐르면서 점점 불어나다가 눈과 얼음이 녹아 흐르던 다른 시내와 합류합니다. 이렇게 흐르는 물이 론 강이에요. 론 강은 바로 바다로 흘러드는 게 아니라 스위스에서 가장 큰 호수인 제네바 호의 물을 채웁니다. 그런 다음 론 강은 제네바 호의 다른 쪽으로 흘러나와 프랑스의 리옹을 지나면서 지중해로 흘러 들어가지요.

라인 강도 빙하가 녹아 시작된 강이에요. 이 강은 북쪽으로 흘러 프랑스와 독일 사이를 지나고 네덜란드를 거쳐서 북해로 빠져나가지요.

알레치 빙하
알프스에서 가장 크고 긴 빙하로 두께가 800m나 되는 곳도 있다. 녹아서 흘러내린 물은 마사 강이 되어 론 강의 상류부로 흘러드는데, 강물은 낙차를 이용한 수력 발전에 쓰인다.

현재 알프스에서 가장 높은 산은 '하얀 산'이라는 뜻의 몽블랑이에요. 몽블랑 일부는 스위스 영토지만 산 정상은 프랑스 땅이지요.

스위스에서 가장 험준한 산은 거대한 뿔처럼 생긴 '마터호른'일 거예요. 마터호른은 스위스와 이탈리아의 국경을 이루는 알프스 산맥에 있는 봉우리로서 미국 영화사인 '파라마운트'의 로고로도 유명하답니다.

이외에도 스위스는 밀크 초콜릿, 구멍이 숭숭 뚫린 치즈, 목공예와 시계 등으로 유명해요.

스위스는 다른 나라에 둘러싸여 있습니다. 한쪽에는 프랑스, 다른 쪽에는 독일, 또 다른 쪽에는 오스트리아와 이탈리아가 있지요. 그래서인지 스위스는 고유의 언어가 없어요. 이탈리아와 가까운 지역에서는 이탈리아 어를 쓰고, 독일과 가까운 지역에서는 독일어를 쓰며, 프랑스와 가까운 지역에서는 프랑스 어를 쓰지요. 스위스 사람

대다수는 3개 국어를 모두 구사할 줄 안답니다.

세계 모든 나라에는 수도가 있지만 대부분의 나라가 전 세계의 수도를 원했고, 결국 제네바를 '연합 수도'로 선정했어요. 국제 연합의 유럽 본부, 국제적십자 본부 등 22개의 국제기구와 170개 이상의 비정부 기구(NGO)가 제네바에 있습니다. 세계의 많은 회의들이 제네바에서 개최되고 있지요.

알프스의 봉우리들

알프스는 유럽의 중남부에 있는 산맥이다. 동쪽 오스트리아에서 시작해 서쪽 프랑스 동남부에 걸쳐 동서남북으로 뻗어 있다. 몽블랑과 융프라우 마터호른, 하이디 산 등 수려한 자연 경관으로 유명하다.

융프라우 등산 열차
기차 여행의 꽃이라 불리는 융프라우 등산 열차의 모습이다.

마터호른 스위스와 이탈리아의 국경을 이루는 알프스 산맥에 있는 봉우리다. 미국 영화사 '파라마운트'의 로고에 나온 산으로 유명하다.

몽블랑 '하얀 산'이라는 뜻의 몽블랑은 알프스 산맥에서 가장 높은 산이다. 일부는 스위스 영토지만, 산 정상은 프랑스 영토인 점이 특이하다.

　각국 대표는 세계 각국의 현안을 논의하고, 국가 간에 분쟁이 일어나면 해결 방법을 모색합니다. 이런 의회를 국제 연맹이라고 불렀어요. 제1차 세계 대전 후 미국 대통령 윌슨의 주창으로 결성된 국제 연맹은 제2차 세계 대전 후에 결성된 국제 연합의 평화 유지군 같은 군사력이 없었기 때문에 유명무실한 기구로 끝날 수밖에 없었지요.

　처음에 스위스는 영세 중립국의 지위를 지키기 위해 국제 연합에 가입하지 않았어요. 그러다가 경제적으로 외톨이가 되는 것을 피하려고 2002년 국제 연합 가입을 결정했지요. 영세 중립국이란 전쟁에 참여하지 않으면서 타국으로부터 영토 보전과 정치적 독립에 대한 보장을 받는 나라를 말합니다. 하지만 스위스와 오스트리아가 국제 연합에 가입함으로써 사실상 영세 중립국이라는 개념은 의미를 상실했다고 볼 수 있어요.

쇤부엘 산에서 바라본 알프스
눈부신 설산들이 융프라우까지 이어진다.

스위스를 독립시킨 빌헬름 텔 이야기

스위스에는 유명한 빌헬름 텔 이야기가 있습니다. 스위스의 수많은 호수 중에서 가장 아름다운 호수는 '빛의 호수'라는 뜻의 루체른 호수예요. 호숫가의 작은 성당에는 빌헬름 텔이 어린 아들의 머리에 사과를 올려놓고 화살을 쏘아 떨어뜨린 곳이 표시되어 있지요.

오래전 스위스는 오스트리아 합스부르크 왕가의 식민지였어요. 어느 날 총독은 자신의 모자를 길에 걸어 놓고 사람들에게 모자에 인사하라고 명령했습니다. 대부분 사람이 총독의 모자에 인사했지만 빌헬름 텔은 명령에 따르지 않아 잡혀가게 되었지요.

총독은 빌헬름 텔에게 그의 아들 머리 위에 사과를 올려놓고 활을 쏘아 맞히면 살려 주겠다고 제안했어요. 빌헬름 텔은 화살 두 개를 가지고 가서 그중 하나로 사과를 맞혔지요.

총독은 빌헬름 텔에게 다른 화살 하나는 왜 가져왔냐고 물었어요. 그는 자신이 잘못해서 아들을 쏘게 되면 총독을 죽이기 위해서라고 대답했지요. 화가 난 총독은 약속을 어기고 다시 빌헬름 텔을 잡아 가뒀어요. 하지만 그는 감옥에서 탈출한 다음 군사를 일으켜 스위스를 독립시켰답니다.

빌헬름 텔 조각상(스위스 알트도르프 시)

요한 볼프강 폰 괴테는 스위스를 여행하면서 빌헬름 텔의 전설을 듣게 되었다. 괴테는 이 이야기를 희곡으로 쓸 계획이었으나 친구인 프리드리히 실러에게 이 아이디어를 양보했다. 결국 실러가 희곡 「빌헬름 텔」을 썼고, 조아키노 로시니는 이 희곡을 토대로 오페라 「빌헬름 텔」을 작곡했다.

루체른을 지키는 카펠교 유럽에서 가장 오래된 나무다리인 카펠교는 루체른에서 가장 유명한 곳이다.

하늘에서 바라본 루체른 호수의 모습

천장화가 아름다운 카펠교 내부 스위스의 역사적 사건과 루체른 수호성인의 생애를 그린 천장화가 걸려 있다.

루체른 호수 산중 호수의 아름다움을 잘 간직한 휴양지다. 주변에 '빈사의 사자상'과 카펠교가 있다.

전쟁에서 비켜난 군사 강대국

스위스는 세계에서 바다와 접하지 않은 몇 안 되는 나라 중 하나예요. 그래서 자연히 해군이 없고, 높은 산이 훌륭한 장벽 구실을 해서 육군도 많이 보유할 필요가 없지요. 주변국이 모두 전쟁을 치르던 제1차 세계 대전과 제2차 세계 대전 중에도 스위스는 전쟁의 포화에서 비켜나 있을 수 있었습니다.

그런데 스위스가 전쟁의 소용돌이에서 벗어날 수 있었던 까닭이 과연 지리적 여건과 중립국 선언 때문이었을까요? 스위스는 영세 중립국이라고는 하지만 실제로는 군사 강대국이었어요.

알프스의 나라 스위스는 국토 대부분이 산지로 이루어져 있기 때

문에 당시 스위스 사람들은 돈을 벌 길이 별로 없었습니다. 그래서 그들은 자신들의 몸을 이용해 돈을 벌었어요. 즉, 스위스의 많은 남자가 용병으로 나선 것이지요.

현재 로마 교황청의 근위병을 맡은 병사도 스위스 사람이에요. 루이 16세도 근위병으로 스위스 사람들을 고용했지요. 프랑스 혁명이 일어나자 786명의 스위스 용병들은 시민군에 맞서 끝까지 국왕을 지키다가 모두 전사했어요.

이 용병들을 기리기 위해 암벽에 조각한 것이 루체른의 '빈사의 사자상'입니다. 사자상은 사암 절벽을 파내 조각했다고 해요. 미국 소설가 마크 트웨인은 창에 찔린 채 고통스럽게 죽어 가고 있는 사자상을 보고 '지구에서 가장 슬픈 조각상'이라고 말했지요.

스위스는 거의 집집마다 방공호나 무기고를 갖추고 있을 만큼 국민 전체가 무장하고 있었어요. 이 때문에 제2차 세계 대전 때 독일군이 스위스를 공략하지 못했다는 분석도 있답니다.

결국, 스위스가 평화를 지켜 낸 것은 중립국이라는 이유보다는 스위스 사람들이 스스로 노력해서 얻어 낸 결과 때문이었다고 봐야 하지 않을까요?

국토의 80%가 산지인 오스트리아

지금은 각각 독립국이지만 원래 오스트리아와 헝가리는 한 나라였습니다. 이 오스트리아와 헝가리를 유유히 흐르는 강이 있어요. 독일의 라인 강만큼이나 유명한 이 강의 이름은 도나우 강입니다. 도나우 강 주위에는 악덕 귀족들이 살던 성이 여러 개 있어요. 도나우

잘츠부르크
오스트리아 서부에 있는 잘츠부르크는 바로크 양식의 건축, 모차르트의 출생지, 그리고 알프스의 관문으로 널리 알려졌다. 구시가지로 도나우 강이 흐른다.

강을 소재로 한 동화나 시, 음악도 많은데, 그중 가장 유명한 것은 '아름답고 푸른 도나우 강'이라는 왈츠랍니다. 푸른 도나우 강은 흑해까지 흘러 들어가지요.

오스트리아 대부분은 울창한 산림으로 덮여 있고, 곳곳에 아름다운 호수가 많아 풍경이 무척 아름답습니다. 영화 '사운드 오브 뮤직'을 본 사람이라면 이 말에 동의할 거예요. 영화 속의 실제 무대는 바로 잘츠부르크입니다. 잘츠부르크는 하얀 눈이 덮인 산, 눈부신 호수와 숲, 그림처럼 서 있는 중세 건물, 그리고 금방이라도 음악이 흐를 듯한 모차르트의 고향으로 잘 알려졌어요. 모차르트 생가에는 그가 사용하던 바이올린과 자필 악보, 가족 초상화, 편지 등이 전시되어 있지요.

모차르트 외에도 세계적으로 유명한 음악가로 하이든, 슈베르트, 요한 스트라우스 등이 있어요. 소년들로 구성된 빈 소년 합창단도 세계적으로 유명하답니다.

스위스가 시계 산업으로 유명한 이유는 무엇일까요?

스위스 시계 산업의 시작은 16세기로 거슬러 올라갑니다. 당시 유럽에서는 종교 개혁이 한창 진행되고 있었어요. 스위스는 개신교를 지지했기 때문에 유럽 각국에서 종교 박해를 피해 스위스로 이주하는 개신교도들이 많았지요. 특히 프랑스에서 이주한 개신교도 중에 뛰어난 시계 제조 기술을 가진 장인들이 많았어요. 이들과 당시 스위스 제네바에서 성행하던 보석 제조 기술이 결합해 스위스 시계 산업이 꽃피게 된 것이지요. 스위스가 시계 산업으로 세계를 제패할 수 있었던 것은 스위스의 유명 시계 회사들의 남다른 노력도 중요한 역할을 했습니다. 이 회사들은 100년 넘게 수련공 제도를 두어 시계 명장을 키우고 있어요. 그리고 엄격한 기술 비밀주의로 다른 나라가 따라올 수 없는 기술력과 비법을 쌓고 있지요. 스위스 정부도 만 15세부터 입학할 수 있는 3~4년 과정의 시계 직업 학교와 기술 전문 고등학교, 전문 기술자 교육 과정 등 수많은 프로그램을 운영하며 기술 인력 공급에 적극적이라고 해요. 이러한 노력이 오랫동안 스위스의 명성을 이어갈 수 있게 한 원동력이 되고 있습니다.

롤렉스 시계

7 유럽의 머리와 모자 | 스페인, 포르투갈

구나 한 번쯤은 어렸을 적에 나중에 돈을 많이 벌면 어떤 집을 짓고 살까 상상해 봤을 거예요. 다락방에는 체육 시설을 갖추고, 지하실에는 애완동물을 키우는 동물원이 있고, 응접실은 박물관처럼 꾸며서 진귀한 보물을 전시하고, 식당에는 소다수로 된 분수가 있는 집처럼 말이지요. 그런데 스페인에는 이런 성이 실제로 있답니다. 유럽 지도는 조각 맞추기 그림처럼 생겼습니다. 유럽 지도를 거꾸로 뒤집거나 옆으로 돌려 보면 큰 머리에 등은 굽고 긴 다리를 가진, 키 작은 노파가 바다로 축구공을 차는 모양이에요. 여기서 머리 부분은 스페인이고 머리에 쓴 모자 부분은 포르투갈이랍니다. 목에 해당하는 지점에는 피레네 산맥이 놓여 있지요.

- 영국의 직할 식민지인 지브롤터는 이베리아 반도 남쪽 끝에서 지브롤터 해협을 향해 남쪽으로 뻗어 있는 반도다.
- 스페인은 8세기 초부터 15세기 말까지 이슬람교를 믿는 무어 인에게 지배당했다.
- 지중해성 기후에 속하는 스페인은 여름에 덥고 건조해 코르크나 올리브 등 과수 재배에 주력해 왔다.
- 콜럼버스의 신대륙 발견 이후 스페인은 북아메리카와 남아메리카 지역 대부분을 지배했다.
- 포르투갈은 15세기부터 대항해 시대를 주도하다가 16세기 말부터 국력이 쇠퇴하기 시작했다.

스페인 안의 작은 영국, 지브롤터

한때 스페인은 지도에서 유럽의 머리일 뿐 아니라 실제로도 유럽 대부분 지역을 소유한 유럽의 우두머리였어요. 게다가 콜럼버스가 아메리카를 발견한 이후부터 스페인은 유럽을 넘어서 세계 전역을 제패했지요. 당시 스페인은 북아메리카 대부분 지역과 브라질을 제외한 남아메리카 지역을 모두 차지했어요. 말하자면 세계에서 제일 큰 나라였던 셈이지요.

그러나 현재 스페인은 자기 영토조차 제대로 지키지 못하는 처지로 전락했어요. 지도를 보면 스페인은 아프리카와 코를 맞대고 있는 듯한 모습을 하고 있습니다. 스페인의 코 부분을 지브롤터라고 하는데, 이베리아 반도 남쪽 끝에서 지브롤터 해협을 향해 남쪽으로 뻗

어 있는 반도예요.

대서양과 지중해를 연결하는 전략적 요충지인 지브롤터는 고대 이후 유럽, 아시아, 아프리카의 여러 민족이 쟁탈전을 벌였던 곳이에요. 1704년 스페인 왕위 계승 전쟁에서 영국군이 지브롤터를 점령한 이후 이곳은 스페인 땅이 아니라 영국 땅이 되었지요.

지브롤터와 아프리카 사이에는 지브롤터 해협이 있어요. 이 해협은 폭이 20km 정도밖에 되지 않을 정도로 좁고 깁니다. 거리는 도버 해협의 절반밖에 되지 않지

만, 대서양에서 거센 파도가 밀려왔다가 빠져나가기를 반복하기 때문에 수영해서 해협을 건널 수도 있어요. 이곳을 처음 건넌 사람은 남자가 아닌 여자였답니다.

영국은 '헤라클레스의 기둥'이라는 애칭으로 불리는 지브롤터 바위 안쪽에 복도와 방을 만들고 창문을 내서 장거리 총을 설치하고 군인을 배치했어요. 전쟁 중에는 군인에게 바다를 경계하는 임무를 맡겨 영국이 원하지 않는 사람이 바다를 건너려 할 때 곧바로 발포하게 했지요.

무어 인의 아름다운 궁전, 알람브라

콜럼버스가 스페인을 떠나기 직전에 스페인에는 아프리카에서 건너와 정착한 무어 인이 살고 있었어요. 무어 인은 유럽의 다른 민족과 달랐습니다. 이들은 기독교도가 아니라 무함마드와 알라신을 믿는 무슬림이었어요.

스페인에 사는 기독교도는 무어 인과 종교가 달라서 서로 갈등을

알람브라 궁전
'붉다'라는 뜻의 알람브라 궁전은 그라나다 시내가 한눈에 내려다 보이는 언덕 위에 있다. 아랍 문화 양식 건축물 가운데 가장 뛰어난 궁전으로 평가받는다. 13세기 그라나다 왕국 번영의 절정기였던 나스리드 왕조 시대에 세웠다.

**알람브라 궁전 아라야네스의
정원**
대칭 구조를 이루는 건물 중앙에
사각형의 연못이 있다. 하얀 대리
석 바닥과 일곱 개의 아치, 연못
물 위에 비친 코마레스 탑이 아름
다운 곳이다.

겪었습니다. 그러다 마침내 기독교도는 무어 인을 스페인에서 몰아
내고 지브롤터 해협 너머 원래 무어 인이 살던 아프리카 땅으로 쫓
아냈어요.

무어 인이 지은 아름다운 궁전은 기독교도의 궁전과 달랐습니다.
무어 인의 왕자들은 지브롤터에서 멀지 않은 그라나다라는 도시의
언덕 위 알람브라 궁전에서 살았어요.

콜럼버스가 신세계로 떠나기 전에 스페인 여왕이 그를 맞아 준 곳

세비야 대성당
세계에서 세 번째로 큰 성당이다.
고딕 건축의 전형이라 할 수 있는
세비야 대성당은 짓는 데만 100
년이 넘게 걸렸다고 한다.

도 알람브라 궁전이었습니다. 그러나 지금 궁전에는 아무도 살지 않아요. 스페인 당국은 알람브라 궁전의 옛 모습을 그대로 보존한 채 관광객을 맞이하고 있지요.

알람브라 궁전의 벽에는 회반죽을 바르거나 그림을 그리지 않고 색을 입힌 타일을 붙여 놓았어요. 궁전 출입구는 정사각형이 아니라 말발굽 편자 모양이고, 안마당에는 분수와 벽으로 둘러싸인 연못이 있지요. 무어 인 왕자들은 욕조가 아니라 이곳 연못에서 목욕했답니다.

한때 무어 인이 점령한 도시인 세비야의 주요 관광 명소는 세계에서 세 번째로 큰 대성당이에요. 무어 인이 스페인에서 쫓겨난 뒤에 기독교도가 세운 이 대성당은 원래 무어 인의 사원이 있던 자리에 세워졌습니다. 대성당에는 콜럼버스의 유해가 묻혀 있다고 해요. 하지만 콜럼버스의 유해가 아니라 아들의 유해이고, 콜럼버스의 유해는 아직 도미니카 공화국에 있다는 소문이 무성하지요.

세비야 대성당에는 높은 종탑이 있는데, 여느 성당의 종탑과 달리 성당 건물에 연결되어 있지 않아요. 가까이 붙어 있긴 하지만 엄연히 분리되어 있지요. 성당을 짓기 전에 무어 인이 이미 지어 놓은 탑이기 때문이에요. 이 탑의 이름인 히랄다는 '풍향계'를 의미합니다. 바람이 어디서 불어오는지 알려 주는 장치가 탑 꼭대기에 설치되어 있어서 붙여진 이름이에요. 히랄다 탑은 특이하게도 내부에 계단 대신 나선형의 경사로가 있는데, 이 길을 통해 전망대로 올라갈 수 있답니다.

코르크나무와 올리브의 열병식

기차를 타고 스페인을 여행하다 보면 창밖으로 아주 특이하게 생긴 코르크나무를 볼 수 있습니다. 흔히 병마개를 만드는 코르크는 체리나 복숭아처럼 나무 열매로 자라는 게 아니에요. 코르크는 오크 나무의 한 종류인 나무껍질로 만듭니다. 나무껍질을 큼직하게 떼어 내서 크고 작은 코르크를 만드는 거예요. 나무껍질을 떼어 낸 후에는 새로 한 층이 올라오지만, 다시 떼어 내기까지는 9년이라는 긴 시간이 흘러야 합니다. 우리가 쓰는 코르크가 웬만한 어린이보다 나이가 많은 셈이에요.

코르크와 올리브

지중해성 기후에 속하는 스페인과 포르투갈 여름은 고온 건조하다. 그래서 서부 유럽처럼 혼합 농업이나 낙농업에 주력하기보다는 코르크나 올리브 같은 과수 재배에 주력한다.

올리브 나무

올리브를 곁들인 토마토 샐러드와 앤초비 요리

코르크 마개

코르크나무

코르크나무는 사람보다 훨씬 더 오래 살아요. 수령이 보통 100~500년 정도 되지요. 스페인에는 코르크나무보다 오래 사는 올리브 나무도 있어요. 올리브 나무는 초록색 체리처럼 생긴 열매를 맺는데, 자그마치 1,000년 동안 살면서 열매를 맺은 나무도 있다고 전해지지요.

올리브는 성경 시대나 그 이전부터 음식에 넣어 먹었지만, 올리브를 좋아하려면 그 맛에 익숙해져야 합니다. 올리브를 눌러 짜면 흔히 샐러드드레싱으로 먹는 올리브유가 나와요. 스페인에서는 버터 대신 올리브유를 즐겨 먹고, 카스티야 비누라는 천연 비누를 만들어 쓰기도 하지요.

올리브 나무는 평화와 행복, 생명을 상징합니다. 아주 먼 옛날에는 운동 경기에서 우승한 사람에게 올리브 잎으로 만든 관을 씌워 줬고, 전쟁 중에 평화를 전하는 사자는 올리브 가지를 가져갔어요.

스페인에는 온종일 열차를 타고 달려도 올리브 나무만 보이는 지역이 있어요. 스페인 사람들에게 올리브는 빵과 버터이자 고기와 채소이기 때문에 그 많은 올리브 중 상당량을 그 지역 사람들이 다 소화합니다. 나머지로는 올리브유를 만들어서 올리브 열매와 함께 세계 각지로 수출하지요.

올리브 나무
올리브 나무는 평화와 행복, 생명을 상징한다. 서양에서는 올리브 나무가 악마를 막아 준다는 속설이 전해 온다.

파리 같은 분위기의 마드리드

스페인에서는 일요일이나 휴일마다 투우장이라는 야외 경기장에서 사람과 황소가 싸우는 경기가 열립니다. 좀 잔인해 보이지만 스페인 사람들은 어느 나라나 황소를 잡아 고기로 먹는다면서 다만 죽이는 장면을 구경하지 않을 뿐이라고 주장해요.

스페인에는 거의 모든 도시와 마을마다 투우장이 있습니다. 스페인에서 투우는 야구나 축구처럼 국민 스포츠이기 때문이에요. 스페인 아이들은 한 사람이 황소 역할을 하고 다른 사람이 투우사 역할을 하면서 투우 놀이를 하지요.

스페인의 수도인 마드리드는 스페인 한가운데에 자리 잡고 있습니다. 많은 사람이 프랑스 파리 같다고 감탄하는 도시 중 한 곳이지

마드리드 구시가지
마드리드의 옛 모습을 보면 길도 좁고 집도 작았음을 알 수 있다.

요. 옛 마드리드는 길도 좁고 집도 작았어요. 하지만 지금은 탁 트인 가로수 길이 뚫리고 큰 건물이 들어서면서 파리인지 마드리드인지 구별이 되지 않을 정도랍니다.

마드리드에 가서 아메리카에서 왔다고 하면 남아메리카로 생각하고 스페인 어를 할 것이라고 기대할 거예요. 스페인 사람에게 아메리카는 남아메리카를 의미합니다. 콜럼버스가 신대륙을 발견한 이후 스페인은 남아메리카를 지배하며 엄청난 양의 황금과 은, 보석을 들여왔어요. 스페인 사람 중에 남아메리카에 가서 재산을 많이 모은 사람은 마드리드로 금의환향해 그동안 모은 재산을 쓰면서 살았지요. 그 사람에게는 마드리드의 집이 '스페인 성'이었던 거예요.

중세 유럽의 도시, 리스본

포르투갈과 스페인은 형제와 같은 나라예요. 쓰는 언어가 비슷하고 두 나라 모두 투우, 코르크, 올리브로 유명하지요. 포르투갈의 코르크 생산은 세계 제일이에요. 스페인은 지금도 마드리드에 사는 왕이 통치하지만, 포르투갈은 수도 리스본에 사는 대통령이 통치합니다.

옛 해양 대국인 포르투갈의 심장부는 리스본입니다. 이곳의 시내에는 중세풍 교회와 광장이 곳곳에 흩어져 있어 마치 중세 유럽에와 있는 느낌이 들지요. 그래서인지 리스본 사람들은 '리스본을 보지 않고는 아름다움을 논하지 말라'고 할 정도로 도시 풍광에 대한 자부심이 대단합니다. 희망봉을 발견한 바스코 다 가마와 최초로 세계를 일주한 마젤란 같은 위대한 바다의 개척자들은 대서양으로 향

리스본 구시가지
리스본 시내에는 중세풍 교회와 광장이 곳곳에 흩어져 있어 고풍스러운 느낌이
든다.

하는 출구 리스본에서 바다 저편 세상을 꿈꾸었을 거예요.

　포르투갈은 지중해, 북서유럽, 아프리카, 아메리카의 네 지역을 잇는 해상 교통의 요충지에 있습니다. 포르투갈은 '지리상의 발견' 시대에 스페인과 더불어 세력을 떨쳤지만, 오늘날에는 유럽의 후진 국으로 전락하고 말았어요. 1976년 동티모르가 인도네시아에 병합 되고, 1999년 마카오가 중국에 반환되는 등 전성기의 해외 영토가 이제는 대폭 축소되었지요.

벨렘 타워
16세기 초에 세워진 벨렘 타워 는 포르투갈의 수도 리스본을 상 징하는 건축물이다. 원래 물 위에 세워졌는데, 강물의 흐름이 바뀌 면서 물에 잠기지 않게 되었다. 3 층에는 왕족들이 거처하고, 1층은 정치범을 가두는 감옥으로 사용 했다.

지브롤터가 영국령으로 남아 있는 이유는 무엇일까요?

1700년 스페인 왕 카를로스 2세가 대를 이을 자식을 남기지 않은 채 죽자, 혈통상으로 스페인 왕가와 가장 가깝다고 여겨진 프랑스 루이 14세의 손자가 왕위에 올랐어요. 프랑스가 스페인에 영향력을 발휘하게 될 것을 두려워한 영국, 네덜란드, 오스트리아는 동맹을 맺고 왕위 계승을 반대한다는 명분으로 전쟁을 벌이게 됩니다. 이 전쟁을 '스페인 왕위 계승 전쟁'이라고 해요. 전쟁은 13년이나 계속되었고, 결국 동맹국의 승리로 끝나게 되었습니다. 이 전쟁으로 영국은 지중해와 대서양을 잇는 관문인 지브롤터를 차지하게 되었지요. 1830년 영국은 지브롤터를 식민지로 선포하고, 지중해에서 대서양으로 갈 수 있는 유일한 길목을 장악하게 되었어요. 지금 스페인에서는 줄기차게 영토 반환 요구를 하고 있지만, 영국이 들어줄 리가 없습니다. 영국은 주민의 동의 없이 지브롤터의 지위를 변경하는 그 어떤 협상도 할 수 없다고 못 박고 있어요. 그뿐만 아니라 최근에 실시한 국민 투표에서 지브롤터 사람들의 98.7%가 영국령에 계속 남아 있기를 원하는 것으로 드러났기 때문이지요.

지브롤터 해협의 '헤라클레스의 기둥'

8 장화 모양의 반도 국가 | 이탈리아

장화처럼 생긴 이탈리아는 서쪽의 이베리아 반도, 동쪽의 발칸 반도와 함께 유럽 남부의 3대 반도로 불립니다. 지금으로부터 2,000년 전, 세계 어디에서 길을 떠나든 멀고 먼 길을 걷고 또 걸으면 마침내는 이탈리아의 위대한 도시 로마에 도달하게 되었어요. 당시에 모든 길은 로마로 통했기 때문이지요. 로마는 세계에서 가장 크고 부유하고 아름다운 도시였어요. 한마디로 세계의 중심이었지요. 이탈리아의 주요 도시로는 수도인 로마를 비롯해 나폴리, 제노바, 밀라노, 베네치아 등이 있어요.

- 유럽 남부 지중해에 있는 이탈리아는 국민 95%가 가톨릭교도이고, 바티칸 시국이 있는 로마 가톨릭교의 중심지다.
- 이탈리아는 고대 로마와 르네상스 시대 등을 거치며 세계 최고의 예술 문화를 이룩했다.
- 베네치아의 운하는 크기에 따라 대운하와 카날레 카나레조, 리오로 구분된다.
- 피렌체는 14세기 초부터 17세기까지 이어진 르네상스를 이끌며 이탈리아 예술의 꽃을 피웠다.

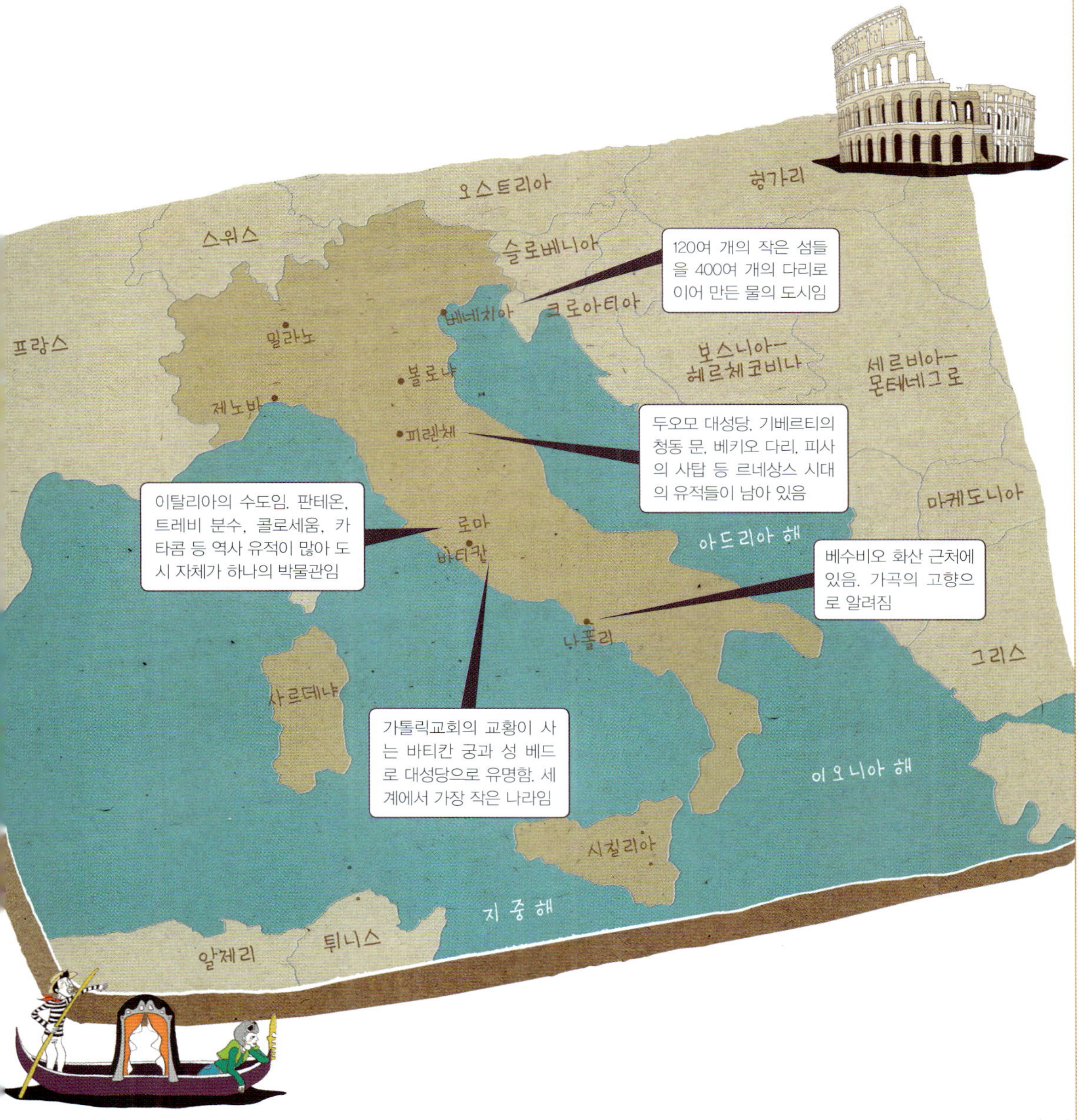

교황의 나라, 바티칸

로마는 일곱 개의 언덕 위에 지어진 도시입니다. 당시에도 7은 행운의 숫자로 여겨졌어요. 로마 사람들은 테베레라는 신이 로마 시내의 테베레 강을 다스린다고 생각했습니다. 그래서 익사하거나 난파당하는 일이 없게 해 달라고 테베레 신에게 기도를 올렸지요. 2,000년 전의 화려했던 고대 로마는 이제 거의 사라지고 없지만, 로마는 영원하리라는 말은 아직도 유효할 거예요. 도도히 흐르는 테베레 강처럼 로마라는 도시는 여전히 존재하기 때문이지요.

현재 로마는 세계의 중심이 아니라 그저 이탈리아의 중심일 뿐이에요. 하지만 전 세계 로마 가톨릭교도에게는 여전히 바티칸 시국이 있는 로마가 세계의 중심이지요.

바티칸은 로마 안에 있는 또 하나의 나라입니다. 면적은 0.4km^{2}이고 인구는 1,000명도 안 되는 세계에서 가장 작은 나라지만, 전 세계 가톨릭교회를 통괄하는 교황청이 있는 곳이에요.

사도 베드로를 십자가에 못 박아 처형하고, 그의 유골이 묻힌 곳도 바티칸입니다. 베드로가 처형된 해부터 지금까지, 거의 1,900년에 가까운 세월 동안 바티칸에서는 하루도 빠짐없이 예배가 치러지

성 베드로 대성당
가톨릭의 총본산이자 세계에서 가장 큰 성당이다. 바티칸 시국에 있다.

고 있어요. 처음에 로마 사람들은 그리스도를 믿지 않았기 때문에 예배는 밤에만 몰래 했습니다. 예배하다가 발각되면 감옥에 갇히거나 사형을 당했지요.

그러나 수백 년의 세월이 흐른 뒤, 베드로가 처형당한 바로 그 자리에 세계에서 가장 큰 성당이 지어졌어요. 이것이 바로 성 베드로 대성당이랍니다. 성 베드로 대성당의 거대한 돔은 브루넬레스키가 건축했어요. 이것은 피렌체에 있는 산타마리아 델 피오레 대성당의 돔을 본떠 만들었으나 피렌체의 돔보다 훨씬 더 큽니다. 성 베드로 대성당의 돔을 설계한 인물은 조각가이자 화가이며 건축가이기도 했던 위대한 예술가 미켈란젤로예요.

성 베드로 대성당의 내부는 매우 넓어서 미사 30건을 동시에 올리기에도 무리가 없습니다. 성당 내부에 있는 것들 역시 웅장한 규모와 어울리게 하나같이 커요. 천사 조각상은 거인 크기이고 비둘기는 독수리만 하지요. 성 베드로 청동상은 성 베드로 대성당에서 몇 안

테베레 강

티베르 강이라는 옛 이름을 가진 강이다. 고대 로마 시대의 유적인 성천사교가 테베레 강을 내려다 보고 있다.

되는 실제 크기의 조각상 중 하나예요. 전 세계의 독실한 가톨릭교도들이 이 베드로 청동상을 찾아와 그의 발에 입을 맞추지요. 발끝이 다 닳았을 정도로 수많은 사람이 그의 발에 입을 맞췄어요.

교황은 성 베드로 대성당 옆에 있는 바티칸 궁전에서 삽니다. 바티칸 궁전에는 1,000개가 넘는 방이 있어요. 그중 큰 방들에는 유명한 그림과 조각 작품이 가득해 미술관 역할을 톡톡히 하고 있지요.

교황의 예배당으로 쓰이는 시스티나 성당은 미켈란젤로가 「천지창조」와 「최후의 심판」이라는 천장화와 벽화를 그린 것으로 유명합니다. 이 천장화를 편안하게 보려면 바닥에 등을 대고 눕거나 손에 거울을 들고 비춰 보는 것이 좋아요.

살아 있는 박물관, 로마

베드로와 같은 시대에 살았던 고대 로마 사람들은 하나의 신만 섬기지 않았어요. 그들은 모든 신을 함께 모시는 신전을 만들었고, 그 신전은 오늘날까지도 같은 자리에 서 있습니다. 이것이 바로 '모든 신'이라는 뜻의 판테온이지요.

성 베드로 대성당의 돔과는 다르지만 판테온에도 돔이 있어요. 성 베드로 대성당의 돔이 커다란 컵을 엎어 놓은 모양이라면 판테온의 돔은 커다란 접시를 엎어 놓은 모양이지요.

그리스도 시대에 지어진 로마 건물은 대부분 폐허가 되었지만, 판테온만큼은 처음과 거의 똑같은 상태를 유지하고 있어요. 2,000년이라는 시간 동안 고대 로마의 건축물 주변에는 도시의 먼지나 흙, 쓰레기 따위가 쌓였고 그 위에 지금의 로마가 건설되었습니다. 고대 로마의 유적은 현재 6m 이상 깊은 땅속에 파묻혀 있기 때문에 땅을

로마 판테온
그리스 어로 '모든 신'을 뜻하는 판테온은 올림포스 신들에게 제사를 지내려는 목적으로 지었다고 한다. 화재로 소실되었다가 1세기경에 하드리아누스 황제가 개축했다. 로마에서 가장 잘 보존된 고대 건축물이다.

파내야만 찾을 수 있어요. 로마 지하철이 두 개의 노선밖에 없는 이유도 지하에 수많은 유물과 유적이 숨어 있기 때문이지요.

로마에는 유명한 삼거리 골목이 있어요. 그 골목 가운데 파르스름한 기운이 감도는 트레비 분수가 있습니다. '트레비'라는 말은 '삼거리'라는 의미를 지니고 있지요. 한때 인구가 150만 명에 달했던 로마에는 곳곳에 수로가 있었어요. 르네상스 시대에는 상수도를 전면 수리하고 새로운 수도를 만들었지요. 트레비 분수는 이를 기념하기 위해 만들어졌답니다. 이 분수의 물은 로마에서 가장 오래된 수로를 이용해 공급되고 있어요.

트레비에 가면 아이스크림을 입에 물고 분수를 등진 채 왼쪽 어깨 너머로 동전을 던져 보세요. 동전이 한 번 분수에 들어가면 로마로 다시 돌아오게 되고, 두 번 들어가면 원하는 사랑을 이루게 된다고 합니다. 하지만 세 번째는 던지지 마세요. 세 번 들어가면 사랑하는

트레비 분수
이탈리아 로마 폴리 대공의 궁전 정면에 있는 분수다. 분수의 도시로 알려진 로마의 분수 중에 가장 크고 유명하다. 분수 주변은 늘 동전을 던지는 사람들로 붐빈다.

사람과 헤어지게 된다고 전해지니까요.
트레비에 두 번째로 방문하게 될 때는
새벽 시간을 이용하는 것도 괜찮을 거
예요. 인적이 드문 새벽에는 동틀 녘의
파르스름한 기운이 분수의 조명과 어우
러져 영화의 한 장면 같은 분위기를 자
아내기 때문이지요.

영화 '로마의 휴일'에서 오드리 헵
번이 아이스크림을 먹으며 내려
오던 곳으로 유명하다.

　트레비 분수에서 골목을 따라가다 보면 스페인 광장이 나옵니다.
계단 아래쪽에 있는 난파선이라는 분수의 물은 트레비 분수와 같은
수로로 연결되어 있어요. 하지만 지대가 높아 수압이 낮아서 물이
약하게 흐르지요. 스페인 계단은 영화 '로마의 휴일'에서 오드리 헵
번이 아이스크림을 먹으며 내려오는 장면으로 유명해졌어요.
　옛 로마에는 포럼이라고 하는 커다란 시장이 있었습니다. 사람들

은 시장에 모여 음식을 거래하고 자유롭게 연설하거나 정치적 논쟁을 벌였어요. 포럼은 아름다운 궁전과 법정, 신전, 개선문 등으로 둘러싸여 있었지요.

　개선문은 전쟁에서 승리를 거두고 금의환향하는 장군들을 위해 세워진 거예요. 그중 하나가 바로 티투스의 개선문이지요. 티투스는 유대 인의 성지인 예루살렘을 함락시킨 로마의 황제예요. 로마 사람들은 티투스의 공을 기려 티투스의 개선문을 세웠지요. 포럼에서 나오면 콘스탄티누스의 개선문이 있어요. 콘스탄티누스 대제는 그리스도를 믿은 로마의 첫 번째 황제입니다. 이 때문에 그리스도가 처형된 지 300년 만에 로마에 기독교가 승인되었어요.

　고대 로마 사람들은 별난 데서 즐거움을 찾았습니다. 사람들은 인간과 맹수가 서로 죽이는 광경을 보며 환호했어요. 맹수와 맞서 싸우는 사람은 전쟁에서 붙잡혀 온 포로거나 로마 황제의 명으로 죽음

고대 로마 병사 복장을 한 남자들

콜로세움 내부
이탈리아 로마에 있는 원형 경기장이다. 경기장 내부에는 약 5만 명의 인원을 수용할 수 있는 계단식 관람석이 설치되어 있다. 고대 로마의 유적지 중 규모가 가장 크다.

을 눈앞에 둔 기독교도가 대부분이었지요.

이 경기를 보려면 오늘날의 축구장이나 야구장처럼 관객이 앉아서 경기를 지켜볼 수 있는 커다란 경기장이 필요했어요. 그래서 지은 것이 바로 콜로세움입니다. 콜로세움은 현재 부분적으로 붕괴하긴 했지만 거의 원형 그대로 보존되어 있어요. 경기가 시작되기 전에 맹수들을 가둬 두었던 우리까지 볼 수 있지요.

고대 로마의 기독교도는 지상에서 예배를 드릴 수가 없었어요. 그래서 지하 저장고 같은 곳에 몰래 숨어 예배를 드렸지요. 로마 근교에는 수 킬로미터에 걸쳐서 기독교도가 예배를 드리거나 죽은 뒤 매장되었던 지하 방이 널리 퍼져 있어요. 이를 카타콤이라고 합니다. 수백만 명의 기독교도가 이 카타콤에 묻혔지요.

폼페이 최후의 날

이탈리아에는 모두가 아름답다고 입을 모으는 화산재 더미가 있습니다. 1km가 넘는 화산재 더미가 나폴리라는 도시의 배경을 어지럽히고 있는데도, 사람들은 화산재가 잘 보이는 곳에 집을 짓고 호텔을 지었어요. 아름다운 나폴리 만에 있는 이 화산재 더미의 이름은 베수비오 화산이랍니다.

　성인이 되어서도 신화를 믿었던 고대 사람들은 절름발이 대장장이가 땅속에 살면서 커다란 화덕에 불을 지펴 쇠를 달구고 있다고 생각했어요. 불카누스라는 이름의 그 대장장이 때문에 땅속에서 연기와 불길이 솟아오르고 잿더미가 높이 쌓였다고 믿은 것이지요. 그래서 우리는 불길과 연기가 솟아오르는 재로 만들어진 산을 불카

누스의 이름을 따 '볼케이노(화산)'라고 불러요.

전 세계에 수많은 화산이 있지만, 베수비오 화산은 그중에서도 가장 유명합니다. 이 화산은 지금까지도 연기와 불꽃을 내뿜어요. 화산에서 나온 먼지가 석양을 아름다운 색으로 물들이는 경우도 종종 있지요.

베수비오 산의 성난 입속
하늘에서 바라본 모습이다. 부서진 바위 조각들이 공중으로 높이 튀어 오르는 모습을 볼 수 있다.

화산이 폭발하면 마그마는 주전자에서 물이 끓어 넘치듯 산허리를 타고 아래로 흘러내리다가 차츰 열이 식으면서 바위로 굳어져요. 이렇게 굳어진 바위를 화산암이라고 합니다. 나폴리에는 화산암이 풍부해 도로를 포장하는 데 유용하게 쓰이지요.

아주 오랜 옛날 베수비오 화산 끝자락에 도시를 건설한 사람들이 있었어요. 나폴리보다 베수비오 화산에 훨씬 더 가까웠던 그 도시의 이름은 바로 폼페이랍니다.

어느 날 갑자기 베수비오 화산이 뜨거운 열기로 부글거리더니 폭발하고 말았어요. 베수비오 화산은 그 작은 도시에 뜨거운 화산재를 내뿜었지요. 사람들은 그 자리에서 목숨을 잃고 뜨거운 화산재 속에 깊숙이 파묻혔습니다. 폼페이와 폼페이 사람들은 거의 2,000년 동안 같은 자리에 묻혀 있었던 거예요.

폼페이 유적지가 발굴된 것은 그리 오래전의 일이 아니에요. 발굴 작업은 1748년부터 본격적으로 시작되었다고 합니다. 덕분에 집과 신전, 극장 등이 다시 세상의 빛을 보게 되었고, 수많은 방문객이 그곳을 찾아 거리를 활보할 수 있게 되었어요.

폼페이의 흔적

폼페이 유적은 화산재 더미 속에
고습을 감추고 있었다. 빼어난 건
축 양식과 수도관, 건널목과 마찻
길 등 당시 로마 인들의 뛰어난 문
화 수준을 엿볼 수 있다.

화산 폭발의 희생자들
화산 폭발로 목숨을 잃은 사람들은 먼지와 잿더
기 속에 깊숙이 파묻히고 말았다.

폼페이 유석에서 만날 수 있
는 건널목과 마찻길의 모습

폼페이의 신전
폼페이의 역사와 흔적을 만나려
는 사람들의 발걸음이 끊이지 않
고 있다.

가곡의 고향, 나폴리와 카프리

베수비오 화산이 앞으로 또 분출할지는 누구도 모르는 일이지만 나폴리 사람들은 별로 신경 쓰지 않는 듯 보여요. 나폴리 사람들은 걱정하지 않고 즐겁게 노래를 부르며 거리를 활보합니다. 나폴리는 거리에 노래 부르는 사람들이 가득한, 세계에서 몇 안 되는 도시 중 하나예요.

나폴리 사람들은 노래를 즐겨 부릅니다. 그것도 콘서트나 오페라에서 들을 법한 노래들을 말이지요. 지금은 세상을 떠났지만 아직도 세계에서 가장 위대한 가수로 기억되는 한 남자도 누더기를 걸친 채 나폴리 거리를 누볐던 어린아이 중 하나였어요. 후에 미국으로 건너간 그 가수의 이름은 바로 엔리코 카루소랍니다.

　이탈리아 어는 노래의 언어이자 음악의 언어입니다. 이탈리아 어를 배우면 노래하지 않을 수가 없다는 말도 있어요. 악보를 이탈리아 어로 쓰는 경우가 많고, 연주 기호 역시 이탈리아 어에서 온 것이 대부분이지요. 이탈리아 어는 거의 모든 단어가 모음, 즉 '아, 에, 이, 오, 우'로 끝나요. 피아노, 첼로, 소프라노, 알토 등이 모두 이탈리아 어랍니다. 우리말로 염소를 뜻하는 '고트(goat)'라는 단어는 전혀 예쁘지도 않고 음악적이지도 않아서 노래 가사로 쓰기에는 적절하지 않아요. 나폴리 만에 있는 카프리 섬 역시 염소를 의미하지만, 아름다운 이 섬을 노래하는 곡은 많지요.

　카프리 섬의 바위 해안에는 바다 동굴이 하나 있어요. 높이가 아주 낮아서 보트를 타야만 들어갈 수 있는 동굴이지요. 들어갈 때는 머리를 부딪치지 않도록 조심해야 하고, 파도가 높이 치는 날은 아예 들어갈 수조차 없어요. 푸른 동굴이라는 뜻의 블루 그로토(Blue Grotto) 안으로 들어가면 물이 너무 맑고 아름다워서 보트가 물 위에 떠 있는 게 아니라 하늘 위에 떠 있다는 착각마저 들지요.

나폴리 산타루치아 항구
나폴리 민요 '산타루치아'로 유명한 항구인 산타루치아 항구는 세계 3대 미항으로 꼽힐 정도로 아름다운 곳이다. 원래 한적한 어촌 마을이었지만 지금은 레스토랑과 카페가 즐비한 명소로 바뀌었다. 붉은 지붕의 집들과 해변이 장관을 이루어 해마다 수많은 관광객이 모여드는 곳이기도 하다.

물 위의 도시, 베네치아

이탈리아는 장화로서는 세계에서 가장 컸지만, 수많은 사람이 모여 살기에는 좁았어요. 그래서 새로운 대륙을 찾아 떠난 사람이 많았지요. 신대륙에 가장 먼저 건너간 사람은 크리스토퍼 콜럼버스였어요.

콜럼버스가 항해를 시작한 곳은 스페인이었지만 나고 자란 곳은 이탈리아 북부에 있는 제노바라는 도시였습니다. 제노바에는 콜럼버스의 생가 일부가 보존되어 있고, 제노바 기차역 바로 앞에는 그의 동상이 서 있어요. 오늘날에도 제노바 항구에서는 미국으로 가는 배가 출항을 하지요.

제노바 맞은편에도 유명한 도시가 있어요. 물 안에 있다고 해야 옳을 이 도시는 바로 베네치아입니다. 120여 개의 작은 섬들을

물로 만들어진 길
이탈리아 어로 '흔들리다'라는 뜻의 곤돌라는 베네치아 시내에 있는 운하를 운항하는 배다.

400여 개의 다리로 이어 만든 베네치아에서는 물이 곧 길이라 할 수 있어요. 베네치아에서는 가장 크고 넓은 운하를 '대운하(Canal Grande)'라고 하고, 그보다 작은 운하를 '카날레 카나레조(Canale Cannaregio)', 골목길처럼 아주 좁은 운하는 '리오(Rio)'라고 부르지요.

베네치아 사람들은 자동차나 마차 대신 배를 탑니다. 선체는 검은색이고 배 중앙에는 작은 객실이 있어요. 뱃머리에는 이빨 모양의 장식이 붙어 있지요. 이 배를 곤돌라라고 하고, 객실 뒤에 서서 기다란 노를 젓는 사람을 곤돌리에라고 합니다.

베네치아는 빵빵거리는 경적 소리도, 덜컹거리는 자동차 바퀴 소리도 들을 수 없는 도시예요. 오로지 노랫소리와 음악 소리만이 도시를 가득 채우고 있지요.

그런데 최근 베네치아가 조금씩 가라앉고 있다고 해요. 갯벌이 있는 습지 위에 세워진 베네치아의 토대 부분이 빠르게 침식되고 있기 때문이지요. 이러한 현상의 원인은 지구 온난화와 산업화 과정에서 지하수를 무분별하게 개발했기 때문이라고 해요. 잦은 수몰 때문에 생존의 위협을 느낀 사람들은 차츰 내륙으로 이주하고 있습니다. 지금은 건물의 1층 부분이 잠겨 있지만, 2,000년 후에는 5층 높이까지 바다에 잠겨 버릴지도 몰라요.

아주 오래전, 베네치아는 도시가 아니라 옹기종기 모여 있는 작은 섬들에 불과했어요. 옛날에 베네티 족이라 불리는 사람들이 있었습니다. 거칠게 공격해 오는 북방 민족 때문에 늘 고통을 받던 베네티 족은 결국 그들을 피해 아드리아 해의 섬으로 이주하게 되지요.

베네치아의 상징인 곤돌라와 운하 옆의 노천카페

ORANTE
da Raffa

베네티 족은 쉽게 썩지 않는 삼나무를 잘라서 기둥을 만든 다음, 물속에 꽂아 세우고 그 기둥 위에다 집을 지었어요. 그들은 주로 물고기를 잡아먹으며 목숨을 유지했지요. 문밖으로 낚싯줄이나 그물을 던지기만 하면 물고기가 수도 없이 잡혔어요. 어찌나 많이 잡히는지 다 먹지도 못할 정도였지요. 그래서 베네티 족은 바닷물을 증발시켜 소금을 얻은 다음 생선을 소금에 절여서 보관했어요.

베네티 족은 지중해 구석구석을 돌며 소금과 소금에 절인 생선을 팔고, 그 대가로 비단옷과 융단, 보석 따위를 얻었어요. 베네티 족이 맞바꿔 온 이 물건들을 사기 위해 유럽 전역에서 수많은 사람이 베네치아로 몰려들었지요. 이내 베네치아는 유럽에서 가장 큰 무역 도시이자 가장 큰 시장이 되었어요.

후에 베네티안이라고 불리게 되는 베네티 족은 점점 부유해졌습니다. 운하 주위에 아름다운 성을 짓고, 성 마르코가 민족과 도시에 행운을 가져다주었다는 믿음에 따라 그에게 바치는 아름다운 성당

산마르코 광장
광장 정면에는 아름다운 산마르코 대성당이 보이고, 성당 오른편에는 종탑이 우뚝 서 있다. 광장에 비둘기가 많기로 유명한데, 비둘기는 관광객의 좋은 친구가 되어 준다.

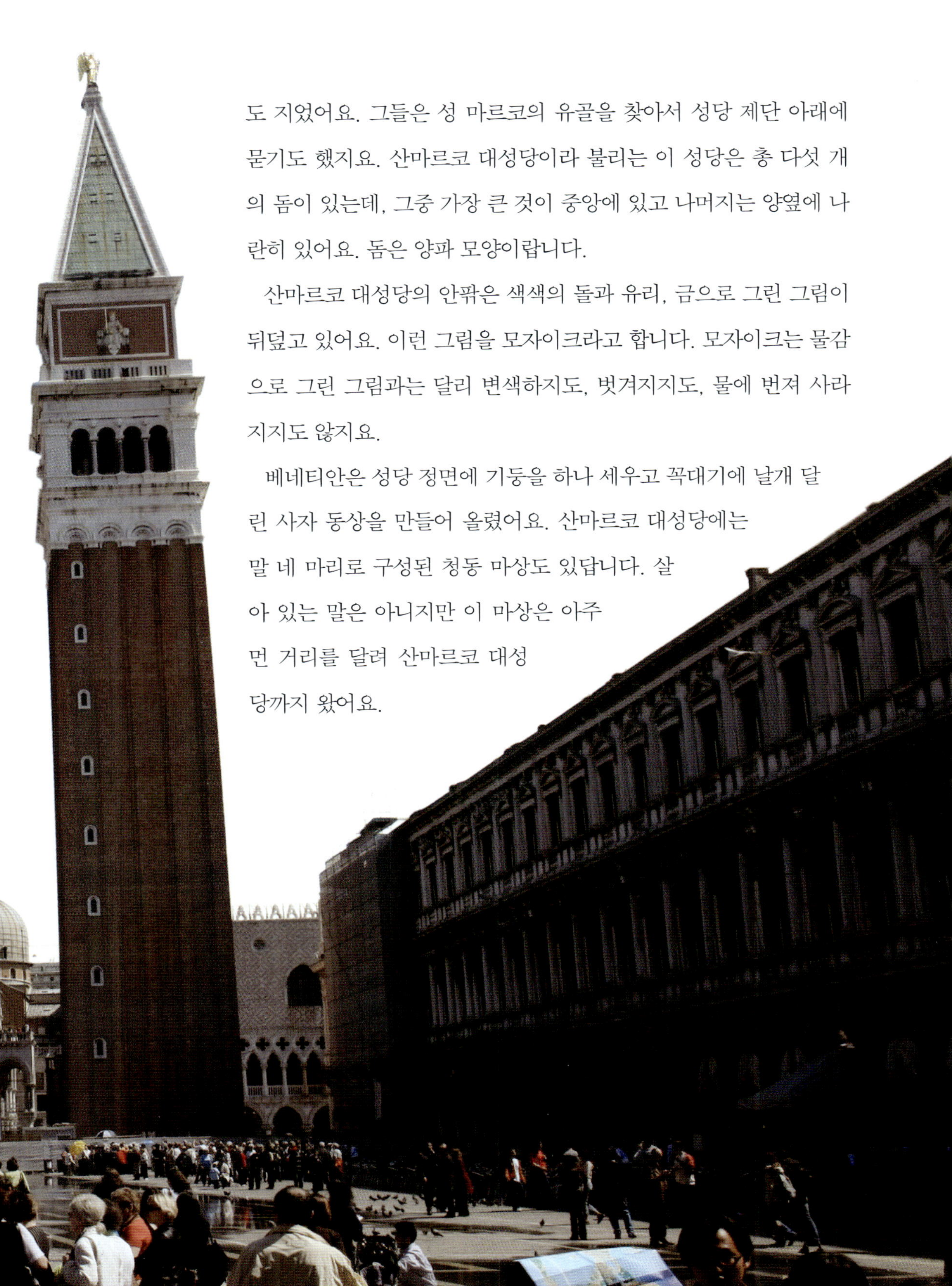

도 지었어요. 그들은 성 마르코의 유골을 찾아서 성당 제단 아래에 묻기도 했지요. 산마르코 대성당이라 불리는 이 성당은 총 다섯 개의 돔이 있는데, 그중 가장 큰 것이 중앙에 있고 나머지는 양옆에 나란히 있어요. 돔은 양파 모양이랍니다.

산마르코 대성당의 안팎은 색색의 돌과 유리, 금으로 그린 그림이 뒤덮고 있어요. 이런 그림을 모자이크라고 합니다. 모자이크는 물감으로 그린 그림과는 달리 변색하지도, 벗겨지지도, 물에 번져 사라지지도 않지요.

베네티안은 성당 정면에 기둥을 하나 세우고 꼭대기에 날개 달린 사자 동상을 만들어 올렸어요. 산마르코 대성당에는 말 네 마리로 구성된 청동 마상도 있답니다. 살아 있는 말은 아니지만 이 마상은 아주 먼 거리를 달려 산마르코 대성당까지 왔어요.

산마르코 대성당

13~14세기에 건축된 산마르코 대성당은 베네치아에서 가장 유명한 성당이다.
이 건물은 다섯 개의 거대한 돔, 500개의 고대 기둥, 황금빛의 모자이크 등으로
장식되어 있다. 황금빛을 띤 엄청난 규모의 모자이크 때문에 '황금의 성당'으로
도 불린다.

성당 내부의 천장 모자이크 성당의 내부와 외부는 색색의 돌과 유리, 금으로 그린 모자이크로 되어 있다.

산마르코 대성당 천장 모자이크

교회 정문 위에 서 있는 청동 마상 1204년 제4차 십자군 전쟁 때 콘스탄티노플에서 가져온 청동 마상의 복제품이다.

청동 마상의 원래 모습 원래의 청동 마상은 성당 내 마르치아노 박물관에 보관되어 있다.

그리스도 시대에 처음 만들어진 이 청동 마상은 콘스탄티누스 대제와 나폴레옹에 의해 다른 곳으로 옮겨졌다가 결국 베네치아로 되돌아왔습니다. 현재의 청동 마상은 복제품이고, 황금으로 된 원래 마상은 성당 내 마르치아노 박물관에 보관되어 있어요.

산마르코 대성당 앞에 있는 산마르코 광장은 베네치아의 중심이에요. 이 광장은 비둘기가 많기로도 유명한데, 하나같이 길이 잘 들어 있어 사람들의 손이나 어깨에 얌전히 앉아 모이를 먹습니다. 그래서 산마르코 광장에서는 머리나 어깨 위 혹은 발치에 앉아 있는 비둘기와 함께 사진을 찍는 사람들을 흔히 볼 수 있어요.

아주 오랜 옛날에 베네치아는 비둘기가 물어 온 전갈 덕에 적의 공격을 막을 수 있었습니다. 그 후로 베네치아 사람들은 비둘기를 성스러운 영물로 여기고, 비둘기를 해치는 사람은 붙잡아 엄하게 벌했어요.

여러분은 아메리카 대륙을 처음 발견한 것도 비둘기라는 사실을 알고 있나요? 콜럼버스라는 이름은 이탈리아 어로 비둘기라는 뜻이에요. 그러니까 그의 이름은 크리스토퍼 비둘기였던 셈이지요.

성경을 보면 모래 위에 지어 무너져 버린 집에 관한 이야기가 등장합니다. 산마르코 광장에는 꼭대기가 뾰족한 아름다운 종탑이 하나 있어요. 이 종탑은 원래 모래 위에 지어졌는데, 1900년대 초반에 느닷없이 무너져 내렸지요. 그 후 베네치아 사람들은 종탑의 기반을 더욱 튼튼하게 다졌어요. 모래에 시멘트를 섞어 콘크리트를 만든 것이지요. 그들은 콘크리트 기반 위에 예전과 똑같은 종탑을 세웠어요. 종탑의 과거와 현재 사진을 비교해 봐도 차이를 알 수 없을 정도

로 똑같이 재현해 놓았지요.

현재 베네치아는 일개 도시에 불과하지만, 과거에는 하나의 작은 국가나 다름없었어요. 베네치아에서만 통용되는 화폐가 있었고, 베네치아만 다스리는 통치자가 있었지요. 베네치아의 통치자를 도제라고 합니다. 도제는 '군주'라는 뜻으로, 오늘날의 대통령처럼 베네치아를 통치했고 과거의 왕처럼 궁전에서 살았으며 판사처럼 죄를 지은 사람에게 벌을 내렸어요. 운하를 사이에 두고 도제의 궁전과 마주 보는 곳에 감옥이 있었습니다. 물 위로 지붕이 있는 다리가 하나 놓여 있어 궁전과 감옥을 이어 주었지요. 도제의 명에 따라 이 다리를 건너 감옥으로 이송되는 사람들이 하나같이 한숨을 쉬고 탄식했다고 해서 이 다리를 '탄식의 다리'라고 부릅니다.

리알토 다리는 한때 베네치아의 대운하를 건널 수 있는 유일한 다리였어요. 리알토 다리 주변에는 온갖 가게가 즐비하게 서 있습니다. 베네치아는 원래 유럽에서 제일가는 쇼핑 명소였고, 그런 베네치아에서 없는 게 없는 백화점 역할을 했던 것이 바로 리알토였던 거예요. 영국의 위대한 극작가 셰익스피어는 이곳을 배경으로 「베니스의 상인」이라는 작품을 쓰기도 했지요.

초기의 베네치아 사람들은 가장 쉽게 얻을 수 있는 생선과 소금으로 생계를 유지했어요. 이것이 바로 베네치아 번영의 시작이었지요. 베네치아에는 생선과 소금 말고도 흔한 자원이 한 가지 더 있었는데, 바로 모래였어요.

얼핏 생각하면 모래는 쓸모없게 느껴질 수도 있지만, 베네치아 사람들은 모래에 무언가를 첨가해 가마에서 녹이면 유리가 된다는 사실을 알아냈어요. 또 가열된 상태의 유리를 비눗방울 불듯이 불면 갖가지 모양으로 변형시킬 수 있다는 사실도 알아냈지요. 그렇게 해서 베네치아 사람들은 아름다운 병과 단지, 그리고 구슬과 잔을 만들었어요.

유리를 부는 직공은 예술가만큼이나 큰 명성을 얻기 시작했습니다. 유리로 만든 작품을 찾는

사람들이 각지에서 몰려들어 큰돈도 마다하지 않고 내놓았기 때문에 유리 직공들은 자연스레 부자가 되었어요. 당시 베네치아에서 유리 직공의 지위는 가장 높은 축에 속했습니다. 실력이 뛰어난 직공은 도제와 맞먹는 지위를 갖고 있었는데, 유리 직공이 도제가 된 일도 있었어요. 유리 직공의 딸과 왕자가 혼사를 치르는 일도 많았다고 합니다.

베네치아는 이제 더는 독자적인 국가라 볼 수 없어요. 이탈리아에 속해 있는 하나의 도시이기 때문이지요. 그러나 여전히 전 세계의 수많은 사람이 베네치아를 찾아 산마르코 대성당과 도제의 궁전을 구경하고, 리도 섬의 아름다운 해안에 몸을 담급니다. 또 곤돌라를 타고 운하를 여행하고, 현악기 연주와 공연이 어우러진 달빛 밝은 밤을 즐기기도 하지요.

아름다운 도시 베네치아는 '아드리아 해의 여왕'이라고도 불립니다. 이탈리아는 지중해에 있지만 베네치아는 아드리아 해에 접해 있기 때문이에요.

르네상스의 발상지, 피렌체

아펜니노 산맥은 이탈리아 반도를 남북으로 지나는 산맥이에요. 이탈리아 동부 지역에서 서부 지역으로 가려면 이 산맥을 반드시 지나야 합니다. 동부의 베네치아에서 아펜니노 산맥 너머에 있는 피렌체로 가려면 터널을 무려 수십 개나 지나야 하지요.

피렌체 중심가에 들어서면 건물들 사이로 우뚝 솟은 커다란 돔이 한눈에 들어옵니다. 천재 건축가 브루넬레스키가 완성한 산타마리아 델 피오레 대성당(두오모 대성당)의 돔이에요. 돔 바로 옆에는 커다란 첨탑도 있지요. 이와 비슷한 모양의 돔은 전 세계적으로 얼마든지 더 찾아볼 수 있어요. 이러한 돔의 시초가 바로 피렌체의 돔이지요. 나머지는 피렌체의 돔을 본뜬 것에 불과해요. 성당 맞은편에는 팔각형의 낮은 건물이 하나 있습니다. 아이들이 세례를 받는 장

산타마리아 델 피오레 대성당 앞에 있는 세례당이다. 세 개의 출입문 가운데 동쪽 출입문에는 '천국의 문'이라 불리는 기베르티의 청동 부조가 있다.

천국의 문

산 조반니 세례당 동쪽에 설치된 청동 문이다. 기베르티가 제작한 이 문은 미켈란젤로가 "천국의 문이 바로 여기에 있구나"라고 말한 이후 '천국의 문'으로 불린다. 구약 성서의 내용을 묘사한 10개의 청동 부조로 장식되어 있다.

미켈란젤로 언덕에서 바라본 피렌체
'꽃의 도시'라 불리는 피렌체의 모습이다. 낮에 보는 경치도 아름답지만, 미켈란젤로 언덕에서 바라보는 피렌체의 야경은 그 이상의 감동을 준다.
오른쪽 위에 보이는 베키오 다리는 아르노 강 위에 놓인 다리 중 가장 오래된 다리다. '오래된 다리'라는 뜻의 베키오 다리는 14세기에 만들어졌다.

소여서 세례당이라 불리는 곳이지요. 이 세례당의 청동 문에 성경에 등장하는 인물과 장면을 부조로 새겨 넣은 사람이 바로 기베르티예요. 기베르티의 청동 부조 중에는 하나님의 말씀에 따라 아들을 제물로 바치려는 아브라함의 모습도 있답니다. 피렌체가 낳은 위대한 미술가인 미켈란젤로는 기베르티의 청동 문을 보고 "천국의 문이 바로 여기에 있구나!"라고 감탄했어요.

미켈란젤로는 콜럼버스와 같은 시대를 살았습니다. 콜럼버스는 이탈리아를 떠나 미지의 땅을 탐험하는 데 거의 평생을 바쳤어요. 그러나 미켈란젤로는 살면서 한 번도 이탈리아를 떠난 적이 없었고 늘 집에 있었지요. 그는 평생 이탈리아에서 아름다운 그림을 그리고 조각을 새기고 건물을 지었어요.

'꽃다운 성모 마리아 대성당'이라는 뜻의 이름을 가진 이 성당은 피렌체 대성당으로도 불린다. 브루넬레스키의 유명한 돔 지붕이 얹혀 있다.

어느 날 누군가가 버린 대리석이 미켈란젤로의 눈에 띄었어요. 대리석에는 금이 가 있었지요. 미켈란젤로는 그 대리석에서 젊은 다비드의 형상을 보았고, 즉시 작업에 착수했어요. 결국 미켈란젤로는 대리석을 깎아 젊은 양치기 소년의 조각상인 다비드상을 만들어 냈지요. 사람보다 몇 배는 더 큰 이 석상은 피렌체에만 모조품이 두 개나 전시되어 있어요. 석고로 만든 모조품은 전 세계적으로 그 수를 셀 수 없을 정도지요.

피렌체에는 베네치아처럼 아름다운 운하가 있지는 않지만, 도시를 가르며 유유히 흐르는 아르노 강이 있어요. 아르노 강 위에는 여러 개의 다리가 놓여 있는데, 그중 '오래된 다리'라는 뜻의 베키오 다리가 있습니다. 베키오 다리에는 베네치아의 리알토 다리처럼 상권이 형성되어 있어요. 은이나 모자이크, 가죽, 거북이 등껍질 등으로 만든 장식품과 기념품을 파는 가게가 대부분이지요.

피렌체에서 그리 멀지 않은 피사라는 도시에는 유명한 피사의 사탑이 있습니다. 피사의 사탑은 원래 똑바로 설계되었으나 한쪽 지반이 가라앉는 바람에 넘어질 듯 위태롭게 기울게 되었어요. 피사의 사탑은 수백 년 동안이나 기울어진 상태로 안전하게 서 있었지만, 시간이 지날수록 기울기가 더해지고 있습니다. 지반의 침하를 막지 않으면 언젠가는 무너질 것처럼 보였지요.

결국 피사의 사탑은 10년간의 보수 공사 끝에 2001년 일반인에게 공개될 수 있었어요. 오랜 시간 동안의 보수 공사 덕으로 더는 기울어지지 않고 있지요. 피사의 사탑은 무너져 버릴 것 같으면서도 무너지지 않아서 세계 7대 불가사의 중 하나로 꼽힌답니다.

미켈란젤로의 다비드상
르네상스 조각 작품을 대표하는 다비드상은 높이 4m에 달하는 거대한 조각상이다. 원래는 시뇨리아 광장 앞에 세워졌으나 지금은 아카데미아 미술관에 전시되어 있다.

피사의 사탑
이탈리아의 피사 대성당에 있는 8층 종탑이다. 피사의 사탑이 기울
게 된 이유는 지반이 무르기 때문이다. 탑이 기울어졌는데도 무너
지지 않는 이유는 아직 과학적으로 규명되지 않았다. 세계 7대 불
가사의 중 하나로 꼽힌다.

이탈리아의 피렌체에서 르네상스가 꽃핀 이유는 무엇일까요?

기업이 문화 예술 활동에 자금이나 시설을 지원하는 활동을 일컫는 '메세나(Mecenat)'라는 말이 있어요. 이 말은 로마 제국의 정치가였던 마에케나스가 문화 예술가를 후원한 것에서 비롯된 말인데, 마에케나스의 프랑스 어 발음이 바로 '메세나'입니다. 이탈리아의 피렌체에서 르네상스가 꽃피게 된 것은 바로 이 '메세나'와 관련이 있어요. 15세기 르네상스의 중심에는 미켈란젤로, 레오나르도 다빈치, 루벤스 등과 같은 뛰어난 예술가와 함께 '메디치 가문'이라는 든든한 후원자가 있었습니다. 피렌체는 동방 물건을 유럽 사람에게 비싼 값에 팔아 큰돈을 번 메디치 가문을 비롯한 많은 부유한 상인들이 있어 경제적인 번영을 누리고 있던 곳이었어요. 메디치 가문을 비롯한 상인들은 저택을 짓고, 많은 교회와 예배당을 세웠지요. 메디치 가문은 새로 지은 건물을 장식하기 위해서 예술가들에게 직접 예술품을 주문했어요. 우리가 알고 있는 「천지창조」나 「모나리자」 등의 작품들이 이렇게 탄생했고, 이는 르네상스로 이어지게 된 것입니다.

9 맥주와 자동차의 나라 | 독일

독일 사람들은 세계에서 맥주를 가장 많이 마셔요. 맥주의 종류도 다양해서 지역마다 다른 맥주를 가지고 있다고 합니다. 10월에 뮌헨에서 열리는 옥토버 페스트는 스페인의 토마토 축제만큼이나 세계적으로 유명하지요. 축제 기간에는 누구나 독일 전역의 다양한 맥주를 맛볼 수 있답니다. 독일은 맥주뿐 아니라 소시지로도 유명해요. 우리가 잘 아는 프랑크 소시지는 독일의 프랑크푸르트라는 도시의 이름에서 유래되었지요. 독일에서 소시지가 발달하게 된 이유는 기후 때문입니다. 독일은 날씨가 변덕스럽고 겨울이 긴 데다 땅도 비옥하지 않아요. 그래서인지 농업보다는 목축업이 발달했고, 소시지도 많이 소비했지요.

- 독일은 척박한 자연환경과 부족한 자원 때문에 우수한 인적자원을 바탕으로 한 중공업이 발달했다.
- 독일 맥주는 빌헬름 4세가 1516년에 제정한 '맥주 순수령' 때문에 세계 최고의 맛과 품질을 자랑한다.
- 알프스 산지에서 발원해 북해로 유입되는 라인 강은 독일이 '라인 강의 기적'을 이루는 데 커다란 발판이 되었다.
- 세계 최고의 자동차 강국인 독일은 한 해 자동차 생산량의 60% 이상을 수출한다.

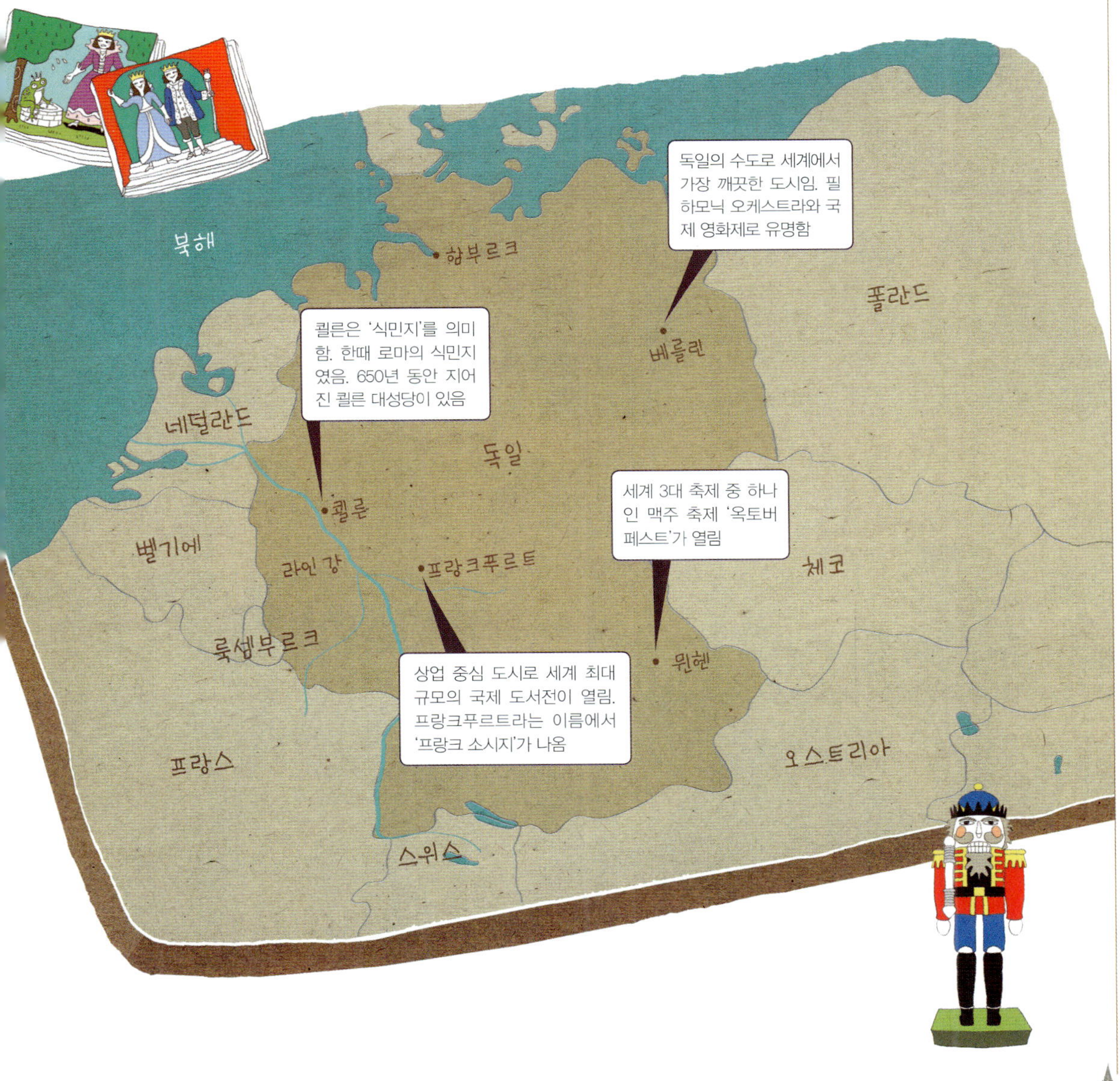

병정과 가곡의 조화

"영어는 사업의 언어이고 프랑스 어는 사교의 언어이며 이탈리아 어는 음악의 언어다. 그리고 독일어는 싸움의 언어다!"라는 말이 있어요. 세계 대전 때 독일은 전 세계 거의 모든 국가를 상대로 전쟁을 치렀습니다. 전 세계 거의 모든 나라에 맞서서도 독일은 승리를 거머쥘 뻔했지요. 당시 독일 사람들은 어릴 때부터 군사 훈련을 받았어요. 세계 대전이 일어나기 전에는 황제를 뜻하는 카이저가 독일을 통치했지만, 지금은 국민의 손으로 뽑은 대통령이 통치하지요.

독일은 사내아이를 엄하게 키우기로 유명합니다. 갓난아기 때부터 군인처럼 지시에 복종하는 법을 배우고, 무엇을 하든 규칙을 따

브란덴부르크 문
독일 베를린의 파리저 광장에 있는 문이다. 냉전 시대에 서베를린과 동베를린의 경계선이었다.

르도록 교육받아요. 독일 학교는 다른 나라의 학교에 비해 훨씬 수업 시간이 길고, 공부뿐 아니라 운동에서도 철저히 반복 교육을 시행합니다. 그렇기에 주입식 학교와는 정반대의 수업이 이루어지는 유치원이 독일에서 시작되었다는 사실은 더욱 놀라워요.

독일어는 싸움의 언어라는 말이 있지만 실은 독일 사람들도 이탈리아 사람들만큼 음악을 좋아합니다. 하지만 독일 음악은 아름다운 선율의 이탈리아 음악과는 달리 호전적이고 웅장하며 우렁찬 곡이 많지요. 독일 가곡의 역사가 곧 예술가곡의 역사일 정도로 독일의 가곡은 유명합니다. 가곡이란 시와 음악이 결합한 음악의 한 양식이에요. 슈베르트의 「마왕」, 베토벤의 「아델라이데」, 브람스의 「자장

**베를린 장벽과
브란덴부르크 문**

베를린 장벽은 1961년에 동독 정
부가 동베를린과 서방 3개국의
분할 점령 지역인 서베를린 경계
에 쌓은 콘크리트 벽이다. 오랜
기간 동서 냉전의 상징물로 인식
되다가 1989년 동유럽 민주화로
철거되었다.

가」 등이 모두 독일의 가곡이지요.

세계에서 가장 유명한 자장가나 크리스마스 캐럴도 독일 곡이 많아요. 「고요한 밤, 거룩한 밤」도 그중 하나지요. 음악이 가미된 극을 오페라라고 하는데, 훌륭하다고 인정받는 오페라 곡도 독일 사람이 작곡한 경우가 많아요. 모차르트의 「마적」, 바그너의 「트리스탄과 이졸데」는 모두 독일의 오페라지요. 독일에서는 연극보다 오페라가 더 많이 상연된답니다.

독일의 수도인 베를린은 세계에서 가장 깨끗한 도시로 꼽힙니다. 베를린 필하모닉 오케스트라는 세계에서 유명한 오케스트라단 중 하나지요. 또 베를린은 국제 영화제로도 유명합니다. 베를린의 상징인 브란덴부르크 문은 냉전 시대에 분열된 동서 베를린의 유일한 관문이었어요. 1989년 베를린 장벽이 무너지고 1990년 독일이 통일되면서 베를린은 연방 주 지위를 얻었지요.

맥주를 물처럼 마시는 독일 사람들

독일 하면 맥주를 빼놓을 수 없어요. 그렇다면 왜 독일이 맥주의 본고장이 되었을까요? 고대 이집트에서 피라미드 건설 노동자들이 발효 빵가루에 물을 섞은 뒤 이를 다시 발효시켜 마신 것이 맥주의 시초라고 합니다. 맥주 제조법이 유럽에 전해지자 교회는 맥주를 '액체로 된 빵'이라고 여겼어요.

이후 독일 수도원에서 맥주를 활발하게 만들기 시작했는데, 여기서 독일 맥주가 유래되었어요. 지식이 해박한 사람이 많이 모인 수도원에서 맥주 양조업을 독점해 맥주를 신도들에게 팔아 수도원 유

하이델베르크 고성에 있는 세계 최대의 맥주 통
독일의 교회나 수도원에서 맥주가 활발하게 만들어지기 시작했는데, 여기서 독일 맥주가 유래되었다. 현재 독일 맥주는 세계 최고의 맛과 품질을 자랑한다.

지비로 썼다고 합니다.

15세기 이후 유럽에서 맥주가 유행하기 시작했고, 전문 양조업자들도 생겨났어요. 양조업자들은 독특한 맥주를 만들기 위해 온갖 약초와 심지어 독초까지 넣기도 했지요. 이에 독일의 빌헬름 4세는 1516년 사람들의 건강과 맥주의 품질 향상을 위해 '맥주 순수령'을 제정했어요. 맥주 순수령이란 맥주를 만들 때 보리와 호프, 물만 사용하도록 하는 법령입니다.

그래서 인체에 해가 가지 않는 순도 100%의 맥주가 만들어졌어요. 500년이 넘도록 지켜져 내려오는 이 법령 덕분에 독일은 세계 최고의 맛과 품질을 자랑하는 맥주를 생산하게 되었답니다. 독일 사람들은 세계에서 맥주를 가장 많이 마셔요. 국민 한 사람이 한 해 동안 330ml짜리 캔 맥주를 400캔이나 마신다고 합니다. 석회암 지대인 독일의 물에는 석회질이 많이 섞여 있어 물 대신 맥주를 즐겨 마시게 된 것이지요.

라인 강을 따라서

독일 사람들은 라인 강 언저리의 산이나 동굴에 살던 가상 인물과 실재 인물을 주인공으로 해서 소설, 시, 노래, 오페라 등을 지었어요. 라인 강은 스위스의 알프스 산지에서 발원해 독일 서부를 따라 북쪽으로 흐르다가 네덜란드를 거쳐 북해로 유입됩니다.

로렐라이는 라인 강 기슭에 솟아 있는 바위예요. 도서 박람회로 유명한 프랑크푸르트와 쾰른 대성당으로 유명한 쾰른 사이를 철도로 지나면 이 바위를 볼 수 있지요. '요정의 바위'를 뜻하는 이 매혹적인 바위는 클레멘스 브렌타노가 맨 처음 설화 형식의 시로 아름답게 그려 냈어요. 시의 줄거리는 다음과 같습니다. 라인 강을 항해하는 뱃사람들은 요정의 아름다운 노랫소리에 넋을 잃곤 했어요. 그들이 요정을 바라보고 있는 동안에 배가 물결에 휩쓸리고, 결국 암초에 부딪혀 난파하고 말았답니다.

필리프 프리드리히 질허는 로렐라이를 서정적으로 그린 하이네의 시를 가사로 해서 「로렐라이 언덕」이라는 가곡을 작곡했어요. 그의 가곡은 친근한 민요풍의 선율 때문에 더욱 유명하지요.

라인 강의 로렐라이 언덕
요정이 아름다운 노래를 불러 선원들을 불러들인 후 물에 빠져 죽게 만들었다는 전설이 전해 온다.

하이델베르크 전경
라인 강의 지류인 네카어 강 건너편 언덕 위로 하
이델베르크 고성이 우뚝 서 있다. 하이델베르크의
낭만적인 유적과 경관은 수많은 사람으로부터 사
랑을 받았다.

쾰른 대성당
중세 시대 고딕 건축의 정수를 보여 주는 건축물
이다. 1996년에 유네스코 세계 문화유산으로 등
록되었다.

　로렐라이 언덕은 '직접 보면 실망하는 세계 3대 관광 명소'의 하나로 알려졌어요. 명성에 비해 작고 초라해 보여서 안게 된 불명예지요. 나머지 두 명소는 벨기에 브뤼셀의 '오줌싸개 동상'과 덴마크 코펜하겐의 '인어 공주 상'이에요. 하지만 그 속에 담긴 의미만큼은 그 어떤 유적지보다도 크지 않을까요?

　라인 강 양옆으로는 가파른 산과 암벽이 펼쳐져 있습니다. 이 가파른 산 위에는 과거에 지은 성들이 있지요. 악덕 귀족이라 불리던 성주들이 높고 가파른 산 위에 성을 지은 이유는 온갖 물건을 약탈한 뒤 자신을 안전하게 지키기 위해서였어요. 험준한 산꼭대기에 있는 성을 수리한다는 건 매우 어려운 일이기 때문에 오늘날 그 성들은 대부분 폐허가 되었지요.

쾰른 향수 박물관
쾰른의 3대 명물 중 하나인 오데코롱이 처음 만들어진 곳이다. 원래는 향수 공장이었는데, 지금은 박물관으로 쓰인다. 박물관에는 오데코롱을 처음 생산하던 당시의 증류 기계와 향수 관련 자료 등이 전시되어 있다.

　세계에서 가장 오래된 향수 제품 중 하나인 오데코롱은 '코롱의 물'이라는 뜻이에요. 라인 강의 왼쪽 기슭에도 코롱이라는 이름의 도시가 있답니다. 독일어 발음으로 쾰른이라는 도시가 바로 그곳이지요. 오데코롱은 쾰른의 3대 명물 중 하나예요. 다른 하나는 짓는 데 무려 650년이나 걸린 쾰른 대성당입니다. 이 대성당은 세계에서 가장 긴 건축 기간을 자랑하지요. 쾰른의 세 번째 명물은 쾰른의 전통 맥주인 쾰슈예요. 이 맥주는 독일에서도 손꼽힐 정도로 그윽한 맛이 일품이라고 합니다.

세계 제일의 자동차 강국이 된 독일

벤츠, BMW, 아우디, 폭스바겐, 포르셰……. 모두 독일에서 만들어 낸 세계적인 명차들이에요. 독일 산업을 이야기할 때 가장 먼저 떠올리는 것이 바로 자동차랍니다. 그렇다면 독일이 세계 제일의 자동차 왕국이 될 수 있었던 이유는 무엇일까요?

독일은 북대서양 해류의 영향으로 따뜻한 편이지만, 일조량은 지극히 적습니다. 땅도 비옥하지 않아서 농업 생산량이 낮은 편이에요. 자원도 석탄을 제외하면 거의 없는 편이어서 대부분 수입에 의존하고 있지요. 척박한 자연환경과 부족한 자원 때문에 독일은 우수한 인적자원을 바탕으로 제철이나 기계 제조업과 같은 중공업을 발전시켜 왔어요. 여기에 독일 사람들 특유의 근면, 성실함과 완벽주의가 더해지면서 세계 제일의 자동차를 생산할 수 있게 된 것이랍니다.

독일의 최대 공업 지역은 라인·루르 지역인데, 여기에서 '라인 강의 기적'이라는 말이 나왔어요. 1960년대 말부터 루르 공업 지대의 대기 오염이 심각해지자, 정부는 환경 보호 정책을 추진하기 시작했습니다. 환경 보호와 원전 반대를 내세우는 녹색당이라는 정당까지 생겼지요. 현재 독일의 풍력 발전 기술은 세계 최고예요. 이런 자신감에 힘입어 앞으로 원자력 발전도 폐지하기로 했지요.

독일의 주요 산업은 자동차, 철강, 기계, 금속, 전기, 화학 공업인데, 이 중 가장 큰 비중을 차지하는 것이 자동차예요. 독일에서 만드는 자동차는 한 해 생산량의 60% 이상이 외국으로 수출된다고 합니다.

벤츠

독일은 자동차의 나라라고 해도 과언이 아니다. 우리가 잘 아는 BMW나 아우디, 폭스바겐, 벤츠 등의 자동차가 모두 독일산이다.

독일의 신재생 에너지 산업의 수준을 세계 최고라고 하는 이유는 무엇일까요?

독일은 신재생 에너지 방면에서 세계 최강국으로 통합니다. 독일 전체 에너지 소비량 가운데 신재생 에너지가 차지하는 비율이 2009년에 이미 10%를 넘어섰어요. 우리나라가 1.5% 정도인 것에 비하면 엄청난 양이라고 할 수 있지요. 독일은 2020년까지 신재생 에너지 사용 비중을 20%로 늘리는 것을 목표로 하고 있다고 합니다. 그래서 독일 어디를 가도 풍력 발전기와 태양광 전지판을 쉽게 찾아볼 수 있어요. 프라이부르크는 독일의 환경 수도로 알려진 곳입니다. 인구가 23만여 명에 불과한 이 도시를 환경 수도라고 부르는 것은 친환경적인 정책과 이에 따른 성과물이 가득하기 때문이에요. 높이 60m의 솔라 타워를 비롯해 개인 주택 단지는 물론 호텔, 축구장, 빌딩 등 크고 작은 건물의 외벽이나 옥상에는 어김없이 태양광 발전을 위한 장치들이 설치되어 있습니다. 근처에 있는 보봉 마을은 환경 오염이 되는 화석 연료의 사용을 거부하고 태양광과 바이오매스를 주 에너지원으로 선택해 쾌적함을 누리고 있어요. 독일에는 프라이부르크와 보봉 같은 지역이 셀 수도 없이 많습니다. 독일의 신재생 에너지 산업이 세계 최고가 된 데에는 독일 정부의 적극적인 지원도 중요하지만, 친환경적인 요소를 최우선으로 생각하는 독일 국민이 중요한 역할을 했어요. 이 두 가지 요소가 서로 조화를 이루었기 때문에 세계 최고가 될 수 있었지요.

태양을 따라 회전하며 전기를 생산하는 집, 헬리오트롭

10 북유럽의 지중해 | 북해와 발트 해에 접해 있는 나라들

발트 해는 유럽 대륙과 스칸디나비아 반도 사이에 있는 바다를 가리켜요. 이 바다는 덴마크와 스웨덴 사이의 해협을 통해서 북해로 이어집니다. 발트 해의 북쪽에는 스칸디나비아 반도와 핀란드가 있고, 남쪽에는 유럽 본토와 발트 3국이 있어요. 독일, 덴마크, 스웨덴, 핀란드, 러시아, 발트 3국, 폴란드 등 무려 아홉 개의 나라가 발트 해에 접해 있어 북유럽의 지중해라고도 할 수 있지요. 게다가 러시아 본토에서 떨어져 있는 칼리닌그라드 주도 발트 해에 접해 있답니다.

- 북해와 발트 해에 접해 있는 덴마크는 유틀란트 반도와 그 오른쪽에 있는 셀란 섬으로 이루어져 있다.
- 국토 면적이 한반도의 10배에 달하는 그린란드는 세계에서 가장 큰 섬이다.
- 아이슬란드에는 크고 작은 활화산이 150여 개가 있는데, 아이슬란드에서 온천은 중요한 자원이다.
- 스칸디나비아 반도는 동쪽의 스웨덴과 서쪽의 노르웨이로 이루어져 있다.
- 러시아와 스칸디나비아 반도 사이에 있는 핀란드는 늪과 호수가 많아 '호수의 나라'로 불린다.

인어 공주가 사는 덴마크

지도를 보면 독일 위에 엄지손가락 모양으로 삐죽 튀어나온 덴마크가 보일 거예요. 덴마크의 한쪽은 북해에, 다른 한쪽은 발트 해에 접해 있지요. 덴마크는 크게 둘로 구분할 수 있습니다. 유트 인이 살던 곳이라 유틀란트(Jutland)라는 이름이 붙은 엄지손가락 모양의 반도와 유틀란트 반도 오른쪽에 있는 셀란(Zealand) 섬으로 말이에요. 셀란은 '바다 위의 땅'이라는 뜻인데, 이 섬에 덴마크의 수도 코펜하겐이 있지요.

코펜하겐은 '상인의 항구'라는 뜻이에요. 옛날에 북해에서 발트 해로 가는 상인들이 이 도시에 배를 멈추었다고 해서 이런 이름이 붙었지요. 코펜하겐은 덴마크에서 거의 유일한 대도시예요. 덴마크는 코펜하겐 외에는 이렇다 할 대도시가 없는 나라랍니다.

여러분은 혹시 '그레이트데인(Great Dane)'이라는 이름을 들어 보았나요? 그레이트데인은 덴마크 원산의 커다란 개를 지칭하는 이름이에요. 원래 '데인'은 덴마크 사람이라는 뜻입니다. 그레이트데인, 즉 위대한 덴마크 사람은 따로 있어요. 『성냥팔이 소녀』, 『미운 오리 새끼』, 『인어 공주』 등 수많은 걸작 동화를 남긴 한스 안데르센이 바로 덴마크 출신이랍니다.

인어 공주는 동화 속에서 물거품이 되었지만, 코펜하겐과 안데르센을 유명하게 해 주었어요. 코펜하겐 항구에 있는 인어 공주 동상은 길이가 80cm밖에 안 되는 작은 크기의 동상입니다. 바다를 등진 채 애절한

그레이트데인
덴마크 원산의 커다란 개를 말하는데, 독일의 국견이기도 하다.

한스 안데르센(1805~1875년)

덴마크 출신의 동화 작가 안데르센은『성냥팔이 소녀』와『미운 오리 새끼』,『인어 공주』등 수많은 걸작을 남겼다. 오덴세에 있는 안데르센의 생가는 그의 탄생 100주년을 맞아 기념관으로 개조한 건물이다. 매년 10만여 명이 넘는 관광객이 찾는다.

안데르센이 어린 시절 살았던 집(위)과 안데르센의 초상화 안데르센 생가에는 그가 생전에 사용했던 책상과 가방 등 생활용품과 일기장, 『인어 공주』의 원고 등이 진열되어 있다.

코펜하겐에 있는 인어 공주 동상 길이 80㎝에 불과한 작은 크기의 동상이다. 1913년에 조각가 에릭센이 안데르센의 『인어 공주』에서 영감을 받아 만든 것이라고 한다.

모습으로 앉아 있는 이 동상을 보기 위해 관광객들의 발길이 끊이지 않지요.

크리스티안이라는 이름은 덴마크 사람들이 특히 좋아하는 이름이에요. 그래서 덴마크의 역대 왕 중 열 명이 크리스티안이라는 이름을 갖고 있었지요.

1,000년 전만 하더라도 덴마크 사람들은 기독교도가 아니었어요. 바다를 누비며 남의 땅에 들어가 약탈을 일삼는 해적일 뿐이었지요. 오늘날 덴마크 사람들은 더는 해적질을 하지 않지만, 항해 실력만큼은 최고라고 할 수 있어요. 거의 모든 주민이 항해나 조선 등 배와 관련된 일을 하는 마을도 있답니다.

덴마크 사람들은 대개 버터와 달걀을 생산하는 일에 종사해요. 소와 닭을 길러 버터와 달걀을 얻는데, 많은 양이 외국으로 수출되지요.

'얼음의 땅' 그린란드와 '화산의 땅' 아이슬란드

덴마크는 아주 작은 나라지만 본국의 영토보다 더 큰 섬을 두 개씩이나 갖고 있었어요. 이 두 개의 섬은 덴마크에서 아주 멀리 떨어진 북쪽에 있답니다. 바로 아이슬란드와 세계에서 가장 큰 섬인 그린란드예요.

그린란드의 면적은 한반도의 10배 정도 됩니다. 하지만 남서부 지역을 제외하고는 대부분 기온이 영하 20도보다 낮기 때문에 식물이 거의 자라지 않아요. 그런데도 섬 이름이 '푸른 땅'이라는 뜻의 그린란드인 이유는 무엇일까요?

그린란드

'푸른 땅'이라는 뜻의 그린란드는 남서부 지역을 제외하고는 기온이 대부분 영하 20도보다 낮아서 식물이 자라지 않는 곳이 많다.

그린란드의 마을 새하얀 눈을 맞은 마을의 모습이 평안해 보인다.

아이슬란드의 야외 온천 온천은 '화산의 땅' 아이슬란드의 중요한 자원이다. 아이슬란드는 150여 개의 활화산을 가지고 있는데, 이 화산 열을 이용해 온수를 만들어 난방에 쓰거나 전기를 생산하기도 한다.

그린란드의 투명한 얼음 빙산
지구 온난화의 영향으로 해마다
녹아내리는 그린란드의 빙산이
늘어나고 있다.

기원전 2500년경에 북극해 연안에 살던 에스키모가 그린란드에 처음 정착해 살기 시작했어요. 이후 982년에 노르웨이 사람인 에리크에 의해 발견되었는데, 사실상 '얼음 땅'인 이 섬에 사람들이 많이 살게 하려고 이름을 '그린란드'라 지었다고 합니다.

그린란드의 얼음은 두께가 거의 400m에 육박해요. 바다와 접해 있는 곳에서는 교회 건물 크기만 한 빙산이 떨어져 나와 바다 위를 둥둥 떠다니지요. 지금은 지구 온난화 때문에 두껍던 얼음이 녹아내리면서 갈수록 얇아지고 있어요. 문제는 얼음이 녹는다는 사실만이 아닙니다. 이 때문에 해수면이 점점 높아지고 이상 난동(暖冬) 등 기상 이변이 생겨 인류의 생존 자체를 위협하고 있어요.

그린란드는 2009년 덴마크로부터 자치권을 획득해 사실상 독립을 선언했어요. 하지만 여전히 국방이나 외교적 사안에 대해서는 덴마크가 최종 결정권을 지니고 있답니다.

아이슬란드는 1944년에 완전한 독립을 이루었어요. 아이슬란드는 북대서양 한가운데 홀로 있는 외로운 섬나라이고, 불과 얼음 속에서 탄생한 신비의 나라이기도 합니다.

온천은 아이슬란드의 중요한 자원이에요. 집이나 건물의 난방은 전부 천연 온수를 이용하기 때문에 수도인 레이캬비크는 연기 없는 도시로 유명하지요. 일 년 내내 온수가 있는 수영장을 이용할 수 있어서 수영은 국민 스포츠가 되었어요. 수영은 초등학교의 필수 과목이어서 200m를 수영할 수 있어야 졸업할 수 있답니다.

아이슬란드에서는 화산암으로 된 사막과 얼음 벌판을 지나면 풀과 이끼만 자라는 툰드라가 펼쳐져요. 이 낯선 풍경을 접하면 마치 외계의 혹성에 온 듯한 착각이 들지요.

카약의 원조, 에스키모

그린란드의 원주민은 에스키모예요. 에스키모는 크게 북부 알래스카, 캐나다, 그린란드에 사는 이누이트와 서부 알래스카, 극동 러시아에 사는 유픽 족으로 나눌 수 있지요.

에스키모는 살코기보다 지방이 많은 음식을 훨씬 좋아합니다. 지방을 먹으면 몸이 따뜻해지므로 에스키모는 지방이 맛도 좋다고 느껴요. 반대로 따뜻한 지방에 사는 사람들은 대체로 몸을 더 뜨겁게 만드는 지방질 음식을 좋아하지 않지요.

그린란드는 바람이 매우 강하게 불기 때문에 텐트가 날아가지 않게 하려면 무거운 돌로 단단히 고정해야 합니다. 겨울에는 돌을 쌓아 집을 짓지만, 돌을 찾을 수 없는 경우에는 얼음을 잘라서 동그란 그릇을 엎어 놓은 모양으로 집을 지어요. 이런 얼음집을 이글루라고 합니다.

이글루는 몸을 꼿꼿이 세우고 일어날 수 없을 정도로 작아요. 방 하나가 전부고 창문도 없지요. 그래서 바닥에 불을 피우거나 돌멩이 속을 파내고 그 안에 동물의 기름이나 지방에 담갔다 뺀 심지를 넣어 램프를 만들어서 방 안을 밝혀야 해요. 요즘 에스키모는 이글루를 사냥을 할 때나 사용하고, 주거용으로는 사용하지 않는답니다.

에스키모개는 에스키모 손에 길든 유일한 동물이에요. 에스키모개는 늑대와 생김새가 매우 흡사하며 늑대의 혈통일 가능성도 있습니다. 에스키모는 말이나 자동차 대신 에스키모개에게 썰매를 끌게 해요. 네 마리나 여덟 마리 혹은 그 이상의 에스키모개가 한 팀을 이루어 썰매를 끌지요.

에스키모개는 수영을 할 줄 알면서도 물을 무서워해서 억지로 떠밀지 않는 이상 물에 들어가려고 하지 않아요. 하지만 에스키모는

에스키모개(왼쪽)
팀을 이루어 에스키모의 썰매를 끈다. 에스키모에게 에스키모개는 없어서는 안 될 존재다.

카약
카누의 일종인 카약은 1인용이 대부분이고, 여름철 바다 수렵에 주로 쓰인다.

물 위에 커다란 얼음덩어리가 둥둥 떠다녀도 물을 두려워하지 않지요. 에스키모는 카누의 일종인 카약을 타고 바다로 나가 고기를 잡았어요.

카약은 가운데에 사람이 앉는 작은 공간을 제외하고는 전체가 바다표범의 가죽으로 뒤덮여 있어요. 뒤집혀도 물이 새어들지 않도록 방수가 잘되어 있지요. 에스키모는 카약을 다루는 데 매우 능숙합니다. 그래서 일부러 계속 카약을 뒤집고 물속에서 다시 원래대로 돌아오는 수중 경기를 즐겼답니다.

요즘의 카약은 물보라를 막기 위해 갑판 모양의 판자로 씌워져 있어요. 올림픽 종목이 된 카약은 양 끝에 물갈퀴가 달린 노를 좌우로 번갈아 저어 빠르기를 겨루는 종목이지요.

고래의 등과 배, 스칸디나비아 반도

스칸디나비아 반도는 고래처럼 생긴 땅이에요. 고래의 등에 있는 나라는 노르웨이이고, 배에 있는 나라는 스웨덴이지요. 스칸디나비아 반도는 이렇게 노르웨이와 스웨덴 두 국가로 구성되어 있어요. 스웨덴과 노르웨이는 원래 같은 왕의 통치를 받는 한 나라였으나 지금은 서로 다른 왕과 수도를 가진 독립 국가지요.

지도를 펴고 고래의 목 부분을 유심히 살펴보면 노르웨이의 수도인 오슬로가 보일 거예요. 북위 60°선이 지나가는 고위도 지역에 있는 오슬로는 노르웨이의 남쪽에 자리 잡고 있습니다. 스웨덴의 수도인 스톡홀름은 수로가 발달해 '북유럽의 베네치아'라고도 불려요.

오슬로와 스톡홀름은 물 위에 세워진 도시지만 북대서양 해류의

고래를 닮은 땅, 스칸디나비아 반도

스칸디나비아 반도는 고래의 모습을 하고 있다. 고래의 등 부분에는 세계 최고의 복지 수준을 자랑하는 노르웨이가, 고래의 배 부분에는 '북구의 낙원'으로 알려진 스웨덴이 있다.

나르비크(오른쪽) 노르웨이 북부에 있는 항구 도시다. 스웨덴의 키루나 등지에서 나는 철광석은 나르비크 항을 통해 수출된다.

스톡홀름 넓은 수면과 운하, 발달한 수로 때문에 '북유럽의 베네치아'라고 불린다. 발트 해로부터 30km가량 거슬러 올라온 멜라렌 호수의 오른쪽에 있다.

오슬로 노르웨이의 수도 오슬로는 정치·문화·상공업의 중심지다. 일 년 내내 얼음이 얼지 않아 배가 드나들 수 있는 부동항이다.

높이 솟은 소나무로 가득한 노르웨이의 숲

영향을 받지 못합니다. 그래서 오슬로의 12월 평균 기온은 영하 5.8도로 겨울에는 상당히 춥다고 해요. 그러나 노르웨이에서 가장 북쪽에 있는 도시인 나르비크는 1월을 제외하고는 눈도 내리지 않고 12월 평균 기온이 영하 1~2도 정도랍니다.

왜 남쪽에 있는 오슬로보다 북쪽에 있는 나르비크의 기온이 더 높을까요? 그것은 항구 도시인 나르비크 주변에 북대서양 해류가 흐르고 있기 때문이지요.

노르웨이와 스웨덴에는 소나무 숲이 아주 많아요. 소나무는 돛대, 깃대, 전신주 기둥, 건물 등을 만들 때 매우 훌륭한 재료입니다. 그뿐만 아니라 소나무 한 그루면 성냥개비를 수백만 개는 만들 수 있지요. 작은 나무는 갈아서 펄프를 만드는 데 쓰여요.

펄프는 종이의 원료입니다. 신문, 포장지, 메모지 등 우리 주위에 있는 거의 모든 종이는 펄프를 눌러 붙여 만들어요. 스웨덴은 펄프와 목재, 종이 등을 전 세계로 수출한답니다.

최근 스칸디나비아의 산림 지대는 대기 오염 물질에 의해 발생하는 산성비 때문에 몸살을 앓고 있어요. 오염 물질의 대부분은 서부 유럽의 공업 지역에서 날아온 것이지요. 산성비는 삼림을 황폐하게 만들고 농산물 생산량 및 수중 생물을 감소시킬 뿐 아니라 건축물이나 문화유산 등을 부식시키기도 합니다. 이런 산성비 문제를 해결하기 위해 1979년 '대기 오염의 장거리 국경 이동에 관한 제네바 협약'이 체결되기도 했어요.

산성비의 영향

산성비의 영향으로 세계 곳곳에
서 삼림이 황폐해지고 있다. 게
다가 산성비는 농산물 생산량 및
수중 생물을 감소시킬 뿐 아니라
건축물이나 문화유산 등을 부식
시키기도 한다.

산성비로 부식된 석상(오른쪽)

산성비로 파괴된 독일의 나무들

세계를 움직인 스칸디나비아 사람들

스칸디나비아 사람들에게도 특별히 선호하는 이름이 있어요. 올레, 한스, 에릭, 페테르 등이 특히 사랑받는 이름이지요. 미국 사람들이 존이라는 이름 뒤에 아들이나 자손이라는 의미의 '슨'(son)을 붙여 존슨이라는 성을 만드는 것처럼 스칸디나비아 사람들도 이름 뒤에 '손'이나 '센'을 붙여 성을 만들어요. 에릭손, 올레손, 한센, 페테르센, 아문센 등이 그 예지요.

위스콘신이나 미네소타 주의 전화번호부를 뒤적이다 보면 위의 이름들을 심심찮게 발견할 수 있어요. 미국으로 이주한 스웨덴 사람들과 노르웨이 사람들이 자기네 나라와 가장 환경이 비슷한 위스콘신과 미네소타에 정착했기 때문이지요.

천둥과 번개의 신, 토르

노르웨이와 스웨덴 사람들은 눈이 많이 오면 나무로 만든 스키를 신발에 묶고 밖에 나갑니다. '스키'라는 단어는 '눈 위에서 신는 신발'이라는 노르웨이 어에서 비롯되었어요. 스키 경기도 노르웨이에서 처음 시작되었지요.

과거에 스칸디나비아 사람들은 적군의 해골을 잔으로 삼아 '미드'라는 도수 높은 술을 따라 마실 정도로 포악한 전사였어요. 그들은 신화 속의 신과 여신을 믿었답니다.

북유럽 신화에서 토르(Thor)는 천둥과 번개를 관장하는 신이고, 티르(Tyr)는 전쟁의 신입니다. 스칸디나비아 사람들은 티르의 날(Tyr's day), 토르의 날(Thor's day), 오딘의 날(Woden's day), 프리그의 날(Frigg's day)과 같이 신화 속 신들의 이름을 따서 요일에 이름을 붙였어요.

이 네 가지 요일 이름은 조금씩 변형되어 오늘날에까지 이르고 있습니다. 스칸디나비아 인이 영국인의 조상이기 때문이에요. 화요일(Tuesday)은 티르의 날에서, 목요일(Thursday)은 토르의 날에서, 수요일(Wednesday)은 오딘의 날에서, 금요일(Friday)은 프리그의 날에서 유래했지요. 수요일(Wednesday)이라는 단어에 묵음이라서 빼먹기 쉬운 'd'가 들어가는 것도 바로 이런 이유에서랍니다.

다이너마이트는 무엇이든 순식간에 날려 버릴 수 있는 강력한 무기예요. 다이너마이트를 발명한 노벨은 스웨덴에서 태어났습니다. 그가 기부한 유산을 기금으로 해서 기금에서 나오는 이자를 해마다 국적에 상관없이 세계의 발전에 공헌한 사람들에게 수여하고 있어요. 매년 각 분야에 대해 철저한 심사가 이루어지고 세계에 가장 큰 공헌을 한 사람들에게 상금을 주는데, 이 상이 바로 노벨상이지요.

알프레드 노벨(1833~1896년)
스웨덴의 발명가, 화학자이며 노벨상 설립자다. 다이너마이트를 발명해 큰 부자가 된 노벨은 세계의 발전에 공헌한 사람에게 수여하는 노벨상을 설립했다.

빙하가 만든 작품, 피오르

노르웨이 해안은 보통 해안가처럼 완만하지도 않고 평탄하지도 않아요. 물속에 산이 있고 골짜기마다 물이 가득 차 있지요. 이렇게 물로 가득 찬 골짜기를 '피오르'라고 합니다.

노르웨이 서해안 최대의 송네 피오르는 그 길이가 200km를 넘고 수심은 1,200m에 이릅니다. 이런 피오르가 숱하게 이어져 있는 노

피오르

피오르는 빙하의 침식 작용으로 만들어진 좁고 깊은 만이다. 세계에서 가장 긴 피오르는 노르웨이의 송네 피오르다. 캐나다 북극해 연안에서도 피오르를 자주 볼 수 있다.

하르당에르 피오르 송네 피오르와 함께 노르웨이 최대의 피오르로 꼽힌다. 하이킹 코스가 발달한 것으로도 유명하다.

송네 피오르 해안 쪽으로 깎아지른 산 사이를 깊숙이 파고 들어간 노르웨이 최장의 피오르다. 길이는 200km가 넘고 수심은 1,200m에 이른다.

르웨이의 해안선은 복잡하면서도 웅장하지요.

피오르는 어떻게 해서 생겼을까요? 빙하 시대에 산의 골짜기를 채우고 있던 빙하가 녹으면서 미끄러져 내려왔어요. 그런데 엄청난 무게 때문에 골짜기가 U자 형태로 깊숙이 파였지요. 빙하기가 끝나고 해수면이 상승하자 골짜기에 바닷물이 차기 시작했는데, 이것을 피오르라고 불러요. 피오르는 노르웨이 어로 '내륙 깊이 들어온 만'을 의미합니다.

노르웨이는 북반구에 있는 나라이기 때문에 겨울이 되면 피오르가 매우 차가워질 것이라고 생각하기 쉬워요. 그러나 피오르의 바닷물은 절대 얼지 않습니다. 그 이유는 수천 킬로미터 떨어진 곳에 있는 멕시코 만에 따스한 햇볕이 비치기 때문이에요.

그런데 멀리 떨어져 있는 멕시코 만과 노르웨이 사이에 어떤 관련이 있는 것일까요? 보일러의 관 속에 든 물이 데워지면 멀리 떨어진 방 안의 히터도 곧 뜨거워져요.

이와 마찬가지로 보일러 역할을 하는 태양이 멕시코 만의 물을 데웁니다. 따뜻해진 멕시코 만의 물줄기를 멕시코 만류라고 하는데, 이것이 대서양을 지나 노르웨이 해안으로 흘러서 한겨울에도 별로 춥지 않은 기후가 나타나는 거예요. 따라서 노르웨이 해안의 청어들은 고래나 어부에게 잡히지만 않으면 따뜻한 물속에서 편안히 쉴 수 있지요.

노르웨이 최북단에는 함메르페스트라는 도시가 있어요. 이곳은 멕시코 만류의 흐름이 끝나는 곳이어서 기후가 온화하고, 겨울에도 얼지 않는 부동항으로 유명하답니다. 5월 중순부터 약 80일간 백야

(白夜)가 계속되고, 겨울에는 11월 말부터 약 80일간 해를 볼 수 없어요.

노르웨이에는 세계 최대의 어항이 있습니다. 베르겐이라는 이름의 이 도시는 피오르 지형이기도 해요. 어부들은 로포텐에서 온갖 종류의 생선을 잡아 베르겐으로 와서 직접 판매하거나 배에 실어 수송하지요.

베르겐은 생선을 가장 많이 볼 수 있는 도시이자, 유럽에서 비를 가장 많이 볼 수 있는 도시이기도 해요. 태양이 비추는 날이 얼마 되지 않는 베르겐에서는 언제 비가 내릴지 모르기 때문에 늘 우산이나 비옷을 가지고 다녀야 한답니다.

함메르페스트

노르웨이 최북단의 항구 도시 함메르페스트는 기후가 온화해 겨울에도 얼지 않는 부동항으로 유명하다.

지구의 북쪽 끝에서 행방불명이 된 남자

아주 오랜 옛날에는 노르웨이 선원을 지칭하는 이름이 따로 있었다고 해요. 그 이름이 바로 바이킹이지요. 바이킹은 왕을 뜻하는 'king'에서 유래한 것이 아니라 '피오르 사람'이라는 뜻의 'vik'에서 유래했어요.

바이킹 역사상 가장 위대한 인물로 손꼽히는 사람은 지금으로부터 약 1,000년 전에 살았던 레이브 에릭손(Lief Ericson)이에요. 그는 콜럼버스가 아메리카 대륙을 발견하기 500년 전에 선원들을 이끌고 아메리카 대륙에 진출했답니다. 그러나 그는 아메리카 대륙을 그다지 중요하게 여기지 않았고, 노르웨이에 돌아와서도 별 언급을 하지 않았지요.

새로운 땅을 발견해서 이름을 널리 떨친 인물이 또 있었어요. 노르웨이 사람들은 옛날부터 지구 꼭대기에 늘 가 보고 싶어 했습니다. 지구 자전의 영향으로 가만히 서 있기만 하면 하루에 정확히 한 바퀴를 도는 셈이 되는 바로 그 지점, 북극점에 말이에요.

사람들은 목숨을 걸고 북극으로 향했고, 그 과정에서 많은 사람이 목숨을 잃었어요. 노르웨이의 탐험가 난센과 아문센도 북극을 향해 떠났지만, 목숨만 잃지 않았을 뿐 북극에 도달하지 못한 것은 마찬가지였지요. 북극점에 처음 도달한 사람은 미국의 탐험가 피

바이킹 배

오슬로의 바이킹 박물관에는 오슬로의 피오르에서 발견된 세 척의 바이킹 배를 비롯해 바이킹에 관한 방대한 자료가 전시되어 있다.

어리였어요.

　그러나 아문센은 포기하지 않고 방향을 틀어 남극점에 도달하는 데 성공했어요. 그는 남극점에 처음 도달한 사람으로 기록되었지요. 그 이후로 미국 비행기 한 대와 노르웨이 비행선 한 대가 북극점을 지나긴 했으나 착륙하는 데에는 실패했어요. 아문센은 1928년 노빌레 북극 탐험대가 조난당했다는 소식을 듣고 구조하러 가다가 행방불명이 되었다고 합니다.

로알 아문센(1872~1928년)
1911년 인류 최초로 남극점 도달에 성공한 노르웨이의 탐험가다.

한밤에도 태양이 뜨는 땅, 노스 곶

『거울 나라의 앨리스』에 나오는 시 「바다코끼리와 목수」는 다음과 같이 시작합니다.

　"태양이 바다 위를 비추고 있었다. 온 힘을 다해 바다 위를 비추고 있었다. …… 그런데 이상하지 않은가. 한밤중에 태양이 비추다니."

　노르웨이와 스웨덴 북부에서는 한밤에도 태양을 볼 수 있어요. 노르웨이 북단에 가면 북극해 위로 솟아올라 있는 깎아지른 듯한 절벽이 있습니다. 노스 곶(North Cape)이라고 하는 이곳은 마을은 아니지만, 한밤의 바다를 비추는 태양을 보러 온 관광객들로 언제나 북적대지요.

　우리는 태양이 동쪽에서 떠서 서쪽으로 진다고 알고 있습니다. 그러나 노르웨이와 스웨덴 북단에 사는 사람들은 태양이 언제나 동쪽에서 떠서 서쪽으로 지는 게 아니라는 것을 잘 알고 있어요. 그곳에서는 태양이 하늘에 낮게 걸린 채 동그랗게 원을 그리며 돕니다. 태양의 이러한 움직임은 6개월 동안이나 지속된다고 해요. 그동안 태

양이 단 한 번도 지지 않으므로 6개월 내내 낮인 셈이지요. 그렇게 돌던 태양의 고도가 점점 지평선에 가까워지다가 결국 세상 저편으로 자취를 감춰 버리는 시점이 와요. 그 후로 6개월 동안 태양은 단 한 번도 뜨지 않지요. 6개월의 낮이 지나고 난 후에는 6개월의 밤이 찾아오는 거예요.

어떻게 이런 일이 가능할까요? 이런 현상이 생기는 이유는 지구 자전축이 23.5°로 기울어져 있기 때문이에요. 지구 자전축은 공전 궤도면에 대해 수직이 아니므로 돌다 보면 계속 북극 지방이 태양 쪽을 향하는 경우가 생깁니다. 이 때문에 48° 이상의 고위도 지방에서는 한여름에 태양이 지평선 너머로 지지 않아서 온종일 낮이 되는 백야 현상이 일어나는 거예요.

노스 곶
노르웨이 북단에 가면 북극해 위로 깎아지른 듯이 솟아 있는 절벽이 있다. 이를 노스 곶이라 한다.

산타클로스가 사는 핀란드

핀란드는 러시아와 스칸디나비아 반도 사이에 있습니다. '호수의 나라'라는 이름에 걸맞게 핀란드에는 늪과 호수가 많아요. 핀란드는 과거에 러시아 영토에 속했으나, 피오르 지형이라는 점과 종이를 생산한다는 점에서 러시아보다는 노르웨이와 스웨덴에 더욱 가깝지요. 그뿐만 아니라 국민 역시 스칸디나비아 인에 훨씬 가깝다고 볼 수 있어요. 그래서 핀란드는 1917년 러시아 혁명 후 러시아로부터 독립해 현재 대통령이 통치하는 공화국 체제를 유지하고 있답니다.

핀란드 최대의 항구이자 수도인 헬싱키는 녹지대가 많고 현대식 건물과 전통적인 건물이 조화를 이루고 있어 '발틱의 아가씨'라고 불려요. 북극권이 시작되는 핀란드 북쪽의 로바니에미 외곽에는 산타클로스 마을이 있습니다. 산타클로스가 어느 나라의 누구인지는 알 수 없지만, 핀란드는 순록 썰매에 선물을 담아 아이들에게 전해 주던 풍습을 살려서 산타클로스 마을을 만들었지요. 그런데 지구 온난화의 영향으로 눈이 부족해지고 있어 동화 속 마을도 언젠가는 사라질지 몰라요.

산타클로스 마을
핀란드는 순록 썰매에 선물을 담아 아이들에게 나누어 주던 풍습을 살려 산타클로스 마을을 만들었다.

아이슬란드에서 화산 활동이 활발한 이유는 무엇일까요?

북대서양 한가운데 홀로 있는 외로운 섬나라 아이슬란드는 빙하가 국토의 약 10%를 덮고 있어 말 그대로 얼음의 나라입니다. 그러나 아이슬란드의 중요한 자원이 온천인 것처럼 화산 활동이 활발한 나라이기도 해요. 2010년 아이슬란드의 에이야프얄라요쿨 화산이 189년 만에 다시 폭발해서 거대한 화산재를 분출했습니다. 이 바람에 서유럽 국가 대부분의 항공기 운항이 전면 금지되어 아수라장이 된 적도 있었답니다. 이렇게 아이슬란드에서 화산 활동이 활발한 이유는 아이슬란드가 대서양 중앙 해령에 있는 화산섬이기 때문이에요. 대서양 중앙 해령에서는 지각판이 갈라지면서 마그마가 계속 분출하고 있습니다. 그래서 새로운 땅이 만들어지고 있지요. 이 지역에서는 화산이 폭발해서 용암이 솟구쳐 오르고 뜨거운 화산재가 분출되는 그런 화산 활동이 일어나지 않아요. 지표의 갈라진 틈으로 계속 흘러나온 용암이 낮은 지대를 메우면서 넓은 용암 대지를 만드는 화산 활동이 일어나지요. 그래서 새로운 땅이 만들어지는 것입니다. 아이슬란드는 대서양 중앙 해령이 남북으로 통과하는 곳에 있기 때문에 해마다 0.6~1cm씩 국토가 확장되고 있다고 해요.

아이슬란드의 에이야프얄라요쿨 화산 폭발

11 과거의 영광이 서린 땅 |
그리스, 터키

그리스는 한때 세계 최강국이었어요. 그리스 인이 최고였고 그리스 어가 최고였지요. 그리스는 아테네와 스파르타와 같은 도시 국가가 생겨난 곳이에요. 아테네에 있는 아크로폴리스, 파르테논 신전은 불멸의 걸작으로 꼽힙니다. 그리스는 기원전 776년부터 개최되었던 고대 올림픽의 발상지이기도 하지요. 1923년 케말 파샤가 이끄는 독립군이 그리스군을 몰아내고 터키 공화국을 세웠어요. 터키 인의 조상으로 추정되는 훈 족은 중국에서는 흉노 족으로 불렸습니다. 흉노 족의 후예인 돌궐 족은 고구려와 동맹 관계를 맺은 적도 있지요. 터키는 6·25 전쟁 때 우리나라를 도와주었어요. 이런 인연 때문인지 터키 사람들은 우리나라를 형제의 나라처럼 여긴답니다.

- 터키 최대의 도시 이스탄불은 보스포루스 해협을 사이에 두고 유럽과 아시아에 걸쳐 있다.
- 이스탄불에는 블루 모스크와 갈라타 다리, 돌마바흐체 궁전 등 고대 그리스와 로마, 오스만 튀르크 제국 시대의 역사적 건축물이 많다.
- 보스포루스 해협 너머에 있는 소아시아는 터키 영토의 대부분을 차지한다.
- 카파도키아는 터키 중부 아나톨리아 중동부를 일컫는 고대 지명이다. 실크로드의 중간 거점이자 대상의 교역로로 크게 융성했던 곳이다.

신들의 나라, 그리스

그리스는 가느다란 줄기 모양의 코린토스 지협을 사이에 두고 북부와 남부로 갈립니다. 북부에는 과거에도 지금도 앞으로도 위대한 도시로 꼽힐 아테네가 있어요. 고대의 아테네 사람들은 지혜의 여신 아테나 파르테노스(Athene Parthenos)가 특별히 그들의 도시를 지켜 주고 있다고 믿었습니다. 그래서 여신의 이름을 따서 아테네라는 이름을 붙였지요.

그러고는 높은 산 정상에 세상에서 가장 아름다운 신전을 지어 아테나 파르테노스에게 바쳤어요. 사람들은 이 신전을 파르테논이라 불렀지요. 파르테논 신전 안에는 금과 상아로 파르테노스를 상징하는 여신상을 세웠어요.

현재 파르테노스 여신상이 어디에 있는지는 아무도 모릅니다. 파르테논 신전 역시 1687년 그리스를 지배하던 오스만 튀르크가 베네치아와 전쟁을 벌이던 도중 폭격을 맞아 예전의 모습을 많이 잃었어요. 신전에 남아 있던 조각품들은 현재 런던의 대영 박물관에 보관되어 있지요. 그리스 사람들이 얼마나 훌륭한 조각품을 남겼는지 보고 싶으면 아테네가 아니라 영국으로 가야 해요.

신전을 짓고 신상을 만드는 데 필요한 대리석은 아테네 부근에 있는 펜텔리 산에서 얻었어요. 그리스 사람들이 까마득한 옛날에 그토록 아름다운 신전과 조각품을 남길 수 있었던 것은 가까운 데서 대리석을 구할 수 있었기 때문이라고 말하는 사람들도 있지요.

아테나 여신상
파르테논 신전 안에는 금과 상아로 파르테노스를 상징하는 여신상을 크게 세웠다.

델포이의 아테나 신전
신탁의 도시로 유명한 델포이에 있는, 아테나 여신을 모신 신전이다. 대부분의 그리스 신전이 장방형인 데 비해
이 신전은 원형 구조로 되어 있다. 지금은 바닥 기둥과 지붕 일부만 남아 있다.

아크로폴리스의 파르테논 신전

아크로폴리스는 도시 국가 폴리스에 있는 높은 언덕을 가리킨다. 이곳에는 세 개의 신전과 두 개의 현문, 극장, 음악당 등이 있다. 아크로폴리스에 있는 파르테논 신전은 아테네의 수호 여신 아테나에게 바친 신전이다. 도리스 양식의 최고봉으로 일컬어지는 파르테논 신전은 얼핏 보기에는 직선과 평면으로 보이지만, 실제로는 곡선과 곡면으로 이루어져 있다.

고대 그리스 사람들은 운명을 점치기 위해 신탁소를 찾았어요. 아테네에서 얼마 떨어지지 않은 곳에 있는 델포이가 신탁으로 가장 유명한 도시랍니다. 델포이는 땅에 균열이 가 있어서 그 사이로 언제나 가스가 새어 나왔어요. 새어 나오는 가스 위에 여신인 시빌이 앉으면 그 위로 조그만 신전이 나타났습니다. 그 후에 시빌이 가스에 취해 잠이 들었지요. 시빌은 눈을 감은 채 사람들의 질문에 속삭이듯 대답했어요.

사람들은 먼 길도 마다치 않고 신탁을 받으러 델포이를 찾았어요. 델포이 신전은 아테네의 파르테노스 여신상처럼 지금은 흔적을 찾을 수 없답니다. 누구도 델포이의 신탁소가 언제, 어디에, 어떻게 존재했었는지 알지 못하지요.

뮤직(음악), 뮤지엄(박물관), 어뮤즈먼트(오락)라는 단어를 안다면 그리스 어도 알고 있다고 할 수 있어요. 이 단어들 모두 아홉 명의 아름다운 여신인 '뮤즈'에서 파생되었기 때문이지요.

뮤즈는 델포이에 있는 카스탈리아 샘 옆에 살았어요. 고대 그리스 사람들은 카스탈리아 샘에서 물을 마시면 음악과 시를 지을 수 있다고 생각했지요. 카스탈리아 샘은 지금도 델포이에 있어요.

오늘날 올림픽 경기의 기원은 고대 올림피아 경기입니다. 기원전 776년 그리스에서는 4년마다 올림피아 경기가 열렸어요. 그리스 전역의 훌륭한 선수들이 모여 다양한 종목에서 우열을 가렸지요. 우승자에게는 나뭇잎으로 만든 월계관이 돌아갔어요. 그러나 393년 기독교를 국교로 삼았던 로마 황제 테오도시우스 1세는 올림피아 경기가 이교도적인 종교 행사라는 이유로 폐지를 명했습니다. 올림픽이 열렸던 경기장은 아직도 아테네에 보존되어 있어요. 그리스 부호인 아베로프가 고향인 아테네를 위해 뭔가 대단한 일을 할 게 없을까 생각하던 중, 고대 올림픽 경기장을 손보기로 마음먹고 대리석으로 복구에 착수했지요. 그 후 1896년 새로 태어난 경기장에서 올림픽이 열리기도 했어요.

소가 지나간 보스포루스 해협

'동방'은 유럽의 동쪽에 있는 땅을 가리킵니다. 유럽의 동쪽에 있는 대륙, 즉 아시아를 동방이라 부르지요. 세계 최대의 대륙인 아시아를 유럽과 잇는 곳이 있어요. 터키의 이스탄불은 유럽과 아시아에 걸쳐 있어 동양과 서양이 만나는 도시랍니다.

아시아 대륙에 살던 그리스 신화의 주피터 신은 에우로파(Europa)라는 아름다운 소녀에게 반하고 말았어요. 그런데 신이 인간을 사랑

해서는 안 되었기에 주피터는 흰 소로 변신해 에우로파를 자기 등에
태우고 달렸지요. 보스포루스 해협에 도착한 주피터는 에우로파를
등에 태운 채 그대로 바다를 건넜어요. 바다 건너에는 처음 보는 대
륙이 있었지요. 그 대륙에는 에우로파의 이름을 따서 유럽이라는 이
름이 붙었어요.

그러나 신화를 믿지 않는 사람들은 유럽이라는 이름은 '태양이 지
는 땅'이라는 뜻이고, 에우로파와 주피터가 살았던 아시아는 '태양
이 떠오르는 땅'이라는 뜻이라고 주장합니다.

흰 소로 변신한 주피터가 에우로파를 업고 건넜던 해협을 '소가
지나간 해협'이라고 불러요. '소가 지나간'을 그리스 어로 보스포루
스라고 하므로 지도상에도 보스포루스 해협이라고 표기되어 있지
요. 보스포루스 해협이 내려다보이는 언덕 위에는 오스만 튀르크 제
국의 술탄이 살던 톱카프 궁전이 자리 잡고 있어요.

에우로파가 도착한 땅에 사람들이 모여 도시를 건설했어요. 약
1,000년 뒤 기독교를 공인한 최초의 황제인 로마의 콘스탄티누스 대
제가 로마에서 이 도시로 수도를 옮기고 '콘스탄티누스의 도시'라는

톱카프 궁전
1465년부터 1853년까지 오스만
튀르크 제국의 술탄이 살던 곳이
다. 1856년 돌마바흐체 궁전을 새
로 지을 때까지 오스만 튀르크 제
국의 정치 · 문화의 중심지였다.

뜻으로 콘스탄티노플이라 칭했지요.

　그로부터 1,000년이라는 세월이 더 흐른 뒤, 콘스탄티노플은 술탄이 이끄는 아시아의 오스만 튀르크에 점령당했어요. 명칭도 튀르크식인 이스탄불로 바뀌었지요. 유럽 사람들은 거의 기독교를 믿지만 튀르크 사람들은 예수 대신 알라와 알라의 계시를 받았던 무함마드를 믿습니다. 무함마드를 믿는 사람들을 이슬람교도 혹은 무슬림이라고 해요.

　어느 캄캄한 밤, 적군이 콘스탄티노플로 잠입했어요. 콘스탄티노플의 튀르크 병사들은 너무 어두워서 적군이 숨어들어 와 곧 공격할 것이라는 사실을 꿈에도 모르고 있었지요. 그때 갑자기 구름 뒤에 숨어 있던 달이 모습을 드러냈어요. 그러자 보초를 서던 병사들의 눈에 적군의 모습이 들어왔지요. 덕분에 병사들은 적군의 침입을 알릴 수 있었고 도시도 무사했다고 합니다.

　그 후 튀르크는 사원 꼭대기를 초승달 모양으로 장식하고, 국기에 초승달과 별을 그려 넣었어요. 초승달과 별이 행운을 가져다준다고 믿었기 때문이지요.

<u>보스포루스 해협</u>

흰 소로 변신한 주피터가 에우로파를 업고 건넜던 해
협을 '소가 지나간 해협'이라고 부른다. '소가 지나간[ ]
을 그리스 어로 보스포루스라 하므로 지도상에도 보[ ]
스포루스 해협으로 표기되어 있다.

에우로파(왼쪽)
보스포루스 다리(오른쪽)
보스포루스 해협

블루 모스크, 갈라타 다리, 돌마바흐체 궁전

튀르크 족에게 점령당하기 전 콘스탄티노플에는 당시 세계에서 가장 큰 교회가 지어졌어요. 그리스 어로 '성스러운 지혜'라는 뜻의 성 소피아 대성당이었지요. 1520년 스페인의 세비야 성당이 완성되기 전까지 이 성당은 세계에서 가장 큰 교회였답니다.

튀르크는 콘스탄티노플을 점령하자마자 성 소피아 대성당을 포함한 시내의 모든 성당을 이슬람 사원인 모스크로 바꿨어요. 성당 위의 십자가를 부수고 대신 초승달을 걸었지요.

현재 이스탄불에는 800개가 넘는 이슬람 사원이 있어요. 터키를 대표하는 사원으로는 술탄 아흐메드 모스크가 꼽히고 있지요. 사원의 내부가 파란색과 녹색 타일로 장식되어 있기 때문에 '블루 모스크'라는 이름으로 더 잘 알려졌어요.

블루 모스크 바로 앞에는 비잔티움 시대에 도시의 중심지 역할을 했던 히포드롬 광장이 있습니다. 가장 대표적인 유물은 이집트 오벨

사람들로 붐비는 성 소피아 대성당 입구

술탄 아흐메드 모스크와 함께 터키에서 가장 많은 관광객이 몰리는 곳이다. 원래 기독교 성당으로 지어졌지만, 터키 지배하에서는 이슬람 사원으로 사용되었다. 현재는 박물관으로 쓰인다.

성 소피아 대성당 비잔틴 시대의 성당 양식과 이슬람 모스크 양식이 섞여 있어 이스탄불 역사의 산증인이라 할 수 있다.

성 소피아 대성당 내부 돔 천장에 아기 예수를 안고 있는 성모 마리아의 모자이크와 이슬람 글씨를 새긴 현판이 걸려 있다.

술탄 아흐메드 모스크 오스만 튀르크 제국의 제14대 술탄 아흐메드 1세가 지은 이슬람 사원이다.

술탄 아흐메드 모스크의 중정(中庭) 사원의 벽과 돔이 파란색과 노색의 타일로 장식되어 있어 '블루 모스크'로 불린다.

리스크예요. 높이 60m에 800t의 무게를 자랑하는 이 탑은 원래 이집트에서 옮겨 왔을 때는 세 조각이었으나 현재는 꼭대기 부분만 남아 있답니다.

모스크 옆에는 초 모양의 첨탑인 미나레트가 하나 이상 서 있어요. 예전에는 미나레트의 중간쯤에 난간이 있어서 예배당을 지키는 무에진이 하루에 다섯 번씩 이 난간에 올라가 예배 시간을 알렸지만, 지금은 확성기가 대신하고 있지요.

모스크에 가서 가장 먼저 하는 일은 얼굴과 손, 그리고 발을 깨끗이 씻는 일이에요. 모스크 안으로 들어가기 전에 몸을 깨끗이 하기 위해서지요. 그래서 대부분의 모스크에는 계단 위나 뜰에 연못이나 샘이 있어요. 같은 이유로 이스탄불 시내에는 샘이 아주 많습니다. 갈증 해소나 미용을 위해서가 아니라 기도 전에 몸가짐을 깨끗하게 하기 위해서지요.

모스크에는 남자만 들어갈 수 있어요. 여자는 모스크 내의 비밀

히포드롬 광장의 오벨리스크
술탄 아흐메드 모스크 바로 앞에 있는 히포드롬 광장은 로마 시대의 대경기장 유적이다. 광장 중앙에 있는 오벨리스크는 원래 고대 이집트에서 만들어진 것을 옮겨 왔다고 한다.

방에만 들어갈 수 있답니다. 이슬람 세계에서는 여자와 아이의 얼굴을 보거나 목소리를 듣는 것이 금지되어 있기 때문이에요. 기독교에서는 일요일에 예배를 드리지만 이슬람교에서는 금요일에 예배를 드립니다. 무슬림은 금요일만 제외하고 가능하다면 거의 매일 모스크에 가서 기도를 올리지요.

이스탄불과 보스포루스 해협이 만나는 지점에는 뿔 모양의 만이 있어요. 황금 뿔이라는 뜻의 이 골든 혼 입구에는 큰 쇠사슬이 있다고 합니다. 술탄이 원치 않는 함선의 침입을 막기 위해 만든 거예요.

골든 혼을 가로질러 놓인 다리는 갈라타 다리예요. 이 다리는 세계에서 가장 오래되고 유명한 다리 중 하나지요. 갈라타 다리를 건너 보스포루스 해협을 따라가다 보면, 거의 1km에 이르는 돌마바흐체 궁전이 웅장한 모습을 드러냅니다. '가득한 정원'이라는 뜻을 지닌 돌마바흐체 궁전은 주 건물인 셀람, 술탄과 그의 가족들이 생활하던 하렘, 그리고 연회장으로 구성되어 있지요. 이 궁전은 누가 보더라도 그 화려함에 입을 다물지 못할 거예요.

돌마바흐체 궁전과 갈라타 다리

돌마바흐체 궁전은 압둘 메지드 1세가 프랑스 베르사유 궁전을 모방해 만든 건축물이다. 골든 혼을 가로질러 놓인 갈라타 다리는 세계에서 가장 오래된 다리 가운데 하나다.

돌마바흐체 궁전 원래 해변이었던 자리를 메우고 정원을 조성했다 해서 '가득 찬 정원'이라는 뜻의 돌마바흐체라 불리게 되었다.

갈라타 다리 보스포루스 해협에 연결된 지류인 골든 혼에 들어서면 갈라타 다리가 있다.

베일에 가린 여성들

이스탄불 학생들은 무슬림 사제로부터 학교 교육을 받아요. 이슬람 학교는 우리나라 학교와는 다른 점이 많습니다. 우선 여학생들의 교육에 크게 신경 쓰지 않는다는 점이 달라요. 남학생들은 학교에 가서 선생님 주위에 동그랗게 모여 앉아 수업 내내 쿠란을 외웁니다. 이때 몸을 앞뒤로 흔들면서 목소리를 높여 암송하는 것이 중요하지요. 몸을 앞뒤로 흔드는 이유는 무함마드가 이슬람교를 믿지 않는 무리에게 쫓겨 낙타를 타고 도망칠 때 몸을 앞뒤로 흔들었기 때문이에요.

과거에는 여자가 얼굴을 드러낸 채 거리에 나가는 것을 천박하다고 여겨 외출 시에는 항상 베일을 써야 했어요. 이슬람 여성이 머리와 가슴 부위를 가리는 히잡은 숄과 비슷한 것으로 보면 되고, 차도르는 얼굴을 제외한 온몸을 덮는 일종의 외투라고 보면 됩니다. 상대적으로 개방된 북아프리카와 일부 페르시아 만 지역의 이슬람 여성들은 다양한 색으로 된 두건 모양의 히잡을 선호하고, 이란에서는 얼굴을 가리는 검은색 차도르를 주로 착용해요. 차도르는 침략자로부터 자신을 보호하기 위한 유목민의 전통에서 비롯되었지요. 보수적인 사우디아라비아와 탈레반 정권하의 아프가니스탄 여성들은 머리, 목, 얼굴을 휘감고 몸 전체를 뒤덮는 부르카를 입기도 해요. 눈 부분은 밖을 볼 수 있게 뚫려 있지만, 그마저도 망사로 가린답니다.

과거에 터키는 일부다처제를 허용하는 국가였어요. 한 남자가 여러 명의 아내를 두는 일이 흔했고, 아내들은 하렘이라는 내실에 모여 살았지요. 하지만 1930년 이후부터 터키에서는 일부다처제가 불법화되었어요.

밸리 댄스
이슬람 문화권 여성들이 추는 배꼽춤이다. 술탄에게 간택 받으려는 여성들이 하렘에서 춘 춤으로 알려졌다.

이슬람 여성이 착용하는 겉옷, 부르카

이슬람 여성의 가리개, 히잡

이슬람 여성의 전통 민족의상, 차도르

아시아와 유럽의 징검다리, 소아시아

소아시아는 아시아의 서쪽 끝, 보스포루스 해협 너머에 있는 작은 아시아를 가리킵니다. 예로부터 유럽과 아시아를 잇는 통로 역할을 해 온 소아시아는 유럽과 가까운 거리에 있어요.

소아시아는 흑해, 마르마라 해, 에게 해, 지중해 등에 둘러싸인 반도로서 터키 영토의 97%를 차지합니다. 유럽에서 소아시아로 통하는 두 가지 길 중 하나가 바로 보스포루스 해협이에요. 보스포루스 해협은 폭이 1km도 채 안 된답니다. 또 다른 길은 다르다넬스 해협으로 이곳 역시 폭이 2km가 채 되지 않아요. 다르다넬스 해협은 헤엄을 쳐서 건너기도 하고, 배를 이어 부교를 만들어 건너기도 했습니다. 지금은 아시아와 유럽을 잇는 보스포루스 다리가 놓여 있지요.

과거에는 소아시아가 세계에서 가장 부유했어요. 하지만 지금은 세계에서 가장 가난한 지역 중 하나로 꼽히지요. 고대에 세계 최고의 갑부였던 크로이소스도 소아시아 사람이었어요. 세계 최고의 미인이었던 그리스 여인 헬렌이 소아시아의 트로이로 납치되면서 트로이 전쟁이 일어나기도 했지요. 고대 그리스의 위대한 서사 시인인 호메로스는 소아시아 출신이라고 해요. 세계 최초의 지리학자인 고대 그리스의 스트라본도 소아시아 출생이지요. '스트라본'이라는 이름은 사팔뜨기라는 뜻이에요. 그뿐만 아니라 사도 바울도 소아시아의 작은 마을 타르수스에서 태어나 장막을 만들며 살았지요.

여러분은 세계 7대 불가사의에 관해 들어 본 적이 있나요? 인간의 손으로 만들어진 고대 유물 중 가장 놀라운 것 일곱 가지를 세계 7대 불가사의라고 해요. 세계 7대 불가사의 중 무려 세 개가 소아시아에 있답니다.

하나는 앞에서 보았던 성 소피아 대성당이고, 다른 하나는 에페수스의 아르테미스 신전이에요. 기원전 6세기 중엽 리디아의 왕인 크로이소스 때 세워지기 시작해 120년이 걸려 완성되었다고 합니다.

아르테미스 신전이 세워졌을 당시 은세공업자들은 이 아름다운 신전의 모형을 작게 만들어 방문객에게 기념품으로 판매했어요. 그런데 사도 바울이 아르테미스 여신을 믿던 사람들에게 그리스도의 복음을 전하자, 은세공업자들은 사도 바울 때문에 장사에 타격을 입을까 염려해 그를 해치려 했지요.

오늘날 아르테미스 신전은 바닥 면밖에 남아 있지 않고, 은으로 만든 기념품도 없어 그 자취를 찾을 수 없어요. 하지만 사도 바울이 에페소스 사람들에게 쓴 글은 지금까지도 수많은 사람에게 널리 읽히고 있습니다. 이것이 바로 성경이에요.

아르테미스 신전
그리스 신화의 여신 아르테미스를 모신 신전이다. 18m 높이의 대리석 기둥이 127개나 서 있던 거대한 건물이었으나, 현재는 신전의 토대와 조각 파편만이 남아 있다.

사도 요한은 예수의 어머니인 마리아를 모시고 사도 바울이 복음을 전하고 있는 에페수스로 오게 되었어요. 에페수스 성도들은 요한과 마리아를 위해 바다가 내려다보이는 전망 좋은 곳에 거처를 마련해 주었지요. 이후 바오로 2세가 성모 마리아의 집을 방문해 신성하고 중요한 곳이라고 선언하며 가톨릭교회의 성지로 지정했어요.

에페수스에는 2만 4,000여 명을 수용할 수 있는 헬레니즘 시대의 대극장, 에페수스에서 가장 아름다운 건축물인 셀수스 도서관, 시리아풍으로 조각된 신들의 부조 하드리아누스 신전 등 화려한 고대 도시의 유적들이 남아 있습니다.

그런데 거대한 해양 도시 에페수스가 갑자기 몰락하게 된 원인은 무엇일까요? 한때 이곳은 무성한 삼림 지대였어요. 그러나 사람들이 점차 몰려들면서 삼림이 줄고 물의 순환마저 원활하지 못해 강우량이 급격하게 줄어들었지요. 건조해진 기후 탓에 땅은 메말라 갔고 흉년이 거듭되었어요. 헐벗은 산의 흙은 쉽게 비에 씻겨 내려가 서

셀수스 도서관
로마 제국 시대의 집정관이었던 셀수스가 죽은 후 그의 아들이 아버지를 기리기 위해 지었다고 한다. 셀수스 도서관은 당시 이집트의 알렉산드리아 도서관, 터키의 버가모 도서관과 함께 세계 3대 도서관 중 하나였다.

그리스의 할리카르나소스에 건조한 무덤 기념물이다. 마우솔로스 왕의 왕비였던 아르테미시아가 마우솔로스를 위해 만들었다. 가로 29m, 세로 35.6m, 높이 50m에 달하는 이 무덤은 세계 7대 불가사의 중 하나로 꼽힌다.

서히 연안의 바다를 메웠습니다. 바닷길조차 막혀 해양 도시의 위상을 상실한 에페수스는 결국 아무도 살지 않는 폐허가 되고 말았어요.

소아시아에는 세계에서 가장 큰 무덤도 있어요. 마우솔로스 왕의 왕비였던 아르테미시아가 만든 이 무덤 또한 세계 7대 불가사의 중 하나지요. 웅장하면서도 화려한 이 무덤의 이름은 '마우솔레움'으로 '마우솔로스의 무덤'이라는 뜻이에요.

소아시아의 영광은 이제 과거가 되었어요. 아름다운 고대 건축물의 자취는 그대로 있지만, 이제 몇 개의 큰 도시만 제외하고는 진흙으로 지은 허름한 집들이 즐비한 가난한 땅으로 전락해 버렸지요. 창문도 없이 입구만 하나 달랑 있는 진흙집의 지붕 위에는 풀이 무성할 뿐이에요.

소아시아는 현재 터키의 영토에 속합니다. 제1차 세계 대전이 일어나기 전만 해도 터키는 훨씬 더 큰 영토를 소유하고 있었어요. 하지만 현재는 소아시아 지역이 터키 영토의 대부분을 차지하지요.

신비의 땅, 카파도키아와 파묵칼레

카파도키아는 약 300만 년 전 화산 폭발과 대규모 지진 활동 때문에 잿빛 암석으로 뒤덮였어요. 그 이후 오랜 풍화 작용을 거쳐 특이한 모양의 암석들이 형성되었지요. '아름다운 땅'이라는 뜻을 지닌 카파도키아는 터키 중부 아나톨리아 중동부를 일컫는 고대 지명이에요. 카파도키아는 실크로드의 중간 거점으로 대상들의 교역로로 크게 융성했지요. 낙타를 타고 행렬을 이루어 이동하는 상인의 무리를 대상(caravan)이라고 합니다.

터키에는 낙타가 있지만 유럽에는 낙타가 없어요. 낙타가 아시아에서 유럽으로 가려면 보스포루스 해협을 건너야 하지요. 그런데 낙타는 수영을 하지도, 배우지도 못하는 유일한 동물이에요. 하지만 낙타는 사막의 바다를 건너게 해 주는 유일한 '배'라는 의미에서 '사막의 배'라고도 불리지요. 낙타는 발바닥이 쿠션처럼 생겨서 모래 속으로 가라앉지 않고 잘 걸어 다닙니다. 또 몸속에 지방을 저장할 수 있는 주머니가 여러 개 있어요. 낙타는 물 한 모금 마시지 못하고 며칠씩 사막을 건너기도 하지요.

로마 시대 이후 기독교도들은 탄압을 피해 카파도키아에 몰려와 살았어요. 이 지역은 부드러운 응회암으로

낙타 모양의 바위
카파도키아의 낙타 바위 앞에서 상인이 기념품을 팔고 있다.

이루어져 있어 굴을 파기 쉬웠지요. 아직도 기괴한 암석에 굴을 뚫어 만든 수천 개의 동굴 수도원이 남아 있답니다.

특히 괴뢰메 야외 박물관에는 4세기부터 이 지역의 기암괴석을 파내 만든 교회와 수도원이 모여 있어요. 오랜 시간이 지나 벽화가 많이 훼손되긴 했지만 아직도 아름다운 색채를 유지하고 있는 것들이 있지요. 관광객은 특이하고 호화로운 동굴 호텔에 직접 묵을 수도 있어요. 카파도키아는 맑은 하늘과 기분 좋은 산들바람 때문에 열기구 비행에는 최적 조건을 갖추고 있지요.

사람들이 카파도키아를 찾는 또 다른 이유는 거대한 지하 도시인 데린쿠유를 보기 위해서예요. 교회, 학교, 식당, 우물까지 갖춘 이 지하 도시는 신기하게도 지하 깊은 곳까지 환기구가 연결되어 깨끗한 공기가 드나든답니다.

카파도키아에서 파묵칼레까지 버스로 10시간 정도 달리면 온통 하얀색 석회를 바른 듯한 야트막한 언덕이 모습을 드러냅니다. 새하얀 눈으로 덮인 것 같은 파묵칼레의 석회 언덕 위로는 노천 온천이 흐르지요.

파묵칼레는 '목화로 만든 성'을 의미합니다. 풍부한 석회질과 석회수가 흘러내려서 만들어진 표면은 실제로도 푹신하고 부드러워요. 석회층 위에 세워진 고대 도시 히에라폴리스에는 아폴론 신전, 바실리카 욕장, 대극장 등이 들어서 있어 당시의 화려했던 생활을 짐작할 수 있지요. 카파도키아가 잿빛 응회암 동굴의 신비로움이 물씬 배어나는 곳이라면, 파묵칼레는 석회층이 새하얗게 마음을 물들이는 곳이에요. 🏛

실크로드의 중간 거점, 카파도키아

카파도키아는 중앙아시아를 횡단하는 고대의 동서 교통로였던 실크로드의 중간 거점이었다. 이곳은 상인의 무리인 대상들의 교역로로 번성한 지역이었다.

열기구를 타고 바라본 카파도키아 전경

수석을 파는 소녀와 관광객

카파도키아 기념품

데린쿠유

지하 8층 규모의 거대한 지하 도시다. 교회와 학교, 식당, 우물까지 갖추어져 있다. 지하 깊은 곳까지 환기구가 연결되어 깨끗한 공기가 드나든다. 초기 기독교도들이 로마 제국의 종교 박해를 피해 이곳에 머물렀다고 한다.

데린쿠유의 지하 교회

데린쿠유의 동굴 수도원

데린쿠유의 지하 학교

파묵칼레

목화로 만든 성'이라는 뜻을 가진 파묵칼레는 석회층으로 이루어진 온천 지대로 고대 로마의 유적이 어우러진 곳이다. 석회층은 세계 자연유산으로, 로마 유적은 세계 문화유산으로 등재되어 있다.

계단형으로 이루어진 파묵칼레
오랜 세월에 걸쳐 석회를 머금은 온천물이 야트막한 능선을 흐르면서 계단형 석회층을 만들었다.

하얀 석회로 가득한 파묵칼레 언덕

히에라폴리스

'성스러운 도시'라는 뜻의 히에라폴리스는 파묵칼레의 언덕 위에 세운 고대 도시다. 기원전 2세기경 페르가몬 왕국이 처음으로 세운 후 로마 시대를 거치며 오랫동안 번성했다. 로마 시대의 원형 극장, 신전, 노천탕 등이 남아 있다.

프론티누스 문 83년에 이 지방 총독인 프론티누스가 로마 황제에게 헌정한 개선문이다.

히에라폴리스 발굴 현장

히에라폴리스 극장 최대 1만 5,000명의 관객을 수용할 수 있는 거대한 원형 극장이다. 2세기 로마 하드리아누스 황제 때 건립되었다.

처탕 석회암 언덕이 자아내는 신비로운 분위기와 질병에 특효가 있다는 온천수 때문에 예로부터 성스러운 곳으로 여겨졌다.

터키 요리

프랑스 요리, 중국 요리와 함께 세계 3대 요리로
불릴 만큼 맛과 종류가 다양하다. 유럽과 아시아
의 교차로에 있었던 터키는 예로부터 다양한 민
족의 식생활 습관을 수용할 수 있었다.

터키의 전통 육류 요리, 케밥

파묵칼레 야시장의 아이스크림

터키의 전통 빵 피데 소금으로 간을 한 밀가루 반죽을 얇게 밀어서 화덕에 구운 터키의 전통 빵이다.

무슬림 여성은 왜 베일을 쓸까요?

이슬람교를 믿는 무슬림 여성들은 외출할 때 얼굴이나 가슴을 가리기 위해 스카프나 두건과 비슷하게 생긴 가리개를 사용합니다. 이러한 가리개는 지역에 따라 모양이나 가리는 부위도 다르고 이름도 달라요. 무슬림 여성인 무슬리마들이 가리개를 쓰는 것은 그들에게 부여된 의무입니다. 가리개를 쓰는 것이 선택이 아닌 의무가 된 이유는 이슬람 경전인 쿠란에 분명하게 드러나 있기 때문이에요. 어떤 사람들은 이러한 가리개가 여성의 자유를 억압하는 도구라고 말하기도 합니다. 그러나 이러한 의견은 오해에서 비롯되었다고 볼 수 있어요. 무슬리마들이 히잡이나 차도르 등과 같은 가리개를 사용하는 것은 여성 자신이 신념이나 신의 따위를 굽히지 않고 지키는 굳건한 마음과 태도를 지니고 있음을 상징적으로 보여 줄 뿐만 아니라 종교적 정체성을 나타내기도 합니다. 이들은 어릴 때부터 자신의 어머니에게 가리개의 의미에 대해 교육받고, 가리개를 사용하는 것이 정숙한 여성으로서 갖춰야 하는 덕목이라고 생각해요. 그리고 무슬리마 대부분은 가리개를 쓰는 것이 오히려 더 자유롭다고 느낀다고도 합니다. 가리개를 벗었을 때 스스로 부자연스럽게 여기고, 남들의 시선 때문에 더 불편해하기도 하지요.

히잡을 쓴 여성

12 도약의 변화를 맞이하다 |
동부 유럽

최근 들어 동유럽을 여행하는 사람들이 많아졌어요. 도시 전체가 세계 문화유산으로 지정된 체코의 프라하, 고풍스럽고 웅장한 분위기로 유명한 헝가리의 부다페스트 등 동유럽에는 유명한 관광 명소가 많습니다. 서유럽과 비교하면 물가가 싼 것도 인기 있는 여행지인 이유겠지요. 하지만 동유럽은 오랫동안 공산주의의 지배를 받으면서 경제 발전이 늦어졌어요. 구소련이 해체되면서 동유럽 국가들은 민주주의 국가로 다시 탄생했지요. 다양한 민족과 종교가 섞여 있어 갈등과 분쟁을 일으키기도 하지만, 민주화와 경제 발전을 위해 노력하고 있답니다.

- 동부 유럽은 구소련이 해체되면서 민주화와 경제 발전을 위해 노력하고 있다.

- 동부 유럽은 서부 유럽에서 시작된 산업 혁명이 제대로 확산되지 못한 데다 빈약한 자원 때문에 공업 발달이 미약하다.

- 동부 유럽은 한때 '유럽의 곡물 창고'로 불렸으나, 구소련의 영향으로 농업의 집단화가 실시되면서 농업 생산량이 감소했다.

- 동부 유럽의 주요 농업 지대는 헝가리의 푸스터 평원과 루마니아의 왈라키아 평원, 몰다비아 평원 등이다.

빈약한 자원, 부진한 공업

동부 유럽은 대부분 공업 발달이 미약합니다. 서부 유럽에서 시작된 산업 혁명이 동부 유럽으로 제대로 확산하지 못했기 때문이에요. 지하자원이 빈약한 데다 일부 지역에만 분포하는 것도 그 이유지요. 석탄은 폴란드 남부의 슐레지엔 지방, 체코의 보헤미아와 모라비아 탄전에서 많이 생산됩니다. 폴란드와 체코는 동부 유럽에서 공업이 발달한 나라예요. 석탄이 나오는 곳을 중심으로 제철 공업과 기계 공업이 발달했지요. 체코는 유리 공업과 맥주로도 유명합니다. 특히 체코의 필젠 지방에서 만든 맥주는 세계 최고로 평가받고 있어요. 이 밖에도 불가리아는 장미 향수가 유명하고, 루마니아는 석유와 천연가스가 많이 나지요.

체코의 맥주 공장
체코는 세계에서 맥주를 가장 많이 마시는 나라 중 하나다. 그만큼 맥주 산업이 발달했고, 맥주 종류도 다양하다.

　동부 유럽은 제2차 세계 대전 이후 구소련의 영향권에서 광업과 공업이 발달했지만, 계획 경제의 시행으로 1980년대 말까지 거의 정체되었어요. 하지만 구소련이 붕괴하면서 민간인도 기업을 운영할 수 있게 되었고, 시장에 의해 가격이 조정될 수 있도록 가격 자유화 등이 추진되었지요.

　최근에는 여러 나라와 무역을 하고 외국의 자본 투자도 적극 끌어들이는 등 경제 개혁을 추진하고 있어요. 중세 문화 유적, 온천, 다뉴브 강, 아드리아 해안 등을 이용한 관광 산업의 개발에도 힘쓰고 있지요.

　여러분은 혹시 「아름답고 푸른 도나우 강」이라는 곡에 대해서 알고 있나요? 이 곡은 오스트리아 작곡가 요한 슈트라우스 2세의 유명한 왈츠곡이에요. 도나우 강은 유럽에서 두 번째로 긴 강인데, 독일 남부에서 발원해 여덟 개의 나라를 거쳐 흑해로 흘러듭니다. 도나우 강은 예로부터 동서 유럽의 문화를 전파하고 물자를 교역하는 데 큰 역할을 해 왔어요.

체코의 맥주, 필스너 우르켈
1842년 필젠 지방에서 생산된 세계 최초의 황금빛 라거 맥주다. 순하면서도 깊고 강한 맛이 한데 어우러져 오묘한 맛을 선사한다.

유럽의 곡물 창고였던 동부 유럽의 농업

동부 유럽은 서부 유럽에 많은 양의 농산물을 수출해 '유럽의 곡물 창고'로 불렸어요. 그러나 제2차 세계 대전 이후 구소련의 영향으로 나라에서 농장을 관리하고 운영하는 농업의 집단화가 시행되었습니다. 농민들은 집단 농장에 소속되어 일정 지분을 분배받거나 농장 노동자로 전락했어요. 이에 따라 농민들의 의욕이 떨어지면서 농업 생산량이 많이 감소했지요.

농산물을 수출하던 곡물 창고에서 자급적 농업 지역으로 변하게 된 거예요.

1990년대 초 사회주의가 몰락한 이후 동부 유럽의 농업은 꾸준히 발전하고 있습니다. 자본주의 시장 경제 체제로 바뀌면서 집단 농장이 해체되고 개인의 토지 소유도 인정되었어요.

동부 유럽의 주요 농업 지대는 헝가리의 푸스터 평원과 폴란드 평원, 그리고 루마니아의 왈라키아 평원과 몰다비아 평원이에요. 헝가리 동부의 온대 초원인 푸스터는 원래 초원 지대에 거주하는 농민의 집을 뜻하는 말입니다. 이 지역은 강수량이 500mm 내외이고 큰 나무는 자라지 못해요. 대부분 밀, 옥수수, 감자 등을 재배하고, 부분적으로는 소, 말, 양 등 가축을 기르기도 하지요.

폴란드 역사의 중심지 바벨 성
크라쿠프가 폴란드의 수도였을 당시 왕이 거처하던 공간이다. 지금은 박물관으로 사용하고 있다. 성 외에도 바벨 대성당과 주변 건물, 커다란 정원으로 이루어져 있다.

북부 지역에 있는 폴란드, 체코, 슬로바키아에서는 서늘한 기후 때문에 호밀이나 감자를 재배하고, 소와 돼지 등 가축 사육이 결합한 혼합 농업이 발달했어요. 도나우 강 유역의 평야 지대에서는 밀, 옥수수 등을 주로 재배하고, 지중해의 아드리아 해 연안에서는 포도와 올리브, 채소 등을 재배한답니다.

전쟁의 무대가 되었던 폴란드

핀란드에서 에스토니아, 라트비아, 리투아니아를 지나 아래로 내려가면 폴란드가 있어요. 폴란드는 16세기에 동부 유럽의 많은 지역을 차지하는 제국을 세웠습니다. 그러나 1795년 프로이센, 러시아, 오스트리아 삼국에 의해 분할되었어요. 1918년에 독립했지만 제2차 세계 대전으로 독일과 소련에 의해 다시 분할되었다가 1945년에야 해방되었지요.

폴란드는 '평편한 땅'이라는 뜻으로 영토의 크기는 핀란드와 비슷해요. 대부분 공화국은 법조인이나 사업가를 대통령으로 선출합니다. 하지만 폴란드는 제1차 세계 대전이 끝난 뒤 피아노 연주자를 대통령으로 선출했어요.

세계에서 가장 위대한 피아니스트 중 하나로 손꼽혔던 그의 이름은 파데레프스키예요. 폴란드는 유명한 음악가를 많이 배출한 국가로도 유명하답니다.

폴란드의 수도 바르샤바에는 농장 마구간으로 쓰이던 쇼팽의 생가를 복원한 쇼팽 박물관과 라듐을 발견해 여성 최초로 노벨상을 받은 퀴리 부인의 생가를 개조한 퀴리 부인 박물관이 있어요.

쇼팽과 퀴리 부인

폴란드의 수도 바르샤바에는 농장 마구간으로 쓰던 쇼팽의 생가를 복원한 쇼팽 박물관이 있다. 또한, 라듐을 발견해 여성 최초로 노벨상을 받은 퀴리 부인 박물관도 있다.

쇼팽 기념비(오른쪽)
생가 입구에 세워진 쇼팽의 동상이다.

쇼팽 박물관
폴란드의 작곡가이자 피아니스트인 쇼팽을 기리기 위해 1945년 그의 생가를 개조해 만든 박물관이다. 쇼팽은 1810년 이곳에서 태어나 어린 시절을 보냈다.

퀴리 부인 박물관

퀴리 부인 탄생 100주년을 기념하기 위해 1967년 그녀의 생가를 개조해 박물관으로 만들었다.

퀴리 부인이 사용했던 각종 실험 기구와 기념사진 등이 소장되어 있다.

프라하에서 길을 잃다

제1차 세계 대전이 끝난 1918년, 슬로바키아는 체코와 연합해 체코슬로바키아를 세웠지만, 체코 인이 정권을 독점하자 민족주의 운동이 일어났어요. 제2차 세계 대전 후 소비에트 연방에서 체코슬로바키아 사회주의 공화국으로 독립했고, 1993년 국민 투표 결과에 따라 체코와 슬로바키아로 나누어졌지요.

체코의 오랜 역사와 문화를 고스란히 담고 있는 곳이 바로 체코의 수도 프라하예요. 오랜 역사에 걸맞게 프라하에는 우아한 중세 건물들이 많습니다. 어디가 시작이고 끝인지 알 수 없을 정도로 미로 같은 거리는 마법의 성처럼 사람들을 빨아들이지요.

프라하 성

체코를 대표하는 국가적 상징물이자 유럽에서도 손꼽히는 거대한 성이다. 특히 성의 아름다운 야경을 보기 위해 세계 각지에서 관광객이 몰려오고 있다.

그래서 사람들은 '유럽의 건축 박물관' 프라하에서 길을 잃으면서도 행복해하는지 모릅니다. 특히 프라하 성에 들어서면 어마어마한 규모와 아름다움에 홀려 길을 잃을 가능성이 높으니 주의할 필요가 있어요.

배고프지 않은 나라, 헝가리

헝가리라는 이름을 들으면 배가 고파지지 않나요? 헝가리 하면 왠지 'hungry'가 떠올라요. 하지만 헝가리는 '훈 족의 나라'라는 뜻으로 전혀 배고프지 않은 나라랍니다. 세계적으로 밀 생산량이 가장 많은 국가 중 하나면서 맛있는 빵으로도 유명하기 때문이에요. 후추와 각종 향신료로 맛을 낸 헝가리안 구야시 요리는 헝가리의 대표적인 전통 음식입니다. 구야시는 목동을 뜻하는데, 푸스타 평원의 목동들이 불 위에 커다란 솥을 걸어 놓고 요리해 먹던 음식이에요.

손님들을 위해서 악단이 헝가리 곡을 연주해 주는 식당도 있어요. 느리고 잔잔한 리듬에서 빠르고 격정적인 리듬으로 변하는 헝가리 음악은 집시들이 발을 구르고 뛰며 춤추기에 딱 알맞지요.

헝가리의 역사는 9세기 후반 훈 족의 후예인 마자르 족이 정착하면서 시작되었어요. 그래서 헝가리의 유아들은 동양인의 특징인 몽고반점이 있답니다. 헝가리는 15세기에 중부 유럽의 강국이 되면서 유럽 르네상스의 중심지가 되었어요. 제1차 세계 대전까지는 오스트리아-헝가리 제국이었는데, 제2차 세계 대전 후 소련의 세력하에 있다가 1946년에 공화국이 되었지요.

헝가리의 수도 부다페스트는 도나우 강 양쪽에 걸쳐 있어요. 오른

헝가리안 구야시
헝가리의 대표적인 전통 수프다. 쇠고기, 양파, 파프리카 등을 넣고 만들어 맵고 구수한 맛이 특징이다.

부다페스트

헝가리의 수도 부다페스트는 도나우 강을 중심으로 오른쪽의 부다와 왼쪽의 페스트로 이루어져 있다. 부다페스트는 수많은 역사적 건축물과 수려한 자연 경관으로 유명하다.

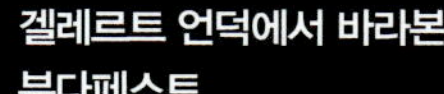

겔레르트 언덕에서 바라본 부다페스트
부다 지구의 도나우 강변에 있는 언덕이다. 도나우 강 동쪽의 페스트 지구를 한눈에 바라볼 수 있다.

부다페스트의 아름다운 전경 부다페스트는 도나우 강을 기준으로 오른쪽의 부다와 왼쪽의 페스트로 이루어져 있다.

세계 최대의 온천 호수,
헤비츠
온천의 천국인 헝가리에는 1,000
여 개의 온천이 있고, 부다페스트
에만 100여 개의 온천이 있다. 특
히 부다페스트에서 3시간 정도
떨어진 거리에 있는 헤비츠 온천
은 세계 최대 규모를 자랑한다.

쪽의 부다와 왼쪽의 페스트로 이루어졌다고 해서 부다페스트로 불리게 되었지요. 대평원을 이루고 있는 도나우 강 유역은 동부 유럽의 곡창 지대예요.

역사적인 건축물이 많은 부다에는 왕궁의 언덕, 겔레르트 언덕 등이 강기슭 근처까지 뻗어 있어요. 페스트는 저지대에 자리한 상업 지역으로 주변에는 공장과 집단 주택이 들어서 있지요. 헝가리에는 1,000여 개의 온천이 있습니다. 그중 부다페스트 서쪽에 있는 헤비츠 온천은 깊이가 39m나 되는 세계 최대의 온천 호수지요.

드라큘라의 고향, 요구르트의 고장

어떤 집시들은 전국 방방곡곡을 돌아다니면서 사람들의 손금이나 점을 봐주며 삽니다. 집시들은 대부분 흑해를 경계로 해 헝가리와 접하고 있는 루마니아 출신이에요.

루마니아는 과거 로마 인들이 정착해 만든 나라라고 해서 로마니아라고 불리기도 했어요. 그래서 루마니아 어는 아직도 로마 어나 이탈리아 어와 흡사한 부분이 많지요.

루마니아 여성들은 체질적으로 골격이 반듯하고 아름다운 것으로 알려졌어요. 루마니아 여성의 아름다움 때문에 탄생한 이야기가 있습니다. 바로 아름다운 여성의 피를 빨아 먹는 드라큘라 이야기예요.

흡혈귀 소설 『드라큘라』의 가상 모델인 블라드 3세 드라큘라가 잠시 머물렀던 브란 성은 '드라큘라의 성'으로 알려지면서 동유럽 최고의 관광지가 되었어요. 브란 성은 드라큘라가 실존했던 증거로 관

브란 성
흡혈귀 소설 『드라큘라』의 가상 인물인 블라드 3세 드
라큘라가 잠시 머물렀던 성이다. '드라큘라의 성'으로
알려지면서 동유럽 최고의 관광지가 되었다.

시계 광장
루마니아의 수도 부쿠레슈티에는 세계 최대 규모를 자랑하는 시계 광장이 있다.

심이 쏠렸지만, 흡혈귀 전설에 어울리는 음침한 곳이라기보다는 동화에나 나옴 직한 낭만적인 모습의 성이랍니다. 루마니아 민족은 악마를 상징하는 드라큘라를 민족의 영웅으로 칭송하고 있지만, 외부 사람들은 역사적 사실과는 무관하게 블라드 3세 드라큘라를 소설 속의 드라큘라로 생각하고 있지요.

루마니아에는 드라큘라 성 외에도 200여 개의 고성이 있어요. 수도 부쿠레슈티에는 세계 최대 규모를 자랑하는 시계 광장이 있답니다.

불가리아는 루마니아 옆에 있는 국가예요. 불가리아에 사는 야생 돼지의 뻣뻣하고 억센 털은 빗과 칫솔을 만들기에 최상이지요. 그래서 불가리아는 야생 돼지 강모 산업으로 유명해요.

많은 사람이 요구르트의 원조를 이야기하면 으레 불가리아를 떠올립니다. 하지만 불가리아의 국민 음식인 요구르트는 터키를 통해 들어왔어요. 옛 터키, 즉 오스만 튀르크가 불가리아를 지배했을 때 다양한 터키 문화가 불가리아로 옮겨진 것이지요.

여섯 나라로 나누어진 유고슬라비아

이탈리아는 세계에서 앞서 가는 나라 중 하나지만, 아드리아 해를 사이에 두고 이탈리아와 마주 보고 있는 유고슬라비아는 이름조차 잘 알려져 있지 않아요. 이탈리아와 땅 크기까지 비슷한데도 말이지요. 오늘날 유고슬라비아는 세르비아, 몬테네그로, 슬로베니아, 크로아티아, 보스니아 헤르체고비나, 마케도니아 등 여섯 개의 나라로 분리되어 었어요. '남쪽에 있는 슬라브의 나라'라는 뜻의 유고슬라비아는 원래 제1차 세계 대전 직후인 1918년 국제 사회가 발칸 남부의 여러 슬라브 족을 합쳐 만든 나라입니다. 하지만 1980년 대통령인 티토가 사망하고 공산 정권이 몰락하면서 유고슬라비아에서는 분리 · 독립의 움직임이 일어났어요.

먼저 1991년 슬로베니아와 크로아티아가 독립을 선언했습니다. 유고슬라비아 연방군은 슬로베니아와 크로아티아의 독립을 막기 위해 슬로베니아를 침공했어요. 이에 자극을 받은 보스니아 헤르체고비나는 국민 투표를 통해 독립을 선포했지요. 독립을 주도한 세력은 보스니아의 이슬람계와 크로아티아계였어요. 그러자 보스니아에서 약 30%를 차지하는 세르비아계는 보스니아에서 분리 · 독립을 주장했습니다. 세르비아계는 내전 초기에 보스니아 영토의 약 70%를 일거에 장악하고, 다른 민족에 대해 소위 '인종 청소'라는 만행을 저질

렀어요. 결국, 25만 명이나 되는 희생자를 내고 평화 협정이 체결되었지요.

‘핀란드’라는 이름을 들으면 호수가, ‘폴란드’라는 이름을 들으면 음악이, ‘오스트리아’라는 이름을 들으면 비엔나 롤이 떠올라요. ‘헝가리’라는 이름을 들으면 푸른 도나우 강이 생각나고, ‘루마니아’라는 이름을 들으면 집시가 생각나며, ‘불가리아’라는 이름을 들으면 요구르트가 생각나지요. ‘체코슬로바키아’라는 이름을 들으면 사기와 유리가 떠오르고요. 그런데 ‘유고슬라비아’라는 이름을 들으면 별로 떠오르는 게 없지요. 하지만 다양한 민족과 종교를 지녔던 옛 유고슬라비아는 ‘인종의 모자이크’라는 별명을 갖고 있다는 것을 기억해 두세요.

루마니아는 왜
'집시의 나라'가 되었을까요?

루마니아에는 전체 인구의 약 10%에 해당하는 230만 명 정도의 집시가 살고 있다고 해요. 루마니아가 '집시의 나라'가 된 것은 히틀러 정권의 이른바 '집시 청소'와 관련이 있습니다. 히틀러의 유대 인 학살은 잘 알려졌지만 집시에 대한 학살은 그다지 알려지지 않은 게 사실이에요. 히틀러 정권은 집시들도 사회악으로 간주해 학살을 단행했습니다. 이때 서유럽을 떠돌던 집시들이 동유럽으로 대거 유입되었어요. 마침 루마니아 공산 정권의 독재자는 국민의 환심을 사고 자신의 이미지를 포장하기 위한 정책을 펴고 있었습니다. 대표적인 사례가 루마니아에는 인권 탄압이 없다는 것을 보여 주기 위해 집시들에게 시민권을 부여하는 정책이었지요. 그래서 다른 나라로 갔던 수많은 집시까지 루마니아에 정착하게 된 거예요. 집시들은 춤과 노래를 사랑하고 구속받는 것을 싫어해 유랑 생활을 하는 정열적인 자유인들입니다. 하지만 아무런 대책 없이 받아들여진 집시 중 일부는 구걸하거나 소매치기 등으로 생계를 꾸리고 있어 루마니아에서 큰 사회 문제가 되고 있어요.

루마니아의 집시 여인

5 메소포타미아 문명의 땅, 서남아시아

　이슬람 하면 '한 손에는 칼, 한 손에는 쿠란'이라는 말이 가장 먼저 떠올라요. 주로 이슬람교가 전쟁과 폭력을 일삼는다고 강조할 때 쓰이는 표현이지요. 하지만 이슬람교는 신앙을 칼로 강요한 적이 없습니다. 쿠란에도 "종교에는 강요가 없다."라는 구절이 있어요. '한 손에는 칼, 한 손에는 쿠란'이라는 말은 서구 기독교 세력이 이슬람교에 대한 반감을 갖게 하려고 만들어 낸 것이지요.

　여러분은 이슬람 하면 무엇이 떠오르나요? 차도르를 입은 여인, 절하는 무슬림의 모습……. 심지어 무슬림이라고 하면 테러리스트를 상상하는 사람들도 있어요. 이처럼 이슬람 문화를 바라보는 시각은 매우 다양합니다. 하지만 실제로는 가 보지 못한 나라에 대한 고정 관념을 갖는 경우도 많지요.

　이슬람 문화권인 서남아시아는 세계 4대 문명의 하나로서 티그리스 강과 유프라테스 강 유역을 중심으로 번영한 메소포타미아 문명이 꽃핀 곳입니다. 또 이곳은 이슬람교, 기독교, 유대교의 발상지이기도 하지요. 서남아시아는 아시아, 유럽, 아프리카를 연결하는 길목에 있어 예로부터 사람들의 왕래나 교역이 활발했어요. 오늘날에는 석유 자원을 개발하면서 국제 사회에서 위상이 높아졌지요. 하지만 복잡한 민족과 종교, 석유를 둘러싼 이해관계로 분쟁이 자주 일어나기도 해요.

그리스
우즈베키스탄
앙카라
그루지아
아제르바이잔
아르메니아
카스피 해
투르크메니스탄
터키
유프라테스
기독교 · 유대교의
발상지
메소포타미아 문명의 발상지
니네베
티그리스
테헤란
아프가니스탄
키프로스
시리아
지중해
레바논
바그다드
바빌론
이스라엘
이라크
우르
이 란
예루살렘
요르단
쿠웨이트
페르시아 만
파키스탄
이집트
카타르
아부다비
두바이
리야드
메디나
아랍 에미리트
사우디아라비아
메카
이슬람교의 발상지
오 만
홍해
수단
에리트레아
사나
예멘
아라비아 해
에티오피아
아덴

1 다섯 바다 안의 육지 | 서남아시아

서남아시아는 흑해, 카스피 해, 홍해, 페르시아 만, 인도양에 둘러싸여 있기 때문에 '다섯 바다 안의 육지'로 불리기도 합니다. 이곳은 이슬람교와 유대교, 기독교의 발상지지만 대부분의 사람들이 이슬람교를 믿어요. 아시아, 아프리카, 유럽이 만나는 곳에 있는 서남아시아는 여러 이민족이 어우러지고 외국 문화를 수용하면서 독특한 이슬람 문화가 형성되었답니다. 또한, 세계에서 가장 건조한 이 지역은 대부분 초원이나 사막으로 이루어져 있어요. 주민들은 유목 생활을 해 왔지만, 교통이 발달하면서 점차 정착 생활을 하고 있지요. 이 지역은 석유가 많이 매장되어 있어 늘 국제 사회의 관심을 끌고 있답니다.

- 서남아시아는 세계 3대 종교인 이슬람교, 유대교, 기독교의 발상지다.

- 이슬람교는 622년 아라비아 반도의 메카에서 무함마드에 의해 창시되었다.

- 서남아시아는 대부분 초원이나 사막으로 이루어져 있어 유목 생활이나 오아시스 농업이 발달했다.

- 서남아시아는 특히 페르시아 만 주변에 석유가 집중적으로 매장되어 있다.

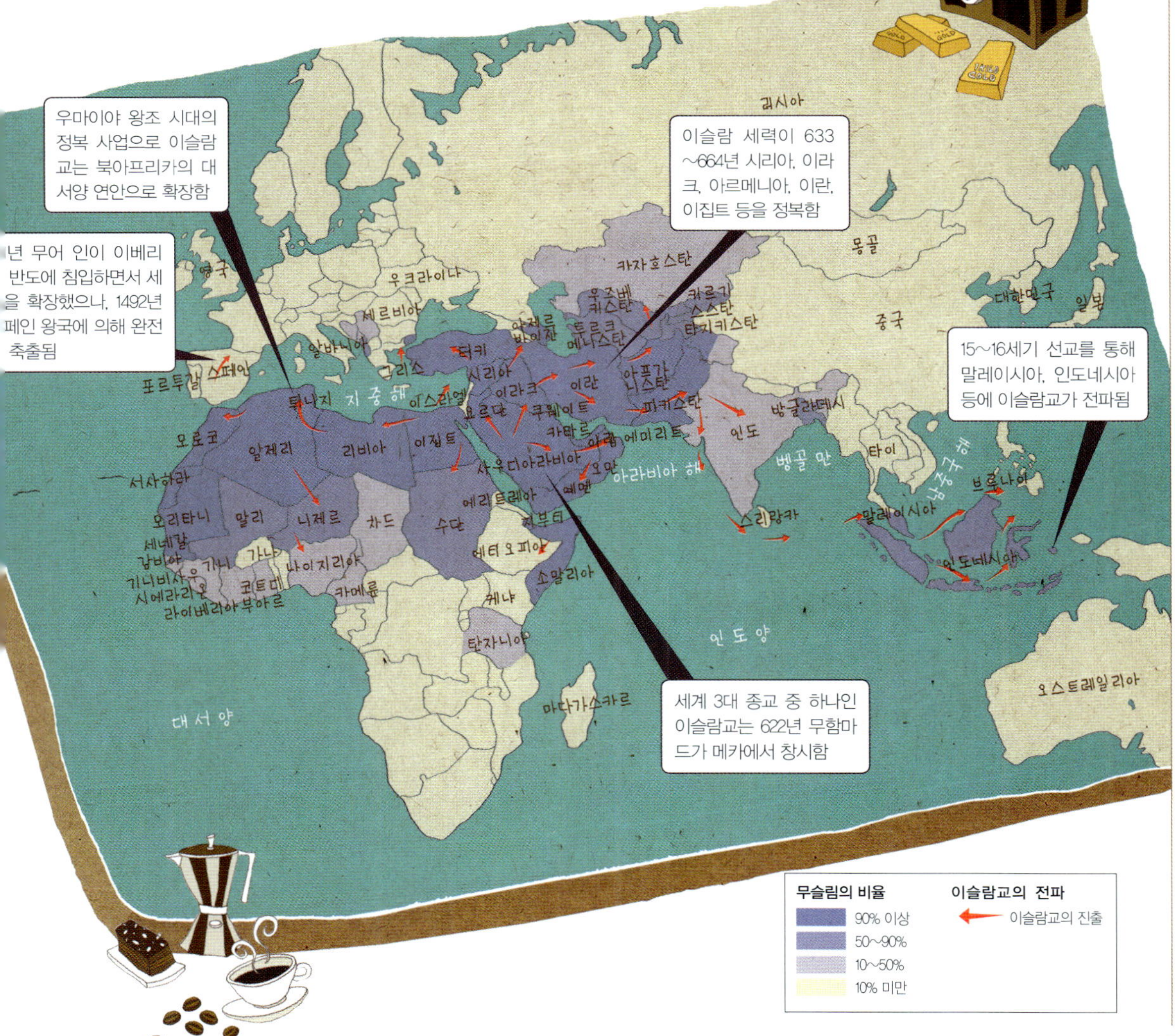

'인샬라', 신이 원하신다면

인샬라는 '알라가 원하는 대로'라는 뜻을 가진 말이에요. 무슬림은 미래의 일을 이야기할 때 인샬라를 사용합니다. 오직 알라만이 미래의 일을 주관한다고 믿기 때문이에요. 이슬람이란 말에도 '신에 복종한다'는 뜻이 담겨 있지요.

세계 3대 종교 중 하나인 이슬람교는 622년 아라비아 반도의 메카에서 무함마드가 창시했어요. 서남아시아에서 발생한 이슬람교는 북부 아프리카 및 중앙아시아, 남부 아시아, 동남아시아 지역으로 전파되었지요. 현재 이슬람교를 믿는 무슬림이 13억 명에 이른다고 해요. 세계 인구의 1/5이 이슬람교를 믿는다고 볼 수 있지요.

메카에서 기도하는 무슬림
무슬림은 하루에 다섯 번, 즉 해 뜰 무렵과 정오, 오후, 해 질 무렵, 잠들기 전에 메카를 향해 기도한다.

이슬람교는 쿠란과 무함마드 언행록에 따라 만든 이슬람법을 기초로 해서 이슬람 문화를 형성했어요. 계율과 종교의식을 통해 주민들을 엄격하게 통제하고 단합하지요. 무슬림은 하루에 다섯 번씩 메카를 향해 기도를 드려요. 해 뜰 무렵, 정오, 오후, 해 질 무렵, 잠들기 전에 드리는 기도지요. 이슬람력으로 9월 한 달 동안은 해 뜰 무렵부터 해 질 때까지 음식을 먹지 않고, 평생에 한 번은 성지인 메카를 방문해야 합니다. 그 외에도 술과 돼지고기를 먹지 않는 관습이 지켜지고 있지요. 심지어 알코올이 들어간 향수도 쓰지 않고, 초코파이에 들어가는 크림인 젤라틴도 돼지에서 나온 것은 쓰지 않아요.

이처럼 이슬람교가 주민들을 엄격하게 통제하는 이유는 무엇일까요? 서남아시아는 건조한 지역이에요. 연 강수량이 250mm 미만인데다 비도 불규칙하게 내리지요. 모래가 섞인 뜨거운 바람이 불기도 합니다. 이렇게 불리한 자연환경을 극복하기 위해 주민들이 하나로 단합해야 했던 거예요.

자연환경에 적응한 유목과 오아시스 농업

서남아시아에는 크고 작은 사막이 많아요. 한 줄로 늘어서서 낙타를 타고 사막을 오가는 베두인 족의 모습도 쉽게 볼 수 있지요. 베두인 족은 이 지역의 사막에서 거주하는 유목민이에요. 낙타와 양을 키워 물물교환하며 생활하지만, 자급자족이 힘들 때에는 약탈과 침략을 벌이기도 합니다. 베두인 족은 험난한 사막에서 살아남기 위해 용감하고 강인한 부족이 되었지요. 신기한 점은 별의 움직임과 동물의 발자국만 보고도 방향을 파악할 수 있다는 거예요. 발자국만 봐도

뛰어난 적응력의 소유자, 베두인 족

300만 명 정도로 추정되는 베두인 족은 대부분 사우디아라비아, 요르단, 리비아 등지에 살고 있다. 이스라엘에도 17만 명이 거주하는데, 일부는 이스라엘군에 자원입대해 범인을 추적하는 재능을 발휘하고 있다고 한다. 전통적으로 베두인 족은 사막을 왕래하면서 동서 교역의 핵심 세력으로 활약했다.

베두인 족 양치기
베두인 족은 사막에서 낙타와 양, 염소 등을 키우며 목초지를 찾아 이동한다.

요리 중인 베두인 족 여성 베두인 족 여성이 양고기 스튜를 만들고 있다.

베두인 족 텐트
베두인 족은 사막에서 텐트를 치고 유목 생활을 한다. 텐트는 쉽게 설치하고 걷을 수 있게 되어 있다.

언제 지나갔는지, 남자인지 여자인지까지도 알 수 있다고 합니다.

건조 지역인 서남아시아에서 가장 중요한 것은 물이에요. 물을 얻을 수 있는 곳에서는 오아시스 농업이 발달했지요. 오아시스의 물을 이용해 밀, 보리와 같은 식량 작물이나 대추야자, 목화와 같은 상품 작물이 재배되었어요. 오아시스에는 샘 오아시스와 하천 오아시스, 그리고 산지의 눈이 녹아 형성되는 산록 오아시스 등이 있습니다. 특히 이 물은 카나트라고 불리는 지하 수로를 통해 공급돼요. 카나트는 멀리서 보면 마치 벌집처럼 보이기도 하지요.

지상에 수로를 만들면 멀리 떨어진 강이나 하천에서 물을 끌어올 때 증발하거나 모래에 스며들어 버려요. 그래서 카나트를 개발한 것이지요. 그런데 최근에는 지하수를 펌프로 퍼 올리는 관개 방식이 보급되면서 카나트의 기능이 점차 쇠퇴하고 있다고 해요.

스텝 지역은 나무가 자라지 않는 넓은 초원 지대를 말합니다. 이 지역에서는 유목이 발달했지요. 유목민은 초원에 천막집을 세우고 가축을 방목하다가 목초가 없어지면 풀과 물이 있는 곳을 찾아서 옮

이스라엘 네게브 사막의 오아시스
건조 지역인 서남아시아에서 가장 중요한 것은 물이다. 물을 얻을 수 있는 곳에서는 오아시스 농업이 발달한다.

카나트
서남아시아나 북아프리카 등의 건조 지역에서 볼 수 있는 지하 관개 수로다. 열 감소량이 부족해서 물의 증발을 막는 구조로 수로를 형성한다.

겨 다녀요. 가족 단위로 옮겨 다니는 유목민에게 단결은 매우 중요합니다. 유목민은 자신만의 법과 규율을 지키며 살아가고 있어요. 유목 생활에서 중요한 가축은 음식과 옷, 집을 짓는 데 필요한 재료를 제공해 주지요.

유목은 20세기가 되면서 빠르게 사라지고 있습니다. 제2차 세계 대전 후에 각 나라가 독립하면서 국경이 설정되었고, 유목민의 이동도 어려워진 거예요. 석유가 개발되고 낙타 대신 자동차, 항공기 등 새로운 교통수단이 발달하면서 유목민이 석유 개발 지역이나 도시에 정착하게 된 것도 그 이유지요.

땅 밑에 가득한 석유

서남아시아는 세계에서 석유가 가장 많은 지역 중 하나예요. 서남아시아에서 석유가 나는 곳은 페르시아 만 주변에 집중되어 있지요. 총 매장량의 절반 이상이 이곳에 분포한다고 합니다. 이 지역의 유전은 지표 가까이에 대량으로 매장되어 있는 경우가 많고 품질이 우수해요. 그래서 개발에 유리하고 생산 비용도 저렴하지요. 사우디아라비아는 이 지역 최대의 산유국이에요. 그 밖에 서남아시아의 주요 산유국으로는 이란, 이라크, 쿠웨이트 등이 있지요.

그렇다면 서남아시아에는 왜 이렇게 석유가 많은 것일까요? 그것은 이 지역이 아주 오랜 옛날 바다의 밑바닥이었기 때문이에요. 석유는 2억 1,000만 년에서 6,000만 년 전에 죽은 플랑크톤에서 만들어집니다. 유공충과 같이 기름 성분을 함유한 플랑크톤이 바다의 밑바닥에 퇴적되어 열과 압력을 받아 석유가 된 것이지요. 따라서 석

사우디아라비아의 정유 공장
서남아시아는 세계에서 석유를
가장 많이 생산하는 지역이다. 사
진은 이 지역 최대 산유국인 사우
디아라비아의 한 정유 공장 모습
이다.

유가 많이 나는 지역은 오랜 옛날에 바다였다고 추정할 수 있어요.
지금 여러분이 자동차를 타고 달리고 있다면 수억 년 전에 죽은 플
랑크톤을 연소시키고 있다고 생각하면 되지요.

산유국들은 석유 덕분에 막대한 수입을 얻었어요. 그 수입으로 도
로, 항만 등을 건설하고 교육 및 의료 시설도 만들었지요. 여성들의
사회적 지위도 크게 달라졌어요. 교육 기회가 확대되고 직업을 가질
수 있게 되었지요. 하지만 석유가 좋은 영향만을 준 것은 아닙니다.
도시를 중심으로 주택, 교육, 의료 시설에 대한 투자가 늘어나면서
사람들이 도시로 몰려드는 현상이 일어났어요. 또 석유를 통해 발생
한 이익이 골고루 분배되지 않고 일부 계층에 집중되면서 빈부 격차
가 더욱 심화되기도 했지요.

서남아시아 사막 지대에서 유일신교가 탄생한 이유는 무엇일까요?

세계 3대 유일신교는 유대교, 기독교, 이슬람교입니다. 유대교와 기독교는 이스라엘의 예루살렘에서, 이슬람교는 사우디아라비아의 메카에서 탄생했지요. 이 지역은 모두 건조 기후 지역에 속합니다. 강수량이 적고 기온이 높아서 인간이 거주하기에는 아주 불리한 지역이지요. 이 지역에 사는 사람들은 과거 한때 사막 지대를 활동 무대로 했던 유목민이에요. 이 유목민을 둘러싼 독특한 자연환경이 유일신교의 발생과 성장에 결정적인 영향을 주었다고 할 수 있습니다. 사막의 유목민은 일 년 내내 거의 변함이 없는 단조로운 자연환경에서 신이 우주를 창조했다는 인상을 받았어요. 또 매일 밤이면 사막의 까만 밤하늘에 선명하게 보이는 별과 행성이 시간과 계절에 따라 한 치의 오차도 없이 움직이는 것을 보고 자연스럽게 우주 질서를 관장하는 절대자가 있을 것이라고 생각했지요. 이러한 배경에서 탄생한 것이 유일신교입니다. 유대교를 기반으로 기독교가 탄생했고, 유대교와 기독교는 물론 아랍 전통 신앙을 아우르며 탄생한 것이 이슬람교예요. 그래서 세 종교는 모두 하나님을 믿고 아브라함을 조상으로 한답니다.

2 성서의 땅 | 시리아, 이스라엘, 이라크

베들레헴과 예루살렘이 있는 팔레스타인과 이스라엘은 성서에서 많이 언급된 곳이라 해서 '성서의 땅'으로도 불려요. 성서의 땅은 지중해의 동쪽 끝에 있습니다. 북쪽에 있는 나라가 시리아이고, 남쪽에 있는 지역이 팔레스타인이지요. '성서의 땅'이라고 불리는 또 다른 곳은 이라크입니다. 이라크는 인류의 가장 오래된 문명인 메소포타미아 문명의 발상지예요. 이라크 남쪽의 티그리스 강과 유프라테스 강이 만나는 지점에는 아담과 이브가 살았던 에덴의 정원이 있다고 알려졌지요.

- 시리아의 수도 다마스쿠스는 기원전 2500년경에 세워진 도시로 세계에서 가장 오랜 역사를 자랑한다.
- 팔레스타인은 레바논과 시리아, 요르단, 이집트, 시나이 반도로 둘러싸인 지역이다.
- 사해는 요르단 강이 관개 사업에 이용되어 사해로 유입되는 강물이 크게 줄어 말라 버릴 위험에 처했다.
- 유프라테스 강과 티그리스 강 사이의 지역을 메소포타미아라고 하는데, 현재의 이라크가 이 지역에 속한다.
- 석유 매장량이 많은 이라크는 외화 수입의 95% 이상을 석유에서 얻는다.

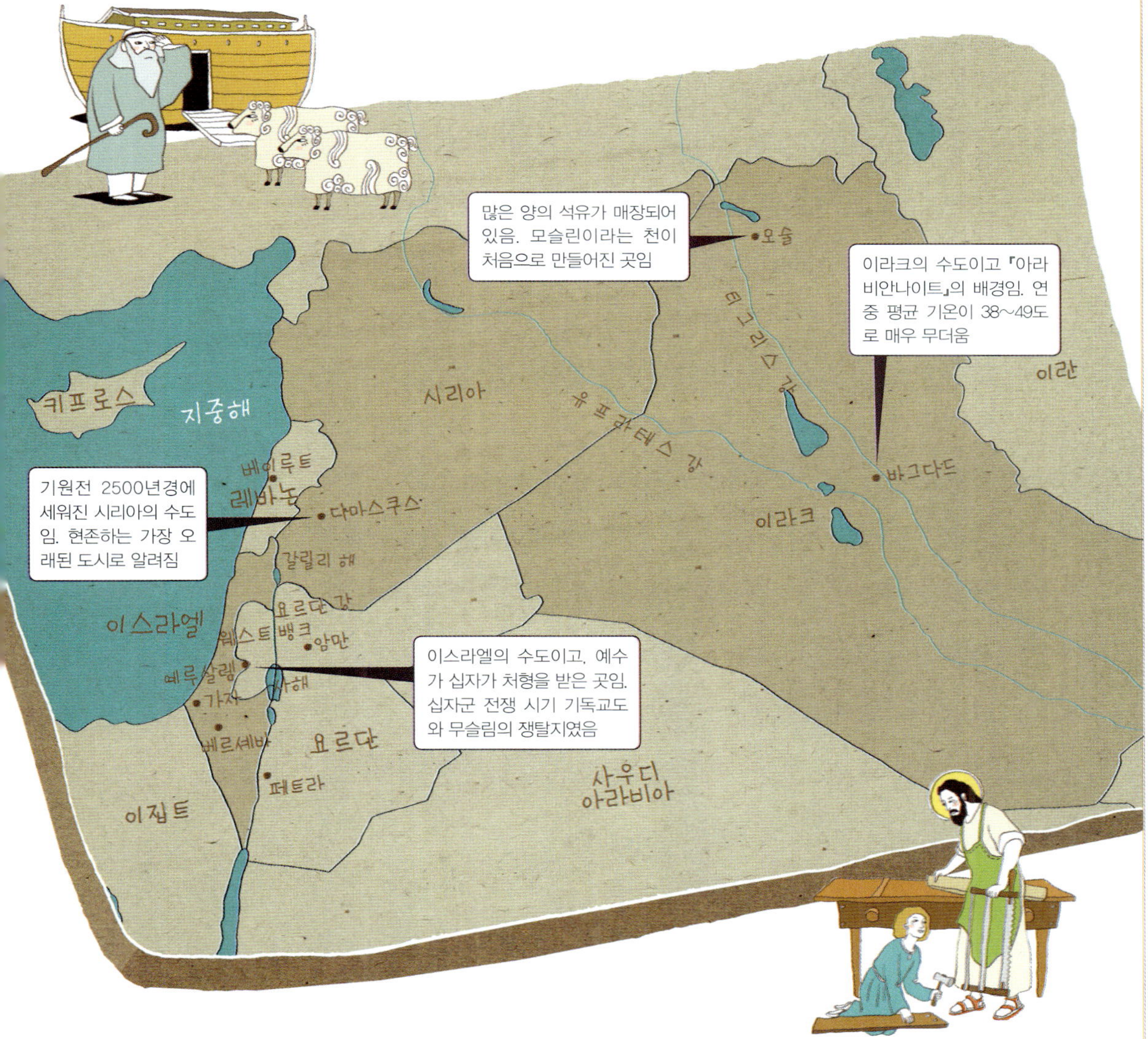

세계에서 가장 오래된 도시, 다마스쿠스

시리아와 팔레스타인에는 아주 많은 도시가 있어요. 이 도시들은 그리스도가 탄생했을 때도, 지금 이 순간에도 살아 숨 쉬고 있지요. 물론 지금은 폐허로 변한 도시도 많지만, 세계에서 가장 오래된 도시도 있어요. 이 도시는 기원전 2500년경에 세워진 시리아의 수도 다마스쿠스랍니다.

다마스쿠스의 시작은 유프라테스 강 언저리에서 발견된 신석기 시대의 점토판에서 찾을 수 있어요. 시가지에는 이슬람, 로마, 기독교, 비잔틴 양식의 건물들이 섞여 있어 유구한 세월의 흔적을 한눈에 살펴볼 수 있지요.

다마스쿠스의 주도로는 다른 길과는 달리 완전한 직선이기 때문에 '곧은 길'이라고 불려요. 이 길 양옆으로는 상점들이 즐비한데,

다마스쿠스 바자

다마스쿠스에서는 시장을 '바자' 라고 한다. 이곳의 바자는 대체로 공간이 협소하고, 작은 규모로 운영된다.

이는 과거 동방 상업의 핵심이었던 다
마스쿠스의 명성을 증명하지요. 다마
스쿠스에서는 시장을 '바자'라고 합니
다. 이 바자는 대개 피아노 한 대 놓기
도 어려울 만큼 공간이 비좁아요.

하얀 종이에 하얀색으로 그림을 그
리거나 빨간 종이에 빨간색으로 그림
을 그리면 아무것도 보이지 않아요.
하지만 다마스쿠스 사람들은 천에다
똑같은 색으로 수를 놓아 아름다운
작품을 만들었지요. 이렇게 같은 색
의 무늬를 넣은 천을 '다마스크'라고
합니다.

리넨 천으로 만든 다마스크 식탁보

다마스크
천과 같은 색상의 무늬를 수놓은
천을 다마스크라 한다.

나 냅킨, 의자 덮개 등은 우리 가정에서도 흔히 볼 수 있어요. 하지
만 오늘날의 다마스크 제품들은 다마스쿠스에서 온 것이 아니라 기
계로 찍어 낸 것이지요.

다마스쿠스 사람들은 철의 표면에 무늬를 새겨 파내고, 그 무늬
안에 금을 채워 넣어 장신구를 만들기도 했어요. 이러한 제조법을
'다마신'이라고 합니다. 다마신 공법을 활용해 아름다운 무늬를 넣
은 다마스쿠스의 검은 세계 최고의 검으로 명성이 자자했어요. 다마
스쿠스 검은 칼 위에 비단을 떨어뜨리면 두 조각이 나고, 돌덩이도
자를 수 있을 정도의 단단함과 날카로움을 지녔다고 합니다.

성스러운 땅, 팔레스타인

시리아 남쪽에는 '성스러운 땅'이라고 불리는 팔레스타인이 있어요. 팔레스타인은 지도상에 주요 도시를 다 적어 넣을 수 없을 만큼 작은 지역입니다. 팔레스타인 지방은 현재 이스라엘에 자리 잡고 있는 지중해 동안, 즉 레바논과 시리아, 요르단, 이집트, 시나이 반도로 둘러싸인 지역이에요.

팔레스타인의 한쪽은 지중해에 접해 있고, 또 다른 한쪽에는 사막이 펼쳐져 있습니다. 이 지역의 80% 정도가 이스라엘 영토인데, 현재는 팔레스타인 자치 정부의 구역인 웨스트 뱅크와 가자 지구를 가리키는 지명으로 쓰여요. 팔레스타인은 남북의 거리가 240km, 동서의 거리가 80km에 불과합니다. 그래서 자동차를 타고 하루만 여행하면 팔레스타인을 다 구경할 수 있지요.

팔레스타인에는 남과 북에 호수가 하나씩 있어요. 명백히 호수지만 현지 사람들은 바다라고 부르지요. 북쪽에 있는 것이 갈릴리 해이고 남쪽에 있는 것이 사해예요. 사해라는 이름이 붙은 까닭은 어떤 생물도 살 수 없는 호수이기 때문이지요. 그리스도가 물 위를 걷다가 엄청나게 많은 물고기를 잡았다고 해 유명해진 호수가 바로 갈릴리 해예요. 그리스도를 따르던 사람 중에는 어부가 많았습니다. 가르침을 전파하고자 했던 그리스도는 그들에게 도움을 요청하면서 "너희를 사람을 낚는 어부가 되게 하리라."라고 말했어요. 갈릴리 해에서 나와 사해로 흘러 들어가는 지그재그 모양의 강이 있습니다. 이 강이 바로 요르단 강이에요. 요르단 강은 그리스도가 세례 요한에게 세례를 받은 강이지요. 이곳에는 전 세계 각지에서 그리스도

가 세례를 받은 장소를 직접 보려는 사람들의 발길이 끊이지 않아요.

그리스도처럼 요르단 강에서 세례를 받는 사람들도 있어요. 그래서 요르단 강 유역에서는 세례를 해 주는 목사를 만날 수 있답니다. 사람들은 요르단 강의 흙탕물을 담아 가 '성수'로 쓰거나 아기에게 세례를 주는 데 쓰기도 해요.

서남아시아의 지중해 연안에는 시리아, 이스라엘과 이웃한 레바논이 있어요. 레바논은 아랍 국가들 가운데 이슬람교를 국가의 종교로 정하지 않은 유일한 나라입니다. 수도인 베이루트에서는 이슬람교 사원 옆에 기독교 교회가 있거나, 히잡을 쓴 여성과 짧은 치마를 입은 여성이 함께 걸어가는 모습도 볼 수 있어요. 베이루트는 이슬람교와 기독교, 전통과 현대가 어우러져 있어 '중동의 파리'라는 별명이 붙었지요.

레바논 인의 조상인 페니키아 인은 이집트 문자를 이용해 오늘날의 알파벳과 비슷한 22개의 문자를 만들었어요. 이 문자는 그리스를 통해 로마로 전해지면서 오늘날의 알파벳으로 발전했지요.

요르단 강의 세례소
사람들은 요르단 강물을 가져가 성수로 쓰거나 아기에게 세례를 베풀 때 사용한다.

사해가 죽어 가다

요르단 강은 매우 빠른 속도로 흐르면서 둑과 강바닥에 있는 진흙을 휩쓸기 때문에 매우 탁합니다. 요르단 강이 사해로 흘러 들어가 탁해진 물을 쏟아내는데도 불구하고 오히려 사해는 지중해처럼 맑아요.

사해는 골짜기 깊은 곳에 있어서 물이 빠져나가지 않습니다. 그래서 사해에 물이 넘쳐흐를 것으로 생각할 수도 있지만 전혀 그렇지 않아요. 기온이 매우 높고 건조해서 물이 넘치기 전에 증발해 버리기 때문이지요.

사해에 누워 신문을 읽는 남자
높은 염분 때문에 사해에서는 사람의 몸이 쉽게 뜬다.

그러나 요르단 강에 의해 운반된 소금은 햇빛에도 증발되지 않기 때문에 사해는 미국의 그레이트솔트 호처럼 시간이 지날수록 염분의 농도가 진해지고 있어요. 사해의 염분 농도는 그레이트솔트 호보다 짙을 뿐 아니라 바다보다도 7배 이상 높아서 사람이 빠져 죽을 일은 없다고 합니다.

그래도 사람들은 될 수 있으면 사해에 몸을 담그려 하지 않아요. 소금기가 너무 강해서 눈에 튀거나 상처에 닿기라도 하면 큰 고통이 느껴지기 때문이지요. 사해 주변도 염분 농도가 높아서 식물이 자라지 못합니다. 호수 속에 고기가 살지 못하는 것은 당연하지요. 그런데 이제는 생물만 살 수 없는 게 아니라 사해 전체가 말라 죽어가고 있어요.

사해는 이스라엘과 요르단의 국경에 접해 있습니다. 그런데 요르단 강이 관개 사업에 이용되는 탓에 사해로 유입되는 강물이 크게 줄어 아예 말라 버릴 위험에까지 처해 있어요. 이를 막기 위해 이스라엘은 지중해에서 해수를 끌어들여 사해에 물을 공급하려는 계획을 세웠습니다. 사해는 지구에서 가장 지표면이 낮은 곳이기 때문에 운하를 파면 그 낙차를 이용해 해수를 공급할 수 있다는 것이지요. 하지만 주변 국가들과의 이해관계 때문에 쉽지는 않아 보여요.

국토의 95%가 건조한 사막 지대인 요르단에는 성경 속 고대 도시인 페트라가 우뚝 서 있어요. 모세는 파라오의 땅 이집트에서 탈출한 뒤 페트라를 건너 약속의 땅 가나안으로 들어갔지요. 어둡고 긴 계곡 끝에 있는 붉은 도시 페트라가 그 광채를 드러내면 경이롭다는 말밖에는 생각이 나지 않을 거예요. 절벽 끝에서부터 깎아 만든 환상적인 자태는 일몰 때가 되면 절정에 달합니다. 이 장관 덕분에 '장미의 도시'라는 애칭이 생겨났지요.

성경에 등장하는 가장 사악한 도시 소돔과 고모라는 사해 옆에 있었어요. 성경에 따르면 소돔과 고모라는 그 사악함에 분노한 하나님에 의해 파괴되었지요. 소돔과 고모라가 있던 지역에는 현재 소금 가루가 흩어져 있는 사막 외에는 아무것도 없어요.

하나님이 소돔을 파괴하기 전에 천사들은 소돔과 고모라 성에서 유일하게 의로운 사람이었던 롯에게 가족을 데리고 피하라고 했어요. 그러면서 도중에 절대 뒤를 돌아봐서는 안 된다고 경고했지요. 하지만 롯의 아내는 경고를 어기고 고개를 돌려 뒤를 돌아보았어요. 그 순간 그녀는 소금으로 변하고 말았지요. 만약 이곳을 여행할 기회가 있다면 롯의 아내가 변해 만들어졌다고 하는 소금 언덕을 반드시 보고 오세요.

장밋빛 같은 붉은 도시, 페트라
'바위'라는 뜻의 페트라는 기원전 7세기부터 기원전 2세기까지 이 지역에 살던 나바테아 인들이 건설한 고대 도
시다. 아랍계 유목민이었던 나바테아 인은 붉은 사암인 바위 암벽을 파서 도시를 세웠다. 모세가 이집트를 탈
출한 뒤 약속의 땅 가나안으로 들어가는 통로이기도 했다.

그리스도가 태어난 '정확한 지점'

팔레스타인에는 매우 유명한 세 지역이 있습니다. 첫 번째는 그리스도가 태어난 베들레헴이고, 두 번째는 그리스도가 살았던 나사렛이며, 세 번째는 그리스도가 십자가에 못 박혀 죽은 예루살렘 교외의 골고다 언덕이에요.

그리스도는 베들레헴이라는 아주 허름하고 작은 도시에서 태어났어요. 베들레헴은 그림이나 크리스마스카드에서 보듯 천사들이 하늘을 떠다니는 천상의 도시와는 거리가 멉니다.

요셉과 마리아는 베들레헴에서 그리스도를 낳았어요. 이후 그리스도가 태어났다고 여겨지는 동굴 위에 교회가 세워졌지요. 교회 바닥에는 그리스도가 탄생한 '정확한 지점'을 표시하는 은색 별이 그려졌어요. 사실 그리스도가 탄생한 '정확한 지점'을 아는 사람은 아무도 없습니다. 확실한 것은 이 교회가 세계에서 가장 오래된 교회라는 사실이지요.

그리스도는 베들레헴에서 태어났지만 나사렛에서 젊은 시절을 보냈어요. 나사렛은 아버지인 요셉이 목수 일을 하며 살았던 그리스도의 고향입니다. 나사렛에 가면 요셉의 목공소에 가 볼 수 있어요. 이곳에는 그리스도가 앉았던 작업용 의자와 그리스도가 썼던 톱, 망치 등이 보존되어 있답니다. 어머니 마리아가 가족을 위해 식사를 준비했던 부엌도 볼 수 있지요. 그러나 베들레헴의 그리스도 탄생지를 '정확한 지점'이라고 확신할 수 없는 것과 마찬가지로 이곳 역시 '정확한 지점'이라고 장담할 수는 없어요.

그래도 정확한 지점이라고 확신할 수 있는 곳이 한 곳 있습니다.

마리아가 물을 길었던 '마리아의 우물'이에요. 확신할 수 있는 이유는 나사렛에는 그곳 외에 물을 길을 수 있는 우물이 없기 때문이지요. 우물이 있는 집은 나사렛에서 그 집 하나뿐이에요.

한 가지 이상한 것은 무슬림도 예루살렘을 성스러운 도시라고 부른다는 사실이에요. 또 예루살렘은 한때 유대 인의 수도이기도 했지요. 기독교도가 예루살렘에 터를 잡은 지 600년이 지난 후에 무슬림이 예루살렘을 점령했어요. 이슬람교는 기독교와 비슷한 부분이 몇 가지 있습니다. 무함마드도 예루살렘에서 죽어 하늘로 올라갔다고 믿는 것이 대표적이지요. 그래서 무슬림은 무함마드가 죽은 땅인 예루살렘을 점령한 이후 1,000년이 넘는 기간 동안 통치했어요.

그동안 기독교도는 예루살렘을 탈환하기 위해 끊임없는 노력을 기울였어요. 유럽 각지의 기독교도가 군대를 이루어 예루살렘으로 진격했으나 거의 패했지요. 전쟁에서 이겨 예루살렘을 탈환해도 얼마 뒤 다시 무슬림에게 빼앗기곤 했어요. 마침내 제1차 세계 대전이 끝난 후 예루살렘은 영국령이 되었다가 1948년에 독립국 이스라엘

마리아의 우물
막달라 마리아가 물을 길었다고 전해지는 곳이다. 지금의 건축물은 1862년에 세워졌다.

그리스도 유적지

팔레스타인에는 베들레헴과 나사렛, 골고다 언덕이 있다. 베들레헴은 예수가 태어난 곳이고, 나사렛은 예수가 살았던 지역이며, 골고다 언덕은 예수가 십자가에 못 박혀 죽은 곳이다.

예수 탄생 지점
예수 탄생 교회 안에는 예수 탄생 지점을 표시한 은색 별이 있다. 많은 순례자가 이 별에 입을 맞추고 기도를 올린다.

베들레헴의 예수 탄생 교회
세계에서 가장 오래된 교회 중 하나다. 이 교회는 예수의 탄생 장소로 알려진 동굴 위에 지어졌다.

성 요셉

캐나다 몬트리올의 성 요셉 성당에 있는 성 요셉의 목공소 부조다. 요셉은 신약 성서에 등장하는 성모 마리아의 남편이자 예수 그리스도를 키운 남자다. 동정녀 마리아가 성령으로 예수를 잉태했다는 신앙 때문에 요셉은 예수의 양부로 표현된다.

나사렛

갈릴리 남부에 있는 도시인 나사렛은 예수가 복음을 전파한 곳으로 유명하다. 성경에 따르면 예수가 요한에게 세례를 받을 때까지 이곳에서 약 30년 동안 살았다고 한다.

십자가를 진 예수의 조각상
예수가 사형 선고를 받은 후 십자가를 지고 걸어가는 모습이다.

골고다 언덕
골고다(Golgotha)라는 이름은 아랍 어로 '해골의 장소'라는 뜻이다. 머리뼈 형상의 바위가 있었기 때문에 이렇게 불려진 것으로 추정된다. 골고다 언덕은 예루살렘 북쪽 교외에 있으며, 이 언덕에서 예수는 십자가에 못 박혔다.

예수가 십자가에서 운명한 자리

성묘 교회 안에 있는 예수가 십자가에
못 박힌 곳이다. 현재 그리스 정교회의
제단이 있고, 아래 바닥에는 은으로 된
평원판을 박아 예수가 죽은 자리를 표
시했다.

성묘 교회

예수가 안장되었던 묘지에 세워진 교
회다. 그리스도의 묘 바로 옆에 있는 바
위에는 십자가가 세워졌던 구멍이 보
존되어 있다.

로 탄생합니다.

예루살렘은 그리스도가 태어나기 약 1,000년 전에 다윗 왕에 의해 세워진 도시예요. 이후 솔로몬 왕이 예루살렘에 웅장한 성전을 지었으나 오래지 않아 파괴되었지요. 예루살렘은 점령과 파괴 그리고 재건이 수도 없이 반복된 도시예요. 성경에 등장하는 장소들의 '정확한 지점'을 찾아내기가 거의 불가능한 이유도 여기에 있지요.

예루살렘에서 최초의 인간인 아담의 묘가 있었던 자리를 찾았다고 주장하는 사람들이 있었어요. 그들은 아담의 묘뿐 아니라 그리스도의 묘가 있었던 자리까지 찾아냈지요. 그들의 말에 의하면 그리스도의 묘 바로 옆에 바위가 하나 있었는데, 그 바위에는 십자가가 세

올리브 산
예루살렘에서 동쪽으로 900m 정도 떨어져 있는 산이다. 예수 그리스도가 부활한 후 승천한 곳으로 알려졌다.

워졌던 구멍이 그대로 보존되어 있었다고 합니다. 그들은 그리스도의 묘가 있었다고 여겨지는 그곳에 교회를 짓고 성묘 교회라는 이름을 붙였어요.

그러나 성묘 교회 안에서도 찾을 수 없는 지점이 하나 있어요. 바로 그리스도가 하늘로 오른 자리지요. 그리스도는 예루살렘에서 조금 떨어진 곳에 있는 올리브 산에서 하늘로 올라갔다고 알려졌어요.

예수와 무함마드가 승천한 예루살렘

무슬림은 무함마드도 성묘 교회에서 그리 멀지 않은 곳에 있는 넓은 바위에서 하늘로 올랐다고 믿고 있어요. 그래서 무슬림은 무함마드가 하늘로 올랐다고 믿는 곳에 '바위의 돔'이라는 예배당을 지었습니다. 현재 바위의 돔은 예배당으로 쓰이고 있지 않아요.

바위의 돔은 성묘 교회보다 훨씬 아름답고 세계에서 가장 훌륭한 건축물로 손꼽히기도 합니다. 아름다운 대리석과 타일로 만들어졌고, 지붕은 돔 형식으로 되어 있지요. 바위의 돔 내부에는 커다란 바위가 하나 있어요. 이것은 황소를 제물로 바칠 때 썼던 '아브라함의 바위'랍니다. 아브라함이 하나님의 명을 받고 아들 이삭을 죽여 제물로 바치려고 했던 바로 그 바위지요. 하나님이 그와 같은 명령을 내린 것은 아브라함을 시험해 보기 위해서였어요. 결국, 천사장 가브리엘이 와서 아들을 죽이려는 아브라함을 제지했지요.

무슬림은 무함마드가 바로 그 바위에서 하늘로 올랐다고 믿고 있어요. 그들의 믿음에 따르면 바위도 무함마드를 따라 오르려고 했으나 천사장 가브리엘이 그러지 못하게 막았습니다. 하늘로 올라가던

바위의 돔

이슬람교의 창시자 무함마드가 승천
한 자리에 지은 예배당이다. 예배당
을 지은 자리는 솔로몬 성전이 있던
곳이다. 메카의 카바, 메디나의 예언
자 무덤과 함께 이슬람 3대 성지 중
하나로 꼽힌다.

아브라함의 바위

바위의 돔 내부에는 아브라함이 아들 이삭을 눕혔던
장소인 '아브라함의 바위'가 있다. 무슬림은 무함마드
가 이 바위에서 승천했다고 믿는다.

바위의 돔

지붕이 황금으로 되어 있어 황금 사원으로도 불린다.

바위는 꼼짝없이 아래로 곤두박질치고 말았지요. 무슬림은 바위에 찍힌 천사장의 손자국이 이 사실을 뒷받침해 준다고 주장해요.

바위의 돔이 세워지기 전에 그 자리에는 솔로몬 왕이 세운 아름다운 성전이 있었다고 합니다. 이 성전은 로마에 의해 완전히 파괴되었지만, 서쪽 벽의 일부는 지금까지도 보존되어 있어요. 오늘날에도 유대 인들은 이 솔로몬 성전의 벽을 찾아가 예루살렘과 솔로몬 성전이 폐허가 된 것을 슬퍼하며 재건을 기원하는 기도를 올립니다. 그래서 이 솔로몬 성전의 벽을 '통곡의 벽'이라고 하지요. 솔로몬 성전이 폐허가 된 지 무려 2,000년이 지난 지금까지도 벽을 붙잡고 서서 소리 높여 기도를 올리며 통곡하는 사람들이 있답니다.

에덴의 정원이 있던 곳

에덴의 정원에 관한 이야기는 모르는 사람이 없을 거예요. 오랜 시간 동안 수많은 사람이 에덴의 정원을 찾아 헤맸습니다. 그중에는 에덴의 정원을 찾았다고 말하는 사람들도 있었지요. 그러나 그들이 찾은 것은 에덴의 정원이라기보다는, 에덴의 정원이 있었던 자리라고 하는 게 맞을 거예요. 지금 그곳은 천국은커녕 동산과도 거리가 멀어 보이기 때문이지요.

성경에 따르면 아담과 이브가 살던 에덴에서 강이 발원해서 비손 강, 기혼 강, 힛데겔 강, 유브라데 강으로 흐르게 되었다고 합니다. 이 중 비손 강과 기혼 강은 현재 위치를 알 수 없어요. 하지만 힛데겔 강은 티그리스 강이고, 유브라데 강은 유프라테스 강이라고 합니다. 이를 근

에덴의 정원
티그리스 강 어귀의 에덴의 정원으로 추정되는 곳이다.

거로 사람들은 에덴의 정원이 티그리스 강과 유프라테스 강이 만나는 지점, 즉 이라크 남부 바스라 북쪽의 알쿠르나 지역에 있다고 주장하지요.

이곳은 성경에 그려진 아름다운 정원이 아니에요. 지금은 쓰레기와 돌멩이가 널려 있고, 총탄 자국까지 깊이 새겨져 있지요. 1980년대에 이란과 8년 동안 전쟁을 치른 후 이란의 공격을 방어하는 방호막이 된 데다 도시에서 흘러나온 쓰레기로 오염되어 버렸기 때문이에요.

그럼에도 사람들은 그곳이 에덴의 정원이 있었던 자리라고 확신합니다. 그뿐만 아니라 그곳에 서 있는 나이 많은 나무 한 그루를 가리켜 '태초의 나무'라고 주장하기도 해요.

노아의 방주 이야기 역시 유명합니다. 그러나 이 이야기가 유대 역사보다 2,000년이나 앞서는 수메르 역사에서 나왔다는 사실을 아는 사람은 드물어요. 인류 역사상 가장 먼저 문자를 만들어 쓴 수메르 인은 지금의 메소포타미아 지방에서 살았지요.

티그리스 강과 유프라테스 강 상류 쪽에 있는 아르메니아 산지의 눈이 녹아 홍수가 일어나면 하류로 비옥한 흙이 실려 와 농사가 잘되었어요. 그래서 두 강 주변을 '비옥한 초승달 지대'라고 부릅니다.

아라라트 산
터키의 동부 아르메니아 고원에 있는 산이다. 산 정상은 '노아의 방주'가 도착한 장소라고 한다.

하지만 큰 홍수가 일어나면 사람들은 배를 타고 이웃에 있는 산으로 피신하고는 했지요. 아마 노아의 방주 이야기는 여기서 유래했을 거예요.

성경의 기록에 따르면 유프라테스 강과 티그리스 강 사이에 있는 이 골짜기에서 대홍수가 일어나자 그곳에 살고 있던 노아가 방주를 만들었다고 합니다. 곧 홍수가 이 지역을 완전히 집어삼켰어요. 홍수가 잠잠해졌을 때 노아의 방주가 도착한 곳은 성난 강물이 닿지 못하는 높은 산꼭대기였지요. 그 산이 바로 아라라트 산이에요.

니네베와 바빌론이 있었던 나라, 이라크

유프라테스 강과 티그리스 강 사이의 지역을 메소포타미아라고 합니다. 메소는 '사이'라는 뜻이고 '포타미아'는 '강'이라는 뜻이에요. 현재의 이라크가 메소포타미아 지역에 속하지요. 티그리스 강을 따라 북쪽으로 올라간 곳에 니네베라는 큰 도시가 있었어요. 또 유프라테스 강을 따라 두 강이 만나는 지점을 향해 아래로 내려가면 바빌론이라는 큰 도시가 있었지요. '있었다'는 표현을 쓰는 이유는, 두 도시 모두 지금은 완전히 사라지고 없기 때문이에요.

여러분은 혹시 모래 위에 지어진 마을을 본 적이 있나요? 아니면

못된 거인에게 발길질당하고 짓밟혀서 산산조각이 되어 버린 마을을 본 적이 있나요? 그런 마을을 보고 싶다면 니네베와 바빌론에 가 보세요. 정말로 거인의 발에 치이고 짓밟혀 산산조각이 난 도시처럼 보이니까요. 세계 최대 도시였던 니네베와 바빌론에서 볼 수 있는 거라고는 수북하게 쌓인 먼지뿐이랍니다.

사람들은 이 먼지뿐인 도시의 발굴 작업에 오랫동안 매달렸어요. 그 결과 과거 이 도시에 살았던 사람들의 유물을 찾아냈지요. 전 세계에서 가장 훌륭한 집과 가게와 학교와 궁전을 짓고 살았던 사람들의 유물이었어요. 바빌론의 성벽과 공중 정원은 한때 세계 7대 불가사의에 속하기도 했으나 실제로 남아 있는 것은 없지요.

바빌론은 이제 지도에서 이름을 찾아볼 수 없는 사라진 도시가 되었어요. 하지만 티그리스 강 유역에는 오늘날에도 사람들로 북적이는 두 개의 큰 도시가 있습니다. 그중 하나는 티그리스 강을 사이에 두고 과거의 니네베 바로 맞은편에 있는 모술이라는 도시예요. 옷감의 종류인 모슬린이 처음 직조된 곳이 바로 모술이랍니다. 이라크 사람들은 모술 부근에서 유전을 발견했어요. 세계에서 다섯 번째로 많은 양의 석유가 매장된 이라크는 외화의 95% 이상을 석유로 벌어

들이고 있지요.

　모술에서는 많은 석유가 나고 있었지만 석유를 운반하는 것이 문제였어요. 현재 이라크가 영국이나 미국 등지로 석유를 수출하려면 일단 티그리스 강을 따라 남쪽으로 내려가서 페르시아 만으로 진입해야 합니다. 이 문제를 해결하기 위해 모술에서 지중해까지 한 번에 통하는 수송관로를 만들었어요.

모슬린으로 만든 드레스

　모술은 이슬람교를 믿는 도시입니다. 모술 시내에 있는 알 누리 모스크에는 피사의 사탑처럼 한쪽으로 기울어진 첨탑인 알 하드바 미나레트가 있어요. 자기 앞을 지나치는 무함마드에게 인사하기 위해서 몸을 구부렸다가 그 후로 꼿꼿이 서지 못하게 되었다는 전설이 전해지지요.

　『알리바바와 40인의 도적』과 『신드바드의 모험』은 누구나 한 번쯤 읽어 보았을 거예요. 티그리스 강 유역에 있는 또 하나의 큰 도시는 모술 아래 지역에 있는 이라크의 수도 바그다드입니다. 이곳에 가면 『아라비안나이트』의 삽화에 나오는 옷차림을 한 사람들을 어디서나 볼 수 있어요.

　바그다드의 여름은 상상을 초월할 정도로 무덥습니다. 기온이 무

려 50도를 넘어갈 때도 있으니까요. 아라비아 반도의 북동부에 있는 이라크는 연중 평균 기온이 38도에서 49도 정도 돼요. 나라 전체가 일 년 내내 찜질방인 셈이지요. 1921년 7월 8일, 이라크 남쪽 지방에 있는 항구 도시인 바스라에서 관측된 기온은 자그마치 58.8도나 되었다고 합니다.

이라크와 사우디아라비아 사이에 있는 쿠웨이트에는 전 세계 석유의 10% 정도가 매장되어 있어요. 쿠웨이트는 석유 덕분에 세계에서 부유한 나라 중 하나가 되었지요. 1990년 석유를 노린 이라크의 침공으로 점령당하기도 했지만, 미국을 비롯한 연합군의 도움으로 나라를 되찾았어요.

'평화의 도시'라는 뜻의 예루살렘이
평화롭지 못한 이유는 무엇일까요?

'평화의 도시'라는 뜻을 가진 예루살렘은 해발 고도 800m의 산악 지대에 있는 도시예요. 지금으로부터 약 3,000년 전에 세워진 유서 깊은 도시기도 하지요. 그러나 예루살렘의 역사는 이름처럼 평화롭지 못했습니다. 다윗이 예루살렘을 수도로 정한 후 여러 제국에 의해 다스리는 자들이 바뀌고, 그때마다 주민들은 학살당하고 쫓겨나는 등 고통의 역사를 거쳐 왔어요. 1세기 무렵에는 로마 제국에 의해 유대 인들이 쫓겨나 전 세계로 흩어지게 되었고, 11세기부터 200년 동안 진행되었던 십자군 전쟁 때에는 전쟁터가 되었습니다. 제2차 세계 대전 후에는 이스라엘 국가가 세워지면서 그곳에 살던 아랍 인들이 난민이 되어야 했지요. 한편, 예루살렘은 유대교도, 기독교도, 무슬림에게 성스러운 도시이고, 죽기 전에 꼭 가 봐야 하는 도시입니다. 유대교도에게는 아브라함이 이삭을 하나님께 바치려 했던 모리아 산과 솔로몬의 유대 성전이 있었던 곳이에요. 기독교도에게는 예수가 마지막으로 활동하고 십자가에 못 박혀 죽은 곳이고, 무슬림에게는 예언자 무함마드가 승천한 곳이지요. 그래서 예루살렘은 세 종교 중 그 누구도 절대 양보할 수 없는 성지가 되어 지금도 세계의 이목을 집중시키고 있어요.

통곡의 벽

3 검은 황금이 흐르는 사막 |
사우디아라비아, 아랍 에미리트, 예멘, 이란

호수 하나, 아니 강 한 줄기 없는 나라에 산다고 상상해 보세요. 비조차 거의 내리지 않아 마실 물은커녕 씻을 물도 구할 수 없는 곳, 사방에 물이 있어도 염분이 너무 많아 도저히 먹을 수가 없는 곳, 바다에 접한 일부 지역과 습지를 제외하면 대부분이 사막 지대인 곳. 아라비아 반도가 바로 그런 곳입니다. 아라비아는 세계에서 가장 큰 반도예요. 페르시아 만, 인도양, 아덴 만, 홍해에 둘러싸여 있지요. 아라비아 반도에 속하는 나라로는 사우디아라비아, 아랍 에미리트, 예멘, 오만 등이 있어요. 아라비아 반도 북동쪽의 페르시아 만을 건너면 이란이라는 나라가 나옵니다. 이란의 옛 이름은 페르시아였어요. 고대 페르시아 제국은 지중해의 도시 국가와 패권을 다툴 정도로 강한 나라였지요.

- 세계에서 가장 큰 반도인 아라비아 반도에는 사우디아라비아, 아랍 에미리트, 예멘, 오만 등이 있다.

- 세계에서 석유 매장량이 가장 많은 나라인 사우디아라비아는 OPEC 회원국 중 가장 영향력이 큰 나라다.

- 아랍 에미리트의 두바이는 세계 금융의 중심지이자 중동 최고의 관광지다.

- 지중해와 홍해, 인도양을 잇는 수에즈 운하는 1956년 제2차 중동 전쟁 이후 이집트가 소유하고 있다.

- 1935년까지 페르시아 제국으로 불렸던 이란은 국토의 절반이 사막이나 황무지로 되어 있어 농업에 불리하다.

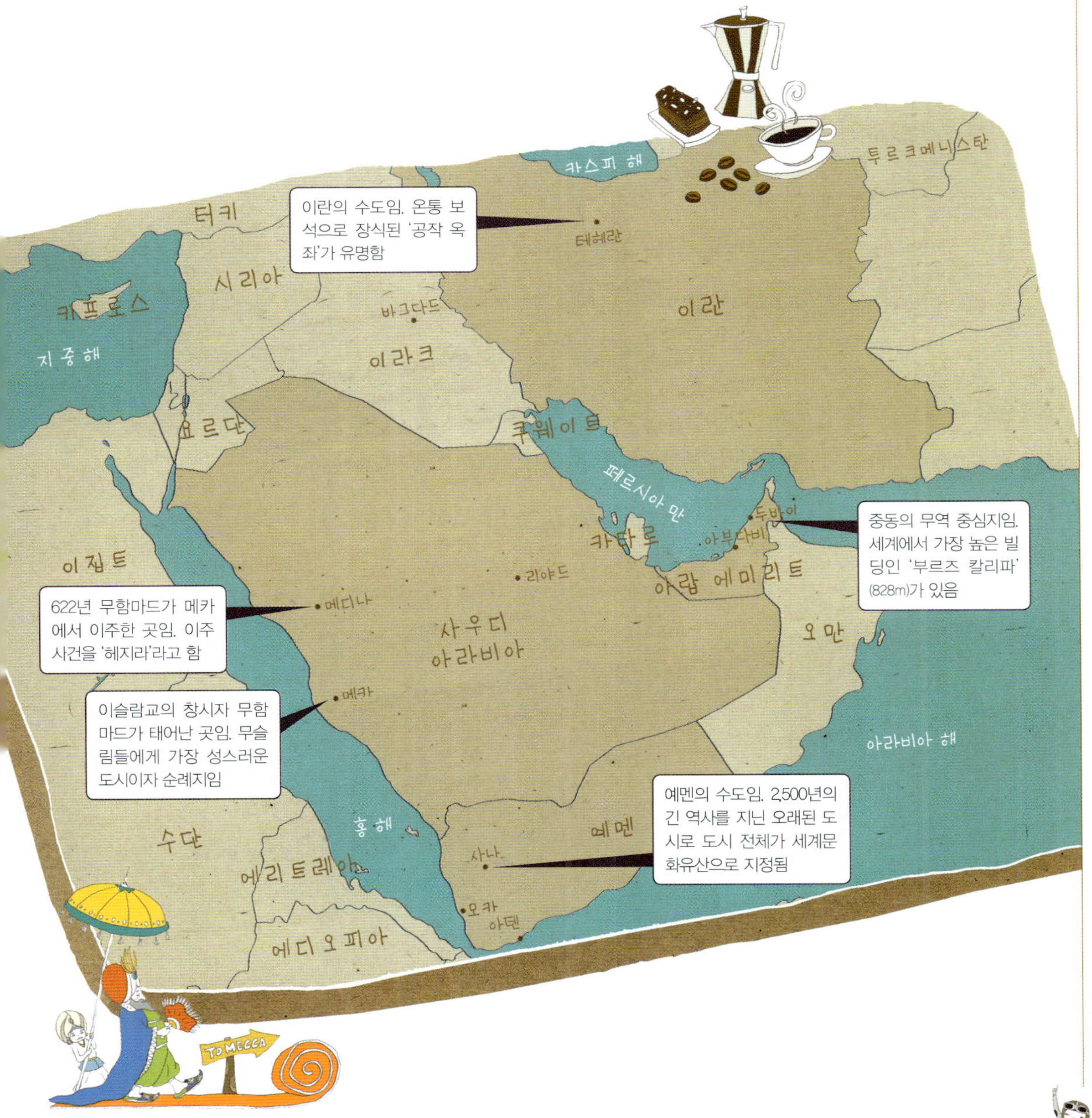

다민족 문학의 결정체, 아라비안나이트

아랍 사람들에게 대추야자 열매는 주식이자 후식이에요. 그래서 사람들은 대추야자 나무를 많이 심습니다. 이때 뿌리가 지하수면까지 뻗어 물을 빨아들이게 하려고 땅속 깊이 구멍을 파지요.

낙타는 먹을 것과 마실 것이 없어도 사막에서 오래 견딜 수 있는 동물이에요. 부유한 사람들은 이런 낙타를 소유하고 있고, 염소나 양, 말 등을 기르기도 하지요. 아라비아 지역의 말은 작지만 빨라서 가장 훌륭한 말로 평가받습니다. 세계적으로 유명한 경주용 말치고 아랍종의 피가 섞이지 않은 것이 없을 정도지요.

아랍 사람들에게는 어린아이 같은 면이 있어요. 모두가 이야기 듣는 것을 좋아하기 때문이지요. 특히 아랍 사람들은 밤에 재미있는 이야기를 듣는 것을 아주 좋아해요. 아무리 이야기를 많이 들어도 질려 하는 법이 없답니다. 아주 먼 옛날에 원한다면 누구든 죽일 수 있는 왕이 있었어요. 그는 새로 맞이한 신부를 날이 밝는 대로 죽일 생

대추야자

달고 영양분이 풍부한 나무 열매다. 아랍 사람들
은 대추야자 열매를 주식으로 먹어서 대추야자
나무를 많이 심는다.

대추야자 열매 가게

대추야자 열매

대추야자 나무

각이었지요. 그러나 신부는 잠자리에서 왕에게 재미있는 이야기를 들려주고는 다음 날 밤에 이야기를 또 해 주겠다고 약속했어요. 그렇게 간신히 죽음을 면한 신부는 다음 날에도 재미있는 이야기를 들려주고 전날과 똑같은 약속을 했지요. 왕은 매일 밤 재미있는 이야기를 듣고 싶은 마음에 그녀를 죽이겠다는 결심을 뒤로 미루었어요.

　신부의 재미있는 이야기는 1,000일 동안이나 계속되었고, 왕은 이제 그녀의 이야기 없이는 단 하루도 살 수가 없게 되었어요. 결국, 재미있는 이야기 덕에 신부는 목숨을 건지고 왕과 행복하게 살았답니다. 신부의 이야기 중 가장 유명한 것들만을 모아 영어로 번역한 것이 바로 『아라비안나이트』예요.

　『아라비안나이트』는 '천일 야화'라고도 합니다. 주요 이야기 180편과 짧은 이야기 108여 편이 전해지지요. 6세기경 사산 왕조 때 페르시아에서 모은 '1,000가지 이야기'가 8세기 말경까지 아랍 어로 번역되었어요. 당시 페르시아에는 인도로부터 많은 설화가 들어와 있었는데, 여기에 그리스 인과 유대 인의 영향까지 더해진 것으로 전해지지요. 게다가 이라크의 바그다드를 중심으로 다시 많은 이야기가 추가되었어요. 그 후 이집트의 카이로를 중심으로 계속 이야기가 추가되어 15세기경에 완성된 것이 『아라비안나이트』라고 합니다. 하지만 작자는 단 한 사람도 알려지지 않았어요.

　따라서 『아라비안나이트』는 인도, 이란, 이라크, 시리아, 아라비아, 이집트 등의 다양한 설화를 포함하고 있기 때문에 다민족 문학이라고 할 수 있어요. 주목할 점은 모든 이야기가 아랍 어와 이슬람교를 기초로 하고 있다는 것이지요.

이슬람교의 종주국, 사우디아라비아

이슬람교의 창시자인 무함마드는 그리스도 탄생 후 약 600년 뒤에 사우디아라비아의 '메카'라는 도시에서 태어났어요. 그는 원래 낙타를 끌고 다니는 상인이었는데, 남편을 잃은 한 여인의 상인으로 고용되어 일하다가 그녀와 사랑에 빠져 부부가 되었지요. 무함마드는 40세 때 메카 교외의 한 동굴에서 명상 생활을 시작했어요. 그때 천사 가브리엘을 통해 알라의 계시를 받으면서 신의 계시를 전하는 사도가 되었지요. 아내와 친구들은 그런 그를 믿었지만 마을 사람들은 그렇지 않았어요.

결국, 무함마드는 사람들에게 쫓겨 메카를 떠나야 했습니다. 그가

예언자의 모스크
메카와 함께 대표적인 이슬람 성지로 무함마드의 묘가 있는 곳이다. 매년 수백만 명의 무슬림이 성지 순례를 위해 찾는 곳이다.

도망친 곳은 '메디나'라는 도시였어요. 그곳에서 무함마드는 사람들에게 설교했고, 오래지 않아 수많은 추종자를 얻었지요. 무함마드가 622년 메카에서 메디나로 이주한 사건을 '헤지라'라고 합니다.

무슬림은 메카를 세계의 중심으로 봐요. 예루살렘도 그들이 생각하는 성지지만, 그들에게 있어 세계에서 가장 성스러운 도시는 메카랍니다. 무슬림에게 두 번째로 성스러운 도시는 '예언자의 도시'라는 뜻을 가진 메디나예요.

무슬림은 메디나에서 기도하는 것이 다른 곳에서 기도하는 것보다 1,000배는 더 가치 있다고 생각해요. 따라서 그들은 기도를 위해서라면 먼 길도 마다치 않고 메디나까지 찾아가지요.

이슬람교에도 기독교와 마찬가지로 계율이 있어요. 기독교에 십계가 있다면 이슬람교에는 오주(伍柱), 즉 '다섯 기둥'이 있지요. 하루에 다섯 번 기도할 것, 알라 외에는 신이 없다고 고백할 것, 아주 적은 돈이라도 상관없으니 거지에게 적선할 것, 일 년에 한 달은 단식할 것(기독교의 사순절과 유사함), 죽기 전에 메카를 방문할 것 등이 이슬람교의 계율에 속해요. 성도를 찾아가는 여행을 성지 순례라고 합니다. 무슬림이라면 누구나 메카로 성지 순례 떠나기를 꿈꾸지요. 이슬람의 위대한 왕이었던 하룬이 바그다드에서 메카로 성지 순례를 떠난 적이 있었어요. 수백 킬로미터를 걸어야 하는 하룬 왕을 위해 바그다드에서 메카까지 긴 융단이 깔렸지요.

메카에는 이슬람의 가장 신성한 신전인 카바가 있어요. 무슬림은 하루에 다섯 번 카바를 향해서 예배를 드리고, 연중 최대 성지 순례 행사인 하지 순례도 카바에서 시작됩니다. 카바에는 까만 돌이 하나 있어요. 무슬림은 이 돌에 입을 맞추면 모든 죄가 사해지고, 사후에 하늘로 올라가 높은 지위를 얻을 수 있다고 생각하지요. 이 돌은 원래 흰색이었으나 수많은 무슬림이 입을 맞추며 자기 죄를 옮겨 놓아서 까맣게 변했다고 합니다.

사우디아라비아는 이슬람의 정신적 고향이에요. 이곳에서는 지금까지도 계율이 엄격히 지켜지고 있지요. 여성은 니캅이나 차도르로 온몸을 가립니다. 무슬림은 이슬람 계율에 의해 돼지고기와 술을 먹을 수 없어요. 외국인이라도 술을 마시면 감옥에 가거나 사람들 앞에서 채찍을 맞기도 하지요.

메카의 카바
메카의 중심부에는 정방형의 성소인 카바가 있다. 무슬림은 태양이 움직이는 방향에 맞춰 카바 주위를 돌고, 카바 동쪽의 벽에 박혀 있는 '검은 돌'에 입을 맞춘다.

메카
이슬람교의 창시자인 무함마드가 탄생한 곳으로 이슬람 최고의 성지다. 전 세계 무슬림의 필수
순례지여서 매년 순례자의 발길이 끊이지 않는다.

사우디아라비아는 세계에서 석유가 가장 많이 매장되어 있는 나라예요. 세계 석유 보유량의 20% 정도를 지니고 있지요. 또한, 사우디아라비아는 석유 수출국 기구 회원국 중에서 가장 영향력이 큰 나라기도 합니다. 석유 수출국 기구는 1960년 이라크, 이란, 사우디아라비아, 쿠웨이트, 베네수엘라 등 석유 생산ㆍ수출국 대표가 모여 석유 가격이 내려가는 것을 막기 위해 결성한 조직이지요.

사막의 신기루, 아랍 에미리트

에미르는 아랍 어로 '부족장', '총독'이라는 의미가 있어요. 이슬람 세계에서는 왕족과 귀족의 칭호로 사용되었지요. 에미리트는 '토후국'을 의미해요. 아랍 에미리트는 일곱 개의 작은 토후국이 모여 만든 나라입니다. 이곳 사람들은 과거에는 진주잡이와 산호 캐는 일을 주로 했어요. 하지만 대규모 유전이 발견되면서 건설과 관광을 통해 새롭게 변모하고 있지요. 아랍 에미리트는 세계에서 일곱 번째로 석유가 많이 매장되어 있는 나라입니다.

아랍 에미리트의 수도는 아부다비지만 두바이가 더 잘 알려졌어요. 아부다비가 석유로 부를 이루었다면, 두바이는 물류로 부를 이루었습니다. 두바이는 세계 금융의 중심지이자 중동 최고의 관광지예요. 1985년 거대한 인공 항구를 조성해 세워진 '제벨 알리 자유 무역 지대'는 두바이를 중동 전체의 무역 중심

부르즈 칼리파
삼성물산이 두바이에 시공한 162층, 높이 828m 규모의 세계 최고층 건물이다. 원래 이름은 '부르즈 두바이'였지만, 아랍 에미리트 대통령인 칼리파 빈 자이드 알나하얀의 이름을 따서 '부르즈 칼리파'로 바뀌었다.

지로 만들었습니다. 두바이에 건설된 부르즈 칼리파는 세계에서 가장 높은 건물로서 높이가 자그마치 828m나 돼요. 836m인 북한산의 백운대와 거의 맞먹는 높이지요. 부르즈는 아랍 어로 '탑'이라는 뜻이고, 칼리파는 아랍 에미리트 대통령의 이름에서 따온 거예요.

두바이는 마치 사막의 신기루처럼 사막 한가운데 건물 숲을 이루고 있어요. 지평선을 삼켜 버린 초고층 건물들 때문에 사막은 아예 시야에서 사라진 지 오래랍니다.

세계에서 가장 오래된 주거지, 예멘의 사나

사람들은 홍해와 지중해 사이를 가로막고 있던 육지에 운하를 뚫어 배가 지나다닐 수 있게 했어요. 홍해와 지중해 사이의 좁고 잘록한 땅을 수에즈 지협이라고 합니다. 이 수에즈 지협을 가로지르는 운하를 '수에즈 운하'라고 해요.

수에즈 운하는 인류 역사상 가장 중요한 운하 중 하나입니다. 수에즈 운하가 없었을 때는 아프리카 대륙과 아시아 대륙을 잇는 이 좁고 잘록한 땅이 동방으로 가는 길을 차단하고 있었지요. 따라서 배를 타고 아시아로 가려면 아프리카 대륙을 빙 돌아가야만 했어요. 수에즈 운하는 지중해와 홍해, 인도양을 잇는 중요한 뱃길입니다. 소유권이 영국과 프랑스에 있다가 1956년 제2차 중동 전쟁 이후 이집트로 넘어갔어요.

홍해가 끝나는 지점에는 세계에서 가장 건조한 도시가 있습니다. 이 도시는 예멘에 있는 아덴이에요. 아덴은 동서 무역의 중계지로 번영한 곳으로서 여러 민족이 쟁탈전을 벌여 '동방의 지브롤터'라고

수에즈 운하
아프리카 대륙과 아시아 대륙을 잇는 수에즈 지협에 건설된 세계 최대의 운하다. 수에즈 운하의 건설로 지중해와
홍해 사이를 아프리카 대륙으로 우회하지 않고 통과할 수 있게 되었다. 소유권이 영국과 프랑스에 있다가 1956년
제2차 중동 전쟁 이후 이집트로 넘어갔다.

도 불리지요. 1839년 영국의 동인도 회사가 아덴을 점령한 후에는 영국의 지배를 받아 영국의 인도 무역 중계지가 되었어요. 아덴에는 호수나 강이 없을 뿐 아니라 몇 년씩 비가 내리지 않는 일도 있습니다. 그래서 영국은 아덴을 점령할 당시 바닷물을 끓여서 소금을 걸러내어 커다란 탱크에 저장하고 신선한 물을 얻는 방식을 개발했어요. 이렇게 얻은 물은 홍해의 항구에 정박한 배에 공급했지요.

아덴에서 그리 멀지 않은 곳에 비가 내리는 도시 모카가 있어요. 모카는 예멘 남서부의 항구 도시랍니다. 중세에 커피를 수출하는 항구로 알려지면서 '모카커피'라는 말이 생겨났지요. 모카의 커피는 맛이 훌륭하기로 유명하지만, 재배량이 충분하지 않아서 값이 비싼 편이에요.

예멘의 수도 사나는 세계에서 사람들이 거주한 지 가장 오래된 지역 가운데 하나예요. 그 역사만 2,500년이 넘지요. 이곳은 우리에게 친숙한 『아라비안나이트』의 실제 무대이기도 합니다. 사나의 골목에 접어들면 누구라도 『아라비안나이트』의 무대 속으로 빠져드는 듯한 착각이 들 거예요.

고지대에 세워진 사나의 구시가지는 그 자체가 박물관이라고 할 수 있을 정도로 유서 깊은 건물들로 채워져 있어요. 그래서 도시 전체가 세계 문화유산으로 지정되었지요.

아라비아 반도에서 예멘을 중심으로 하는 남서부 지방은 일찍이 고도의 문화가 발달했습니다. 하지만 그 중북부 지역은 유목민이 대다수를 차지하고 있어요. 아랍 어는 이들 유목민 사이에서 발달했습니다. 이슬람 시대로 접어들면서 아랍 어는 페르시아 만에서 대서양에 이르는 광대한 지역으로 퍼졌고 아랍 민족을 형성했어요.

페르시아 제국의 후예, 이란

이란은 서쪽으로는 이라크, 북서쪽으로는 터키, 아르메니아, 아제르바이잔, 북쪽으로는 투르크메니스탄, 동쪽으로는 아프가니스탄, 파키스탄과 국경을 이루고 있어요. 남쪽으로는 페르시아 만과 접해 있고, 북쪽에는 카스피 해가 있지요.

1935년까지 이란은 페르시아라고 불렸어요. 한때 세계 최고로 군림하기도 했지만, 종교가이자 최고 지도자인 호메이니가 집권한 후 서방 세계와의 교류가 거의 단절되었지요.

세계 석유 매장량의 10%를 차지하고 있는 이란은 세계 제4위의 석유 매장량을 자랑합니다. 천연가스 매장량에서도 러시아에 이어 세계 제2위지요. 석유 개발 이전에는 농업이 주요 산업이었고, 공업

이란의 이맘 광장

페르시아 제국의 옛 수도였던 이스파한의 중심 광장이다. 이 광장은 사파비 왕조의 아바스 1세의 명을 받아 건축되었다. 세계에서 중국의 천안문 광장 다음으로 큰 규모를 자랑한다.

은 페르시아 융단을 생산하는 전통
적 수공업에 그쳤어요. 우리 주변을
살펴보면 페르시아가 원산지거나 페
르시아와 관련 있는 물건이 뜻밖에 많
습니다. 양탄자, 터키석 반지, 장미유
등을 예로 들 수 있지요. 페르시아 양
탄자는 양모를 짜서 만든 색색의 실로
손수 예쁜 무늬를 넣어 만들어요. 제작
기간이 한 달에서 길게는 몇 달 이상까
지도 걸린다고 합니다. 한 사람이 평생
을 바쳐 만든 것도 있지요.

터키석이 사용된 가슴 장식
12월의 탄생석인 터키석은 행운
과 성공을 상징한다. 주요 산지는
이란과 시나이 반도인데, 터키를
거쳐 유럽으로 건너가면서 터키
석이라고 불렸다.

　터키석은 청록색을 띠는 보석으로 12월의 탄생석이에요. 동양 일
부 국가에서는 '악마의 눈'을 쫓아 버릴 요량으로 터키석을 몸에 지
니기도 합니다. 악마의 시선이 닿기만 해도 해를 입을 수 있지만, 터
키석이 있으면 안전하다고 믿는 거예요.

　그런데 터키에서 나는 것이 아닌데도 터키석이라고 부르게 된 이
유는 무엇일까요? 페르시아나 시나이 반도에서 채굴된 이 보석이
터키를 거쳐서 유럽으로 건너갔기 때문일 거예요.

　이란에서 좋은 땅은 더할 나위 없이 좋지만 나쁜 땅은 끔찍할 정
도로 척박합니다. 아름다운 장미가 활짝 피고 맛 좋은 멜론과 복숭
아가 열리는 곳도 있지만, 이란 땅의 절반은 사막이에요.

　강은 하류로 갈수록 점점 폭이 넓어지는 것이 일반적인데, 이란의
강은 하류로 갈수록 좁아져서 결국에는 흔적도 없이 사라져 버립니

다. 또 국토의 절반이 산악 지대인 이란에서는 산 위에서 눈이 녹아 내려 물줄기를 이루지만, 이 물줄기는 강으로 유입되지 못하고 말라 버려요. 이란은 알프스 산맥에서 히말라야 산맥으로 이어지는 조산대에 있어서 지진 피해가 잦은 편이지요.

이란에서는 통치자를 왕이라고 하지 않고 '샤(Shah)'라고 합니다. 과거 페르시아의 샤는 백성을 자기 마음대로 휘두를 수 있는 권력을 갖고 있었어요. 원한다면 백성의 돈을 모두 빼앗고 목숨까지 빼앗을 수도 있었지요. 그러나 제1차 세계 대전 이후 모든 것이 달라졌어요.

이란의 수도 테헤란에는 세계에서 가장 유명한 왕좌가 있습니다. '공작 옥좌'라 불리는 이 왕좌는 전체가 금으로 뒤덮여 있어요. 뒤에는 루비, 에메랄드, 사파이어 등 온갖 보석으로 치장된 공작의 꼬리 형상이 달려서 빨간색, 초록색, 파란색으로 눈부시게 빛나지요.

두바이가 가지고 있는 세계 최고 타이틀은 몇 가지일까요?

온통 모래뿐인 서남아시아의 작은 나라 아랍 에미리트의 토후국 중 하나인 두바이는 약 15년 사이에 '세계 최대', '세계 최고' 타이틀만 몇 개를 가지고 있어요. 그만큼 지구 상에서 가장 빠르게 변화하는 지역으로 꼽히고 있지요. 두바이에는 세계 최고층 빌딩인 '부르즈 칼리파'가 있습니다. 162층에 높이가 무려 828m나 된다고 해요. 서울의 63 시티 높이가 264m인 것을 고려하면 얼마나 높은지 짐작할 수 있습니다. 또 세계 최고급 호텔인 '버즈 알 아랍'이 있고, 세계 최대의 인공섬인 '팜 아일랜드'와 세계 지도를 형상화한 인공섬인 '더 월드'가 있어요. 그리고 미국 디즈니랜드보다 여덟 배나 넓은 놀이동산인 '두바이 랜드'가 있고, 세계 최대 실내 스키장인 '스키 두바이'도 있지요. 이뿐만이 아니에요. 한꺼번에 1,000개가 넘는 상점이 입점할 수 있는 세계 최대 쇼핑센터인 '두바이 몰'과 수심 20m 아래에서 바다를 볼 수 있는 방이 220개나 되는 세계 최초 수중 호텔인 '하이드로폴리스'도 있습니다. 이 밖에도 최고 높이와 최대 규모를 자랑하는 분수와 다리 등도 있어요. 중요한 것은 세계 최고·최대 타이틀을 달 수 있는 것들이 두바이에서 계속 만들어지고 있다는 것입니다.

팜 아일랜드